戦後俳句の探求
〈辞の詩学と詞の詩学〉

——兜太・龍太・狩行の彼方へ

筑紫磐井

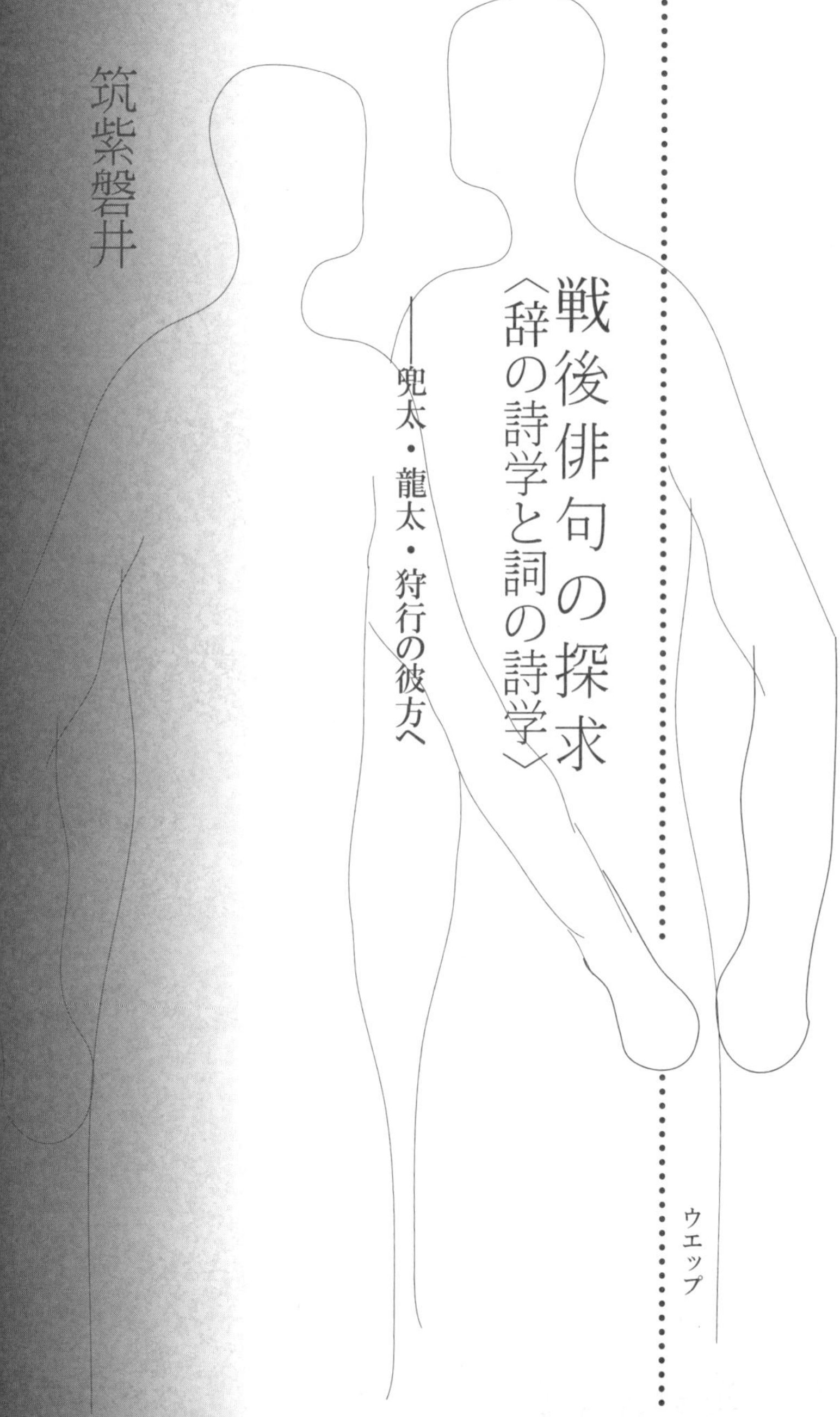

ウエップ

まえがき

冒頭でいうのもおかしいが、本書の結論は「辞の詩学と詞の詩学」である。それは難解（前衛）俳句に由来するものだが、しかし広範な現代俳句・伝統俳句に適用もでき、未来の俳句にも通じる新しい詩学だと考えている。

さて、この二つは金子兜太の俳句史観・理論と阿部完市のユニークな詩学が基礎をなし、飯田龍太や鷹羽狩行などを体系に加える大きな詩学構想である。こんなことから私は戦後俳句論の金字塔は金子史観と阿部詩学だと思っている。「辞の詩学と詞の詩学」から見れば、この金子史観と阿部詩学をつくり出したものとして難解俳句と社会性俳句がある以上、それを探求する義務が当然ある。

その際、難解（前衛）俳句と社会性俳句の探求といっても、従来の俳句史で語られる社会性俳句と前衛俳句、社会性俳句論争と前衛俳句論争を取り上げるつもりはない。それは「辞の詩学と詞の詩学」以外の要素が余りにも多いからだ。「辞の詩学と詞の詩学」にたどりつく以前の社会性俳句と前衛俳句は、歴史の薄明かりの中に消えようとしている。私の作業は、社会性俳句も前衛俳句も現代の視点を投射して描いてみることにある。単刀直入に「辞の詩学と詞の詩学」の本質と歴史をあぶり出すための探求である。

だから「前衛俳句」についていえば、前衛論争には触れない。前衛の理念も、方向性も、「辞の詩学と詞の詩学」にはほとんど関係ないからだ。それに必要なのは前衛的な俳句があるという現実だ。前衛とは何か、どうすれば前衛となるのか、前衛は何を生み出すのか。これは作品を分析することから生まれる。この過程で、従来理解されてきた前衛とはかなり異なるものとなることから私はそれを「難解（前衛）」と呼ぶこととした。「難解」そのものと理解した方が正確かも知れない。

「社会性俳句」についても、社会性俳句論争に触れない。社会性の理念も、方向性も考察しない。必要なのは、社会性俳句とは何か、戦後において社会性俳句はなぜ発生したのか、社会性俳句からなぜ難解（前衛）が生まれたか、という点である。その意味で、その対象も「社会性俳句」ではなくて単に「社会性」と呼ぶ方が適切である。本論で考察しているのは、社会性俳句よりは広い「社会性」であり、そうしたものを生み出す特殊な環境・条件である。

こうして書かれた戦後史は、従来の論争的な戦後俳句史の記述と大きく変わっている。しかし我々が探求すべきものは、社会性俳句でも前衛俳句そのものでもないわけであるから、こうした合目的な歴史記述は許されると思う。

このいずれにも金子兜太という作家が大きな影響を及ぼしていることから、本書はその大半を金子兜太論として記述することとなった。これは兜太の社会性が、兜太の難解（前衛）を作り、兜太の難解（前衛）が詞の詩学を作り、その反射が辞の詩学を呼んだからである。この道筋さえ確認できれば本書の意図は成功したということになる。

本書の執筆は雑誌「WEP俳句通信」での連載に「俳句研究」や「俳句」の記事を加えたものだが、慌ただしい執筆であったためにその後、樽見博『戦争俳句と俳人たち』、阿部誠文『ある俳句戦記』を踏まえ書き直したところがある。さらに、最新の詩学である藤井貞和『文法的詩学』を読むことで第8章を新しい視点で書き下ろすことができた。樽見氏、阿部氏、藤井氏に深く感謝申し上げる。

戦後俳句の探求〈辞の詩学と詞の詩学〉

——兜太・龍太・狩行の彼方へ ＊目次

まえがき　1

第1部　金子兜太論（社会性と難解）　10

第1章　戦後俳句のはじまり　10
1．桑原武夫「第二芸術」（現代俳句のテーゼ）　10
2．山本健吉「挨拶と滑稽」　16
3．折口信夫の会得と滑稽論　27
4．社会性俳句論争への道　33

第2章　社会性俳句の新視点　38
1．社会性という現象　38
（1）原社会性とは　38
（2）「揺れる日本――戦後俳句二千句集」　41
2．社会性俳句作家という現象／あるいは社会的事件　45
（1）沢木欣一と能村登四郎／あるいは原爆図　45
（2）古沢太穂／あるいは内灘　51
3．もう一つの社会性俳句　54

（1）相馬遷子の社会性　54
（2）従軍俳句について　62
［付］金子兜太らの従軍俳句　70

第3章　兜太の社会性　76
1．兜太と社会性俳句　76
（1）兜太登場　76
（2）兜太の社会性の特質　79
（3）兜太の俳句批評　83
2．兜太俳句の特性と環境　90
（1）具象・断絶と肉体性　90
（2）短歌・現代詩からの俳句批判　97
3．社会性の原理群　102

第4章　兜太の難解（前衛）　108
1．社会性から難解へ／共感の問題　108
2．難解（前衛）の原理　117
3．難解（前衛）と配合　127

第2部　飯田龍太論　138
第5章　龍太の類型　138
1．「一月の川」の句分析　138
2．龍太の句末類型化　144
3．類型化が生み出す効果　157
第3部　鷹羽狩行論　167
第6章　狩行の思想　167
1．対の技法　167
2．対に現れる思想性　172
3．新しい伝統手法　176
第4部　戦後俳句の視点（辞の詩学と詞の詩学）　180
第7章　新詩学の誕生――兜太と完市　180
1．新しい俳句の視点（堀切実の表現史構想）　180
2．金子兜太の俳句史　183

（1）兜太の俳句史　183
（2）拡大した俳句史　188
（3）堀切の批判とそれに対する反駁　190
3．問題ある表現史　198
4．難解からのアプローチ　205
5．阿部詩学の再発見　213
6．兜太はどのように批評されるか　225
第8章　阿部詩学の拡大――兜太・龍太・狩行　232
1．阿部詩学の展開　232
（1）「辞の詩学」の吟味　234
（2）「詞の詩学」の可能性と統合　243
2．飯田龍太の詩学　248
3．鷹羽狩行の詩学　255
（参考資料）
【附録】角川『俳句』60年を読む　260
1．問題提起と俳壇秩序　261
2．新人の歴史　271

3．伝統俳句と結社の時代　283
あとがき　294

戦後俳句の探求〈辞の詩学と詞の詩学〉

――兜太・龍太・狩行の彼方へ

第1部　金子兜太論（社会性と難解）

第1章　戦後俳句のはじまり

1．桑原武夫「第二芸術」（現代俳句のテーゼ）

戦後俳句が終戦で始まったというのは正しくない。終戦は物理的条件にすぎないからだ。終戦という物理的条件が咀嚼され、肉化され、文学の中に取り込まれることにより戦後俳句は始まる。そのためには意識的行為が必要となる。それが桑原武夫【注1】の「第二芸術―現代俳句について―」である。昭和二十一年十一月、岩波書店の「世界」に掲載されたこの論文により、本当の意味での戦後俳句が始まるのである。

まず、「第二芸術」の梗概を記しておく。桑原武夫は、従来無関心だった現代俳句に取り組んだ理由として、日本の明治以来の小説が詰まらない理由は俳諧をモデルとした安易な創作態度があること、これからの日本文学を考えて行くうえで芭蕉以来の俳諧精神の見直しが不可欠であることを挙げている。そして現代の俳句がいかに芸術品としての未完結性すなわち、脆弱性を示しているかを示すために、一つの実験を試みる。それは、青畝、草田男、草城、風生、井泉水、蛇笏、たかし、亜浪、虚子、秋桜子の当時の十名家の十句に、無名の作家の五句を加えて匿名でこれを示し、優劣の順序付け、どれが名家の誰の作品であるか、専門家の十句と無名の五句との区別がつけられるか、という質問を発するのである。そうしたうえで一句だけで作者の優劣が分かりにくく、一流大家と素人との区別がつきかねることを指摘したうえで、「そもそも俳句が、付合いの発句であることを止めて独立したところに、ジャンルとしての無理があったのであろうが、ともかく現代の俳句は、芸術作品自体（句一つ）ではその作者の地位を決定することが困難である。」と述べるのである。

さらに続けて、筆者の芭蕉観、戦時の文学報国会への俳人の迎合的態度から窺える近代的文学精神の欠如、現代俳句が盛り込みうる範囲を披瀝したうえで俳句は、「他に職業を有する老人や病人が余技とし、消閑の具とするにふさわしい。しかし、かかる慰戯を現代人が心魂を打ち込むべき芸術と考えうるだろうか。」として、菊作りに類するもの、称するならば第二芸術と呼ぶのがふさわしいと結論付けるのである。

今日読み返しても戦後らしい激烈な議論となっており【注2】、当時の俳人、歌人の反発する心情は十分理解できるところである。これについては猛烈なる賛否両論——もちろん俳人・歌人には圧倒的に否定が、文芸評論家には比較的賛成の声が多かったのであるが——が沸き起こったことは当然であるが、この中で一言追加しておきたいことは、桑原武夫の「第二芸術」を受けて登場した「第二芸術論」（「第二芸術」は桑原武夫の評論、「第二芸術論」はこれを嚆矢とした一連の俳句・短歌滅亡論であり、以下区別して使うこととしたい）のことである。「寒雷」の赤城さかえが著した『戦後俳句論争史』の中で一連の「第二芸術論」が紹介されているが、特徴的なのは桑原武夫の「第二芸術」以外俳句に対する「第二芸術論」が、

○「現代俳句への疑惑」小田切秀雄

ぐらいであるのに対し、短歌に対する「第二芸術論」が、
○「短歌への訣別」臼井吉見
○「貴族文学のゆくへ」土居光知
○「他山石語」吉川幸次郎
○「衰弱した歌・その再建」小田切秀雄
○「座談会・短歌の運命について」臼井吉見、中野好夫他
○「短歌の運命」桑原武夫
と俳句をはるかに凌ぐ数が表れていたことである。もちろんその内実は俳句・短歌共通して議論の俎上に上りうるものであったろう。が、一応外見的には短歌対「第二芸術論」という構図に対して、俳句対「第二芸術」（桑原武夫）という形で図式化されうるものであったことが興味深い。

この「第二芸術」は、一読すれば直ちに分かるように評論というにはあまりにも軽いものである。赤城さかえは『戦後俳句論争史』の中でこれをエッセイと言っているが、まさしくフランス文学研究者の余戯にも等しい筆致、論理でつづられており、これをもって本格的な俳句に対する批評論究とするほどの緻密な手法は取られていない。にもかかわらず、これをやはり評論と呼びたいと思うのは、そこには今まで見られなかった文明批評の態度があるからである。「第二芸術」が幾多の「第二芸術論」と違うのは、それが一見俳句を批判の対象としているように見えながら、実は明治以降の不完全な近代化しか進め得なかった日本の文明批評を行っている点なのである。既に「第二芸術」のきっかけが、実は日本の小説の思想的社会的無自覚性についての別の論文によるものであることを筆者は述べている。また、結末間近なところでフランス民衆と我が国民を対比しつつ、「近代

芸術は全人格をかけての、つまり一つの作品をつくることが、その作者を成長させるか、堕落させるか、いずれかとなるごとき、厳しい仕事であるという観念のないところに、芸術的な何ものも生れない」というくだりは、およそ当時のありとあらゆる芸術に問いかけてしかるべき問題であったのである。評論というものの価値はそこに書かれた事柄の事実よりは、その衝撃度、新鮮さという点からも考えられなければならないとすれば、この「第二芸術」は戦後の日本人の非近代的潜在意識を痛烈に批判した卓絶した評論だったのであり、俳句・短歌を超絶したものと見るべきなのではないか。数多の「第二芸術論」が今日忘れられてしまい、俳句・短歌は一見隆盛の極みにある、という、こんな文学環境の中で桑原武夫の「第二芸術」のみ燦たる月桂冠を与えられているというのも故なしとはしないのである。

「第二芸術」の影響が当時いかに大きかったのかを傍証してみたい。「第二芸術」の副題に「現代俳句について」とあるのに注目したい。もちろん戦前にその用法がなかったとは言わないが、熱病のように皆が「現代俳句」「現代俳句」とつぶやくようになったのは戦後である。それは桑原の「第二芸術」と通底するものがあったように思う。総合雑誌「現代俳句」の創刊（二十一年九月。これは直前だ）、初めての協会としての「現代俳句協会」の発足（二十二年十一月）、あの山本健吉でさえ自らの著書を『現代俳句』（上巻二十六年六月。下巻二十七年十月）と名づけたではないか。当代のという意味の「現代」は戦前から用いられていたが、終戦後、「現代俳句」が生まれたのは別の価値観――単に当代というだけではなく、新しい社会の価値観が再構成され、観念的でなく現実的であること、貴族的でなく民主的であること、精神的でなく現実的・科学的であること、保守(伝統)的でなく進歩的であること、老人の集うもの・老人の支配するものでなく若者たちにもひらかれたものであること、密室の指導でなく批評を受け入れた価値の形成であること、これらすべてを包含した理念こそ「現代」的であるということばに集約されたのだ。あらゆる俳句や芸術は、この「現代」のもとに奉仕することとなる。そうした意味においての「現代」の下で、俳句は現代的でなければならない、現代を詠む俳句でなければ存在する価値がない、という前提は明らかに「第二芸術」がつくり出したものであった。（後述する）社会性俳句以前に生まれ、そして今も続く俳句界における強迫観念がこの「現代」であったのである。

とはいえ、「第二芸術」をそのまま俳句論の中に採用するのは抵抗が大きいと思う。その趣旨を体しつつ言葉を吟味して現代俳句の原理を示してみる。これは「第二芸術」の理解のみならず、その後の戦後俳句運動全般に適用できるテーゼなのである。

【現代俳句のテーゼ】

●現代俳句は「現代」を詠まなければならない。
●「現代」とは現代の当面する社会的事象及び問題である。
●同じ現代に存在しても、現代に存在する趣味的な事象は「現代」とは言わない。
●「現代」の文学とは、近代合理主義思想を踏まえた文学である。
●現代に存在する趣味的な事象は近代合理主義思想によって克服されねばならない。
●単に現代に存在する俳句とは、「現代」の芸術でも、「現代」の文学でも、また「現代」の俳句でもない。
●従って、単に現代に存在する俳句とは第二芸術・第二文学である。

●戦後俳句論争とは「現代」をめぐって取るべき態度（「現代」を肯定するか、「現代」を否定するか）の論争である。
●ちなみに「現代」を否定するには伝統を探求しなければならない（拙著『伝統の探求〈題詠文学論〉』参照）。
［注］ここにいう現代（「　」のつかないもの）とは戦後（一九四五年以後）に存在するというほどの意味である。

【注1】筆者の桑原武夫は、昭和三年京都帝国大学を卒業し、この当時東北帝国大学法文学部助教授をつとめる四十二歳の気鋭のフランス文学研究者であった。戦前はもっぱらスタンダールやアランの研究を行っていたが、桑原の活動の本領はむしろ戦後に行われたと言ってよい。岩波書店から『ルソー研究』『フランス百科全書の研究』『フランス革命の研究』『ルソー』、筑摩書房から『ブルジョワ革命の比較研究』と近代合理主義の源流を追求する研究を次々に行い画期的成果を挙げた。興味深いのは、桑原武夫の単なるフランス文学者からフランス啓蒙思想の研究者の成長の途上に「第二芸術」もあったことである。
【注2】この論理は戦後になって初めて登場したものではない。明治にも正岡子規は「芭蕉翁の一驚」（明治二十六年）で当時の宗匠連とその俳諧を、口を極めて罵っている。

2．山本健吉「挨拶と滑稽」

さて「第二芸術」を紹介した以上これに対する批判を書くべきであろうか。いや、直後の戦後俳句史であればそれも必要であろうが、六十年後の我々のなすべきことは、「第二芸術」からどのような動きが生まれ、現在我々はその成果として何を誇れるか、ということだと思う。こうした一歩退いた立場から、この当時の幾つかの俳句側の動きを見ておきたいと思う。その一つに、山本健吉の「挨拶と滑稽」がある。そのようになる経緯はまた追って述べる。

山本健吉【補注】の論文「挨拶と滑稽」は全五章からなり、主立った部分は昭和二十一年に書かれた。同年に、桑原武夫の「第二芸術」が著されている。「挨拶と滑稽」と「第二芸術」の関係は後ほど考えるが、挨拶・滑稽・即興の三概念を駆使して俳句の固有性を主張しているように見える「挨拶と滑稽」と、近代文学の観点から俳句の固有性を否定しているように見える「第二芸術」は好対照として取り上げられるべきだろうと思うが、これはまだ通説とはなっていないようだ。赤城さかえ『戦後俳句論争史』でも「第二芸術」の反対論としては取り上げられていない（赤城などからは山本の「挨拶と滑稽」は無視されていたのではないか。おそらく、山本の「挨拶と滑稽」の名声は戦後ある程度経ってから生まれたものではないかと思われる）。楠本憲吉『戦後の俳句』で隣り合って取り上げられていることこそむしろ楠本の時代感覚の鋭さを物語っているようだ。

そこで、「挨拶と滑稽」の梗概を紹介することにする。まず山本健吉は俳句を作らない自分が俳句を論ずることの契機から語り始める。直接山本健吉の俳句理論とは関係なさそうだが後から色々と興味深い事実関係が浮かび上がるので簡単に紹介しておこう。健吉は、戦前の俳句雑誌の編集にかかわっていたが、この間俳句は厭わしくなるだけだったと告白する。しかし厭わしくなるほどの俳句漬けの後初めて、厭うべき俳句の「マッス」（塊）が自分に俳句固有の方法を教えてくれたのだという。こうして、いきなり本論に移り有名な三つの命題を掲げる。

一、俳句は滑稽なり。
二、俳句は挨拶なり。
三、俳句は即興なり。

これは、俳句雑誌にかかわっていた間の膨大な俳句の堆積が健吉に強いた一つの確信だというのである【注1】。

この公理の下にまず新興俳句が批判される。新興俳句は、季語や切字の忌避、連作俳句の提唱等を行ったが、これは俳句の詩歌への羨望から生まれたものであって俳句固有の方法論の放棄である。では、俳句固有の方法とは何か、健吉はそれは俳句の無時間性に他ならないとする。無時間性とは、この論の中でも重要だがやや難解な言葉である。要は詩・短歌のような時間的にも流れるような詠嘆性の存在しない詩ということだ。

こうした、詠嘆性の排除の中で健吉は俳句に二つの発見をする。一つは切字の重要性であり、もう一つは季語の中の季題趣味の払拭である。前者については俳句の形式性に注目する以上誰でも当然予測されることだし、取り立てて目新しいことはないので紹介は省略する。しかし、後者の季語論は複雑で、かつ本論の中心となる理論とも言えるので少し詳しく論旨をたどっておくことにしたい。

彼はその独自の季語論を、ほとんど芭蕉の作品で検証している（もっとも、切字論もそうなのだが）。まず、季語に対する芭蕉以外の作家と芭蕉を対比しながら、その最も違う点を季題趣味だと指摘し、季題趣味のような創作態度ほど芭蕉から遠かったものはないと断言する。芭蕉の作品の中で、季語が際立った重さを示すものは余りない、むしろ蕪村などから比べれば季語の色艶や匂いは芭蕉の胸中で濾過されすっかり拭い去られているのだと言う。にもかかわらず、芭蕉は作品の中からすべての言葉によって季感を創造している。健吉が最も好んだ例は、芭蕉の「古池」の句であった。子規が古池の句に春季の感情がないと言ったのはある意味で尤もで、この句の季語「蛙」は季語としてのけばけばしさを示していない、しかし一句の結果としては春の季節感は淡いながらに的確に存在するのであり、それは「蛙」の季感ではなく、この句が創造した季感である、この感銘の的確さは一句の存在性・造形性の的確さなのだと述べる。

芭蕉の季語論についてこのような結論を出してしまうと後は一気に結論が待っている。

［昭和二十二年四月　山本健吉「挨拶と滑稽」（5）談笑の場］

「この句の秘密はまさにこの把握のあまりの的確さのなかに在る。（略）ここではまさに、自然が捕へられて無垢の言葉と化するといふ秘蹟が成就されてゐる。作者はこの創生のわざを見て「善《よし》」となづいたであらう。読者もこの創り出された小宇宙を見て「善《よし》」と微笑するのだ。そしてこの会得の微笑こそ古来俳諧と言ひ無心と称し滑稽と名づけて探し求めてゐたものの昇華された姿なのだ。」

従って俳句とは無心の文芸なのである。和歌的・連歌的感傷から解放されなければならない。

［昭和二十一年十月　山本健吉「挨拶と滑稽」（4）古池の季節］

「「お前もか」「俺も」――と古池の蛙は思ひ屈してゐた人々の胸裡にささやき交はし、その魂を摑んでゆく。蛙の制覇、即ち談林の完全な没落であり、正風の開眼に外ならぬ。」

［昭和二十二年四月　山本健吉「挨拶と滑稽」（5）談笑の場］

「「古池」の一句はそのやうな無心ぶりが完璧な表現を見出した一つの典型として立つのである。滑稽は思はざる場所に存在する。滑稽はあらゆる事象を覆ふ拡がりを持つ。このやうな発見が「古池」の一句にこめられてゐる。あまつさへ対者に微かに笑みかはすこの句の境地が、衆人におのづから「談笑の場」を打ち開くのだ。連歌以来意識されてゐた挨拶の観念が、今や作品の完璧性のうちに、滑稽精神の昇華のうちにその所を得るに至るのだ。」

「(俳諧とは) 同好の集りの中に「談笑の場」を打ち開くを本意とすることに根ざしてゐる。俳諧の座に列なるといふことが一つの訓練であり、正風の徒とはかかる訓練を経た者の集ひであつた。俳諧は一座の中で絶えず相手に語りかけ、笑みかける芸術なのだ。」

＊　＊

こうして挨拶と滑稽は、芭蕉の俳句のもとで目出度く合致し、近代的理念と全く相容れぬ、詩とは全く違う芸術ジャンルとして確立され維持されるのである。

「挨拶と滑稽」についてその後の反響を踏まえて山本健吉が書いた評論がある。「挨拶と滑稽」と違って一読分かりやすい文章なのでさわりだけを引用しよう。「挨拶と滑稽」に関する批判と自己弁護が書かれていて興味深い。

「私はこれまで、俳句の本質論を展開するに当つて、しばしば滑稽と挨拶といふ二つの概念を借りてきた。（中略）ところで、この二つの概念のうち、滑稽については一部においてある程度の共感を得たやうだが、それに対して挨拶の方はさつぱり反応がなかつた。それといふのも、挨拶といふ私の本質規定のなかに、今日の俳人たちは、俳句に対する冒瀆を感じたからだと思はれる。個の意識の追求者である近代俳句の作家を以つて自認する人たちが、根底において俳句をあたかも一種の社交的な衆の文学として規定するやうな考へに、反撥を感じたことは、致し方もなかつたと思ふ。」

〔昭和二十八年七月　山本健吉「挨拶といふこと」〕

こう述べた上で、「私は、滑稽とかイロニーとか根源追求とかいふ言葉で、一面的に俳句の性格を規定することは、甚だ危険であることに気付いてきた。（中略）それは俳句としての独自性をあまりにひたむきに追求した結果、俳句をあまりに狭い、固定した枠の中に追ひこんでしまつてゐるやうに思へた。」として、一層「挨拶」に対する傾斜を深めていることに言及している。

〔昭和二十八年七月　山本健吉「挨拶といふこと」〕

「俳句的性格として挨拶といふことを考へて以来、私の挨拶についての考へ方は、かなり進展してゐる。根底に於ては変つてゐないが、考へを深め、また拡げて来てゐることは事実だ。挨拶といふ言葉が嫌ひなら、対詠とも唱和とも問答ともディアローグとも、何とでも言ふがよい。何れにしても、挨拶といふことは、俳句形式の持つ矛盾から必然的に生み出される考へであり、結果として、俳句作家を、現代に於ける詩人的決意の場へ導いて行くものである。私は滑稽によつて俳句の本質を狭くしぼり、挨拶によつて俳句に社会的な広い場所を導入する。私が、最近俳句について書くものは、すべてこの一点をめぐつての主張である。」

この最後のフレーズからも分かるように、山本健吉は「挨拶と滑稽」から、かなり早く「挨拶」にその俳句性の本質論の重点を絞ってきてしまっているように思える。

そしてこれは、彼が晩年「軽み」論に傾斜したことや、次のような句にこだわり続けたこととも合わせて、「挨拶と滑稽」から始まりはしたものの、その後山本健吉の俳句論にあっては「滑稽」の要素は薄れ、「挨拶」性ばかりが目立つようになってきたことを示すようだ。

鶏頭の十四五本もありぬべし　　子規
帚木に影といふものありにけり　　虚子
一月の川一月の谷の中　　龍太

これらは、その後も山本健吉が激賞している作品だが、彼の解釈を読むとまことに見事に天地存問を呼びかけてはいるものの、はたしてどれほど「滑稽」についての奥義を極めているかと言えば、到底「笑みかける芸術」の域にはほど遠いのではないかという気がしてならない。

＊　＊

話題を初めの「挨拶と滑稽」に戻して考えたい。やはり、一つの俳句の中で挨拶と滑稽の二つが同居すること自体奇妙なことではなかろうかと思う。山本健吉の俳諧の世界で境界を作れば、反近代ということで挨拶も滑稽も括ることはできるかもしれないが、しかし一句の中では全く対照的に現れるのが挨拶と滑稽なのではないか。

挨拶【注2】は言語のモデルとして考えるときは、全く形式だけで成り立つものなのだ。「おはよう。いい天気ですね。」という挨拶は、決して誰もその挨拶の瞬間に、時刻が早く、快晴の天気を期待などしていない。表現の内容と全く無関係に、慣習的に敵意のなさ、山本健吉流に言えば――笑みかけ、談笑の場が設けられることを期待するのだ。一方滑稽は、原則的に言えば、こうした言語の形式と内容の矛盾を撞くところに初めて生まれる。「いいお天気で。」という挨拶に、「何言ってやがる、雨が降りそうじゃあねえか。」とか「俺が天気にしたわけじゃあねえ。」と揚げ足を取る、落語に出てくる天邪鬼な八五郎にこそ滑稽の神髄はある。

掲出の「帚木」の句について言えば、影があってもなくてもよいのが挨拶なのだ。王朝の古歌に心を寄せる、同心者がいてこそ挨拶になる。これを、例えば子規の「鶏頭の十四五本もありぬべし」の句は実にくだらない句だ、これくらいなら「花見客十四五人は居りぬべし」「はぜ舟の十四五艘はありぬべし」でも何とでも詠める（志摩芳次郎）、というような協調性のない無風流心の者は、共に風雅の道を歩むことは出来ぬというしかないことになる。

しかし、古今集以来、「俳諧」は和歌の正統的なコンセンサスに対して常におちょくりや意外性を提示してきたのではなかったか。「霞の衣裾は濡れけり」「佐保姫の春立ちながら尿をして」（犬筑波集）というやや尾籠な連歌は、俳諧の正統的な本質論を提示しているように思われる。ここでは決して莞爾たる笑みかけ、談笑の場を作るものではないが、野卑であろうと潑溂たるその精神は近代とさえ語り合えるような解放感をもっている。

もっと厳しく言えば、本質的に「挨拶」論が説得的でなかったことは山本健吉自身が「挨拶といふこと」で告白しているように否定できなかった（挨拶という言葉を、対詠・唱和・問答・ディアローグに言い換え始めている。これらが挨拶とは全く違うものであることは、少し考えてみればよく分かるであろう）。そしてより重要なことは、この「挨拶」論が、彼がよく批判した、根源俳句が袋小路へ入り込むという弱点と同じ問題を生み出していることだろう。「新日記三百六十五日の白　堀内小花」を「当り前のことであり、同義反復と言うべき」と厳しく批判した健吉だが、「帚木に影といふものありにけり」にそうした問題はなかったろうか。俳句の形式性にこだわらざるを得ない「挨拶」論は、行き着くところまで行けば無内容な個性のない世界しか作り出さなくなる恐れは極めて高い。それこそ、「俳句をあまりに狭い、固定した枠の中に追ひこんでしまつ」（健吉・前掲論文）たことになるのではなかろうか。掲げた句（帚木の句）自体に問題があったというのではない、そうではなくて健吉にはこれに対する理論的な主張が用意できていなかったということなのだ。

もちろん、健吉の挨拶論に作家として同調するのは分からなくはない。それは流儀だからだ。それにしてもそうした人々が挨拶の哲学的な意味について考えたことのないのは不思議なことである。そもそも挨拶とは何なのか、少なくとも情報論で言うコンテンツではなさそうである、情報を伝達していないのであるから。では歴史的考察をしてみよう、一体全世界で挨拶が存在している言語文化はどれほどあるのか、日本に限っても挨拶が生まれたのはいつの時代からなのか、知っているようで実は知らないのが挨拶だ、それが登場したのも、決してそう古いことではなさそうである。「顔色が悪いね」「どこへ行くのか」「幸せそうに見える」などは挨拶のようにも見えるが、実体はちゃんとした事実の伝達をしている。しかし「お早よう」は誰に対しても、どんな状況でも言える、何の意味もない純粋な挨拶である。

挨拶性が高ければ美しい詩だというなら、「お早よう」「左様なら」という言葉はどんな詩よりも美しいことになってしまうが、そう考える人は天邪鬼などごく一部だけである。やはり挨拶性と詩とはどこか違うのだ。

【注1】①滑稽については、古来からの「漢書」の「俳諧は滑稽なり」の定義規定、さらには古今和歌集の誹諧歌以来、定式化されていた。これを否定したのが正岡子規で「滑稽を以て発句の本意とするに至りては其説甚だ誤れりと謂ふべし」(『獺祭書屋俳話』)はやがて「俳句は文学の一部なり」(『俳諧大要』)として俳句の文学性に結実する。

②挨拶については、「連歌は先づ世上の雑談の返答をなすに似たり」(『宗祇初学抄』)や「むかしは必ず客より挨拶第一に発句をなす。脇も答える如くに受けて挨拶を付け侍るなり。師の曰く、脇、亭主の句を云へる所すなはち挨拶なり。雪月花の事のみいひたる句にても挨拶の心なりとの教へなり」(『白冊子』)等のように連歌・連句の理論化として語られた。

③即興は、「誹諧は気に乗せてすべし」「師の曰く、学ぶことは常にあり、席に臨んで文台と我

と間に髪を入れず、思ふこと速やかに云ひ出て、爰に至つて迷ふ念なし。文台引き下ろせば即反古なり」(『赤冊子』)と述べられており、特に直前には石田波郷により「俳句は生活の裡に満目季節をのぞみ、蕭々又朗々たる打坐即刻のうた也」(「鶴」昭和二十一年三月号)が宣言されていた。

従ってこれらを、発句と連句、誹諧と俳句の違いを無視して攪拌し、取り出せば健吉の三要素も成り立たないものではない。ただ当然正岡子規以来の俳句文学論と対立しないわけにはいかなかった。

【注2】「挨拶」という言葉は分かったようで分からない用語である。そもそも、『説文解字』によれば、「挨」は「撃背也」とされるが、「拶」は存在せず『説文解字』時代にはない新字と考えられる。一応その後の用法まで含めれば、「挨」=「うつ」「背をうつ」「おす」「おしのける」「せまる」、「拶」=「せまる」「拶指(拷問)の刑具」「せめる」などと解されており、白川静は素性のよい語ではないとする(『字統』)が妥当であろう。こうした中で、熟語「挨拶」の初出は宋代の文献とされ、群れ集まり、押し合いへし合いするという意味であったらしい。

それに対し「挨拶」の新しい意味が、宋代の禅宗に生まれている。特に圜悟克勤以後の著作(『圜悟語録』『碧巌録』)に頻出しており、圜悟一派(臨済宗楊岐派)の深く関わった用語であると思われる。この場合は「挨拶」ないし「一挨一拶」として用いられ、「一語一默」「一問一答」「一出一入」「一棒一喝」「一機一境」などと合わさることにより、門下の悟りのために師家が行う暴力的行為(棒・喝・打・掌・断指・断臂・拶折脚)までも含む激しい応酬の意味を推測させる。臨済とはそれほど激しかったのだ。この意味で挨・拶の原義(うつ・おす・せまる)をそれなりに踏まえていた。しかし、日本ではそうした意味は早く喪失し、特に日本でのみ社交的辞令（以下「アイサツ」という。）としてこの用語は使用される。

例えばアイサツに関する用語は、中国では上述のような理由で「挨拶」と言わないだけでなく、致詞（儀式でのアイサツ）・讲话（同前）・寒暄（寒いことと暖かいこと）・打招呼（日常のアイサツや身振り）・问候（目上のご機嫌）などと呼ばれる。それぞれの用語は、状況や意味に応じて使われ、アイサツを包括する用語があるわけではない。日本でも、アイサツの範囲が何であり、いつから始まったかを確定することは難しい。中国語の「打招呼」の意味では、江戸後期に「お早よう」「左様なら」等の使用は当時の口語文献資料である滑稽本・洒落本から発見されるが、それ以外のアイサツ用語や、例えば芭蕉の存命した江戸初期のアイサツになるとどのような用語が用いられていたかは確認が難しい。

逆に古代から下れば、魏志倭人伝には「或は蹲り、或は跪き、両手は地に拠り、之が恭敬を為す。対応の声を噫（アア）と曰ふ。」とあるが真偽のほどは分からない。むしろ古代・上古にはアイサツはなかったらしい。ことだま信仰から無闇にものをいうのは憚られたのだ。間違いなくあったと思われる中世の初対面の「モノイイ」も、「誰そ（タソ）」は警戒心に満ちて語られ、「物申（モノモウ）」は懇願などを伴っていたはずだ。意味のないアイサツが生まれたのは、確かに禅宗の挨拶（暴力的行為以外に、「近離甚れの処ぞ（どこからいらした）」「且坐喫茶（お茶を召し上がれ）」などがあった）以後ではないか。

このような事情から、山本健吉の「挨拶と滑稽」の想定するアイサツとしては、せいぜい「お早よう」「左様なら」を前提に考えるのが適当であろう。

3．折口信夫の会得と滑稽論

ここで冒頭の約束、「挨拶と滑稽」と「第二芸術」の関係に戻ってみる。「挨拶と滑稽」の出典を調べてみよう。刊記・雑誌名・初掲載の表題・（「挨拶と滑稽」に相応する表題）を示す。

○二十一年十月「現代俳句」2号／「古池の季節」（「挨拶と滑稽」（4）古池の季節）
○二十一年十二月「批評」59号／「挨拶と滑稽」（「挨拶と滑稽」（1）時間性の抹殺）
○二十二年四月「批評」60号／「挨拶と滑稽─芭蕉序説─」（「挨拶と滑稽」（2）物の本情、（3）時雨の伝統、（5）談笑の場）
（参考）二十三年七月「俳句芸術」／「挨拶と滑稽」（1）～（5）（「挨拶と滑稽」（1）～（5））

「挨拶と滑稽」の大部分は二十一年十二月以降に書かれたこと、特に「挨拶と滑稽」の中核をなす第一章は昭和二十一年十二月に同人誌「批評」に発表された（もっとも、実際に多くの俳人の目に触れたのは二十三年七月の現代俳句協会機関誌「俳句芸術」への再掲であった）が、それは岩波書店の「世界」に「第二芸術─現代俳句について─」の発表された翌月であり、商業誌と同人誌の発行日の関係を考えると、健吉は「第二芸術」を読んで急遽、自らの参加する同人誌にこれを書いたものではないかという気がしてならない。すでに二十一年十月「現代俳句」2号に「古池の季節」（これは未だ芭蕉讃歌だ）を書いていたから、その道筋で容易に「第二芸術」に対する反論を書くことはできた。「第二芸術」に対する反論ということはこの文章の中に一切現れていないが、桑原の論文の背後にある「芸術における近代」という大テーマに対して真正面からぶつかっていることは間違いないからである。

一方で「挨拶と滑稽」が書かれた場の効果ということも考えたい。第一に、今日でこそ、「挨拶と滑稽」（1）～（5）はまとまった論考と考えられるが、発表された当座は、二十一年十月「現代俳句」2号、二十一年十二月「批評」59号、二十二年四月「批評」60号にばらばらに掲載された論文であり、それらをまとめて読んだり、一貫した主張として読みとろうとしたのは、執筆者以外にはいなかったはずだ。だから二十三年七月「俳句芸術」で「挨拶と滑稽」（1）～（5）として公表された時点で初めて、「挨拶と滑稽」は俳句論として誕生する。それまでは、単に散らばった素材に過ぎなかったのである。

第二に、発表された媒体は、「現代俳句」以外、俳句を読者層とした雑誌ではなかった。「批評」は一般文芸批評雑誌であり、特に健吉はここで私小説作家論を連載執筆していた。私小説作家論の読者こそ、「挨拶と滑稽」の対象読者であったのである。

山本健吉の「挨拶と滑稽」は彼にとっての初めての俳句評論だとされるが、本当はこれに先駆けて戦前、断片的な俳句論が書かれている。健吉がまだ「俳句研究」の編集をしている頃、昭和十五年七月には「馬酔木」に「「あそび」に就て」というエッセイを発表し、また彼が当時俳句以上に熱情を注いだ文芸評論誌「批評」の「滝井孝作論（一）」（昭和十五年八月）の中で懇切なる俳句本質論を展開している【注1】。そしてこれらの中で殆ど戦後の「挨拶と滑稽」のエッセンスを書き尽くしているのだ。

ただ特徴的なことは、これら戦前の論の中では実質的な「挨拶」論は余り体系化されていない。どちらかといえば俳句の本質は「あそび」や「滑稽」として捉えられているだけなのだ。逆に、芭蕉は「あそび」の相手には事欠かなかったが孤独であったとさえ見ている。挨拶の対象となる本源的豊富さの精神を受け継いだ者はなかったとさえ言っている。

実は、「挨拶と滑稽」の種明かしをすれば、健吉の「挨拶と滑稽」は挨拶論が結論なのではなく、もっと大事な結論（会得の微笑こそ無心と称し滑稽と名づけて探し求めてゐたもの）があると述べたが、実はこれは、「俳句研究」昭和十二年八月号に載った折口信夫の〈（俳諧は）常におどけ・滑稽に進むことに依つてのみ生活の真実に触れてゐる、寂しい会得の微笑だ〉（「隠者文学」）という説の借用なのである。山本健吉の独自の理論ではない。

［折口信夫「隠者文学」「俳句研究」昭和十二年八月］

「私のこれから話さうとする題目とは、非常に時代の隔つた話であるが、俳句及び俳諧の考察の基礎は、どうあつても隠者文学に、確かなものが据ゑられねばならぬ。」

「故に正風俳諧は、彼等（談林・歌舞伎俳諧）が浮世のあらを見て散々悪態口を吐いてゐる間に、自ら反省力が起つて来たものである。日本の文学は、常におどけ・滑稽に進むことに依つてのみ、生活の真実に触れて行つてゐるやうである。醜悪な事を言つて居る間に、お前もさうか、実はおれもさうだといふ風に、お互に顔を見合せて、寂しい会得の微笑を含むといつた所に、文学としての真の領域が開かれるのだと考へる。」

「俳諧の作者は、読者に、自分と同様の知識があることを予想して作つてゐるのだ。俳諧から発句が独立し、雑俳が分離しても、これらの仲間は、お互ひに皆同じ知識を持つた者の間の遊戯であると考へてゐた。」

「挨拶と滑稽」の語り口と実によく似ている。いや、上述の「「あそび」に就て」の中で山本は折口の「隠者文学」をそのまま引用しているし、「木枯の風狂」(『思想』十九年二月)の中では「「枯枝(枯枝に烏のとまりけり秋の暮)」や「古池」の如き閑寂そのものとも言ふべき句を示されると、誰しもがはつと我に返り、自ら会得の微笑を洩らすのであつた。唱和の文学は、そのやうにしてお互ひの心と心とに通ずる拈華微笑の世界を開いて行く」とまで述べているから、明らかに引用を意識して書いているわけである。折口は昭和二十八年まで存命したが、自分の主張を丸々取り入れたこの文章を読んでどのように感じたろうか。

にもかかわらず、折口・山本の会得の微笑論は完璧ではなかった。「第二芸術」に対して〈会得の微笑〉が説得力を持ち得たかどうか、山本としても疑問であったと思う。そこに登場したのが「挨拶」であった。実は、「滝井孝作論」でも「挨拶」とは言っているが、「木枯の風狂」では「俳諧は挨拶であると、私は嘗て言つたが、これは唱和応酬の文学の持つ性格を言つたまでである」と言い直している。それは弾みで言ってしまった食言を言い直しているに過ぎないように見える。それが一体いつから、「滑稽」に代わる主役として「挨拶」が座ることになるのだろう。前に述べたようにこの論が桑原の「第二芸術」に触発されて一気に書き上げられたとすれば、それは恐らくこの時に入ってきた要素なのではないか。戦前の論文では言い直して訂正していた「挨拶」を、逆手にとって積極的にこれを主張した居直りなのである。たぶん桑原の強力な近代芸術論に対し、「あそび」

だけでは余りにも脆弱で、それこそ桑原の言う俳句は菊作りと大して変わらないことを肯うことになりかねない、と山本は考えたのだ。これに対し「挨拶」はよく分からない言葉だが、敵意のない言葉だ。昭和天皇もマッカーサー司令官に微笑み、挨拶をし、そして写真を撮っている。平和国家日本に一応ふさわしい理念である。

冗談はこれくらいにして、話を戻そう。「挨拶」という言葉を使おうが使うまいが、実はもっと重要な問題がある。特に注意したいのは、健吉から折口信夫に遡るとき——実は近代俳句を毛嫌いしていた柳田國男にまで遡ることなのだが——、彼らが主張している挨拶論・会得の微笑は、健吉にあっては俳句一般に拡張されているが、折口にあっては「隠者文学」たる芭蕉の俳諧から実証的に発見されたものであるということである。そうだ——会得の微笑を放つ挨拶論とは「隠者文学」の中でこそ最も生き生きとするものなのである。それは、世俗から逃避して、お互いに同じ知識を持ったもの同士の間で成り立つ遊戯としての隠者の文学である。これが俳諧の本質だ。その意味では、「挨拶と滑稽」は過酷な戦後の現実を見ていないという点で、桑原武夫やその後の金子兜太によって木っ端微塵にされかねない危険な理論なのであった。

【注1】これは不思議な論文で、滝井孝作について簡単に紹介したあと、突然乱暴に俳句論が挿入されている。その前半は「馬酔木」の「「あそび」に就て」をそのまま取り入れてあり、後半にそれを敷衍した議論が続く。確かに滝井孝作は碧梧桐門の俳人として出発したから俳句についての言及があるのはやむを得ないが、ここでは全く突然本格的な俳句論を展開してしまっているのである。俳句論を書きたいが為の論であったというべきかも知れない。ただその中

でも「時間性を抹殺」する（空間芸術的性格を取る）という言葉を用いたり、越人・芭蕉の歌仙の掛け合いを「静かに挨拶し交す」と述べており、「挨拶と滑稽」への前哨戦が試みられているのである。

【補注】山本健吉は、明治四十年四月、長崎生まれ。本名石橋貞吉。父は明治時代の評論家、石橋忍月。慶応大学国文科に入学し折口信夫に学ぶ。在学中にマルキシズムの本を読むようになり、昭和五年赤色救援会に所属、昭和七年脱出。後、昭和八年に改造社（政治活動を行っていた山本実彦が創業した出版社で、社会主義と大陸植民主義を採用し、『マルクス・エンゲルス全集』も『ムッソリーニ全集』も刊行していた）に入社。昭和九年特高により淀橋署に二十日間拘束、「手記」を書かされ、失職。昭和十年改造社に復帰、「短歌研究」編集担当中に折口信夫の原稿を担当、その後の批評活動に折口の影響が濃厚に反映される。十三年頃より「俳句研究」の編集責任に従事する（前任菅沼純次郎が全社を挙げた事業、『俳句三代集』の編纂で抜かれたため）。そもそも「俳句研究」は昭和九年の創刊以来新興俳句や自由律俳句を支援してきたが、健吉の編集時代は、十三年九月「俳句「麦と兵隊」特集」、十三年十一月「支那事変三千句」、十四年四月「支那事変新三千句」などの戦争特集に忙殺された。その中で、それらと併行しつつ最後まで、芭蕉・西行・宗祇などの伝統の特集にはこだわったのが山本の編集の特色であった。一方、個人的には、伊藤信吉、吉田健一、中村光夫らと昭和十四年に同人誌「批評」を創刊し、私小説作家論を連載執筆し、昭和十八年には初めての評論集『私小説作家論』を刊行している（葛西善蔵、牧野信一、嘉村礒多、宇野浩二、岡本かの子、北條民雄、瀧井孝作、志賀直哉、梶井基次郎論。桑原の「第二芸術」の戦前の私小説批判にはとりわけ敏感であったと考えられる)。以降、十八年に改造社を退社(十八年の横浜事件〔共産党再建の謀議により中央公論社・改造社・日本評論社・岩波書店などの執筆者が治安維持法違反で起訴、取調中に拷問による死者を出した大弾圧事件〕を受けて十九年に改造社は一時解散、「俳句研究」も終刊)。戦中から戦後にかけて、国際文化振興会、島根新聞、京都日日新聞、日産書房、角川書店に勤務する。

ちなみに、健吉の名は人間探究派をプロモートする草田男・楸邨・波郷らによる座談会「新しい俳句の課題」(十四年八月)で余りにも有名であるが、これも本来は世代対立を描く風俗的企画であったようである。そうした編集態度は、類似の特集「俳句性論議」で加藤楸邨と林原耒井が批判していることからもうなずける(耒井「一番けしからんと思ふのは司会者(健吉)で(略)人の言説を正しく理解し得ない(略)フェイアでない(略)頭の悪さから来てゐるよりも先入の偏見から来てゐる」)。いっておけば健吉は人間探究派より挨拶派の虚子が好きだったのである(じっさい『現代俳句』初版は、高浜虚子から始まっている)。

「挨拶と滑稽」はその構成や由来からいっても単独では理解しにくい。その背景には、山本の複雑な経歴の理解が欠かせないので、ことさらながら記述した。

4. 社会性俳句論争への道

実は、「第二芸術」に対する(伝統的な)俳句側の回答は、私が前著『伝統の探求〈題詠文学論〉』で述べたように、俳句は単純な近代的文学たりえない、(古代的な)題詠文学の系譜につながるものであるという答えしかないのではないかと思っている。しかし結局、山本健吉は「挨拶と滑稽」ではそれを正面から言えず、側面からしか言わなかったために、不徹底な理論に終わったのである。もちろん、昭和二十年代にそれが言えたとは思わない。そんなことを言ったら反動の極みとなるからである。それは、二十一世紀になった今だからこそ堂々と言える言葉であったのである。

「第二芸術」に対するもう一つの回答が当然ある、俳句は文学であるべきであり、「現代」を詠むべきものであるというものである。これはちょっと考えればすぐ分かるように「第二芸術」に降伏することである。文学とは近代文学であるからだ。その帰結が、中村草田男に代表される人間探究派であり（不思議なことを言うようだが、人間探究派の主張は桑原の「第二芸術」に先行して存在していたのである）、社会性俳句であった。従って私が本書の主題とした「戦後俳句の探求」とは社会性俳句を筆頭とし、造型俳句、（一部の新興俳句を含む）前衛俳句、やがてそれらを総括して語られるべき「新しい詩学」として結実する【注1】。一方の伝統俳句、花鳥諷詠俳句の探求は、前著『伝統の探求〈題詠文学論〉』の中で語られ、しかるべき座を確保しておいたのでここでは触れることはしない。

ここで本書のおよその輪郭が浮かび上がると思う。つまり「第二芸術」が提起した「現代俳句のテーゼ」の中で戦後俳句は展開するのである。以下、第2章からこれを受けて戦後俳句の探求をしてみたいと思う。とはいえその前に、一つだけ作業をつけ加えておこう。社会性俳句も社会性も再度定義し直されなければならないということだ。紛らわしいこの言葉を当初はある程度使い分けた方が誤解が少ないはずだ。

もちろん、先行する「人間探究」派も「花鳥諷詠」も必ずしも定義されていないで使われているようだ。定義自体がもともと難しいのだが、しかしそれがまた俳句史の混乱の原因になっている。しかしこと社会性俳句は、それがポスト「第二芸術」であるところに多少の定義のしやすさもあるような気がする。すなわち「第二芸術」が述べた「近代芸術は全人格をかけての、つまり一つの作品をつくることが、その作者を成長させるか、堕落させるか、いずれかとなるごとき、厳しい仕事であるという観念のないところに、芸術的な何ものも生れない」を受けた俳句側の運動であるとすれば、範囲は限定されるだろうからである。

だから、私は次のように定義したいと思う。もちろんこの定義は不十分だという人もたくさんいると思うが、それであれば自らの定義をはっきりすべきであろう。もしそうした定義が生まれれば、私の定義との互換表が出来るはずだ。もし二つの定義の互換表が出来れば、それは非常に結構なことである、言いたいことを常に翻訳しあえるからだ。実は定義に絶対正しい定義などあり得ない。どちらがより実用（適用・実作）に適しているかであり、それは容易に検証できるのである。だから一番怠慢なのは自らの定義を示さずに批判することであろうと思う。

①「社会性」とは属性である、否応もなく作者個人の持つ属性である【注2】。およそ健全な良識のある人が何かしら持たざるをえない属性である。それはこの場合、正義感と言ってもよいかもしれない。桑原武夫の言った（西欧自然主義文学に代表される）近代文学の中には必ずそうした要素があったはずである。そしてそれが行為となるとき、「態度」となる。誤解のないようにいうが、それはあらゆる文学が常にもっていた、ポジティブでも、ネガティブでもない中立的な、

形容詞のつかない「態度」である。社会性のある俳句とは、だから次に述べる「社会性俳句」ではない。芭蕉や李白ですら社会性のある作品を作っているからである。

②これに対し「社会性俳句」とは、俳人に社会性（それも特定の傾向）を強要する文学理論上の主張、ないしそれを踏まえた作品をいう。その意味でこの瞬間に「社会性俳句」の「社会性」の意味も変質している。例えば、社会主義的イデオロギーを持つ闘争的傾向がその代表である。こんな作品は芭蕉や李白も作ったことのないものである。

③こうした中で「社会性（俳句）作家」とは、（1）「社会性俳句」（2）のための運動をする運動家、（2）「社会性」（1）の属性を持った作者の両者をいう。この点が少しややこしいと思う。

④そして、「社会性（俳句）論争」とは基本的に「社会性俳句」（2）運動に関する論争である。赤城さかえの名著『戦後俳句論争史』の後半は、まさにこの「社会性（俳句）論争」を取り扱っているものである。言っておくが、「社会性」（1）に関する論争ではない。

もちろん、昭和二十〜三十年代に社会性論争をしている作家たちがこれらの言葉の差異を自覚しているはずもない。こんな区分は現在だから提案できる後知恵なのだ。当時の作家たちは、全然違った用語体系で論争をしている。だからそうした不正確な用語による論争の中で渾然となって理念論争が進んだのが、昭和二十年代後半から、三十年代前半の時代だったのである。当然ながら私も、最終的には混乱した用語で論じざるをえないが、核心となる部分では注意して使い分けてみたい。

【注1】やや複雑なのは人間探究派であり、上述したように「第二芸術」の視点から言えば、

人間探究派の主張は桑原の「第二芸術」に先行して存在していたのであり、「戦後俳句の探求」を語るに当たっては欠かすことが出来ないはずである。「第二芸術」以後、人間探究派（特に中村草田男）と社会性俳句はきしみ合いながら戦後俳句を導いてきたのであり、社会性俳句と対等の場を与えられてしかるべきだ。実際、社会性俳句の中村草田男の影響、例えば『銀河依然』の第三存在などは無視できないのである。にもかかわらず、人間探究派は、「第二芸術」に先立って生まれたが故に、「第二芸術」以後のピュアな論争について行けなかった。草田男であれば、文学と芸の二律背反が、「第二芸術」以後の反動から芸の方へ傾かざるをえなかった（もちろん、だからといって、純粋伝統派のように俳句は文学でなくて良い、さらに言えば（古代的な）題詠文学の系譜につながるものである、などとは口が裂けても言えなかったのだが）。こうして戦後俳句史の劈頭に「第二芸術」を置く以上、人間探究派をポスト「第二芸術」の中心と位置づけることは出来なかったのである。以下、「戦後俳句の探求」では主役は社会性俳句に、人間探究派はそれを引き立てる脇役として語ることになる。

【注2】ここでは社会とのかかわりを広く「社会性」で捉える。従って、社会に対して積極的に対応するものを社会的というのは勿論であるが、社会から逃避する消極的態度も社会的である。隠者の文学もやはり社会的なのである。社会性とは、闘争することばかりではない、批判し、傍観・冷笑し、逃走し、絶望し、世間から自閉し、治療し、さらには自殺することも社会性なのである。

第2章　社会性俳句の新視点

1．社会性という現象

(1) 原社会性とは

社会性俳句の発端は、今では誰もがいうように大野林火の編集した角川書店「俳句」の特集「「俳句と社会性」の吟味」(「俳句」昭和二十八年十一月)であり、この特集で執筆された沢木欣一「草田男の場合」、能村登四郎「俳句の非社会性」、原子公平「狭い視野の中から」、田川飛旅子「実作を中心として」、細谷源二「俳句の社会性の吟味」が、社会性俳句を論じた最初の評論となるとされている【注1】。

しかし、この特集及び評論に対して赤城さかえは「二十九年度の論断〔壇?〕は全くこの五人の評論に対して反応を示していないのである。反論をするものも、賛成するものも、発展するものも、遂に現われなかったのである」と、意外な指摘をしている【注2】。「俳句」の特集からただちに燎原の火のように社会性俳句が始まったのではないのだ。

実際、社会性論争は、その一年後、同人誌「風」が昭和二十九年十一月号で同人二十四人に「俳句と社会性」というアンケートを行い、特に特集に参加した沢木欣一が「社会性のある俳句とは、社会主義的イデオロギーを根底に持った生き方、態度、意識、感覚から産まれる俳句を指す」、金子兜太が「社会性は態度の問題である」と発言して以後、大きく広がっていった。これこそよく知られている事実である。こうした時代に突入してからはその代表句が次のように生まれているとされる。

塩田に百日筋目つけ通し　沢木欣一
暁紅に露の藁屋根合掌す　能村登四郎
原爆許すまじ蟹かつかつと瓦礫あゆむ　金子兜太
彼のボスか花火さかんに湾焦す　佐藤鬼房
遠近にヘリコプター泛き凶作の田　鈴木六林男
白蓮白シャツ彼我ひるがえり内灘へ　古沢太穂
平和へ平和へ玉菜はつねに蝶をかかげ　赤城さかえ

しかし、ここでは従来何度も論じられてきたこれらの論争【注3】については触れないでおく。社会性俳句の自縄自縛に嵌ってしまうことを恐れるためである。むしろ――赤城の言う「無反応の時代」である昭和二十八年十一月から二十九年十一月までの間の状況に注目しておきたい。同じ文脈の中で、赤城が言う、「社会性論議ということは、俳壇の新鋭の間にも、まだ二十九年頃には、自分自身の側からの積極的な問題提起としては、充分成熟していなかったのではないかと思う。この前年頃から全国的に基地問題が抬頭し、再軍備が強行され、失業者が増大し、社会保障が低下し、水爆実験による死の灰の犠牲が起るというような深刻な社会のうごきがあり、それを反映していわゆる素人の作家の間からもそういう現実を反映した作品が盛り上ってきたという事実こそが、二十九年度の顕著なうごきであったのではないか」との指摘こそ、赤城の感度の良さを如実に示している。戦後俳句、いや社会性俳句は「現代俳句のテーゼ」の下に動きはじめたものであるからである。

さて後述する「俳句」の特集「揺れる日本――戦後俳句二千句集」を（例句の是非はさておいて）赤城は高く評価し、この企画の発表の前後を一契機として社会性の論議が深まって行くと述べているが、考えてみると素人の作家たちの、基地問題・再軍備・失業増大・社会保障低下・水爆実験といった深刻な社会の動きの作品を集約したのがこの「揺れる日本」であったのだ。ここでは「素人の作家」と「深刻な社会のうごき」がポイントである。戦後の新人作家が社会性意識に目覚めて詠み出した俳句という言い方も間違いではないが、より正しくは「深刻な社会のうごきがあり、それを反映していわゆる素人の作家（無名作家）の間からもそういう現実を反映した作品が盛り上ってきた」のだ。その後、新人作家たちがその後を追ったのである。素人の先導――これは俳句史が始まって以来初めての事件であり、いかにも戦後の民主化を象徴する事件ではなかろうか。社会性俳句論争の始まる直前の「原社会性」と言うべき作品傾向を眺めることから始めることとしたい。

【注1】「俳句」の特集「「俳句と社会性」の吟味」の五人の中で、沢木、能村、原子、細谷が中村草田男に触れ、さらにその多くが草田男の句集『銀河依然』（昭和二十八年刊）の跋文の中の「『思想性』『社会性』とでも命名すべき、本来散文的な性質の要素と純粋な詩的要素とが、第三存在の誕生の方向にむかつて、あひもつれつつも、此処に激しく流動してゐるに相違ないのである」を引用していることからも、論争としての社会性俳句の淵源は草田男にあると考え

られている。

【注2】赤城さかえ『戦後俳句論争史』(昭和四十三年刊)第二部「社会性論議の実態」より。初出は、「寒雷」昭和三十一年一月~十二月「社会性論議の実態」。

【注3】『戦後俳句論争史』においては、昭和二十八年十一月から昭和三十一年一月までの論争を網羅的に紹介する。

(2)「揺れる日本――戦後俳句二千句集」

話題にした「揺れる日本――戦後俳句二千句集」は昭和二十九年十一月に角川書店の「俳句」で行われた特集で、楠本憲吉・松崎鉄之介・森澄雄を編者として、戦後の激動を描く主題分類により戦後の作品を主に雑誌から収集したものである。十章で構成され、①政治経済、②戦争平和、③社会、④基地、⑤労働関係、⑥衣食住、⑦年中行事、⑧人事、⑨風俗流行、⑩戦後風景からなる。しかしすべてがすべて、深刻な社会の動きに貫かれたものばかりではない。その細目を眺めると、①政治経済~⑤労働関係、⑩戦後風景には後の社会性俳句に共通する要素が見えるが、⑥衣食住~⑨風俗流行には、生々しい生活断片こそひしめくが、深刻な社会の動きとは言いがたいものも混じっている。

前者の例を知るために、②戦争平和の項目を挙げると、次のようになる。

【終戦】【敗戦】【抑留〔捕虜〕】【復員船〔帰還船〕】【復員】【引揚げ】【帰還】【帰還者】【未帰還】【遺骨―遺影―遺品】【戦没碑】【独立】【講和】【朝鮮動乱―戦火】【休戦―停戦〔朝鮮動乱〕】【平和】【戦

の不安―戦おそる】【反戦―反米】【予備隊】【保安隊―保安庁】【再軍備】【武器―武装】【冷戦―二つの世界】【原爆忌】【ヒロシマ［広島］】【原爆地】【原爆症―ケロイド】【原爆展―原爆図】【原爆記念館】【原子爆弾―原子雲】【死の灰―原子禍】【水爆】【放射能―ガイガーカウンター―福竜丸】

しばしばここから有名俳人の戦後生活を示す作品が引用されるが、先に述べた赤城の指摘に従えばむしろ素人の作品こそ注目すべきである。以下、その一例として【原爆忌】の全句を紹介する。プロフェッショナルも素人（素人と言っては失礼かも知れないが、歴史に埋もれて日の当たらない膨大な作家群だ）も含めた全作品を提示するのである。

【原爆忌】

原爆忌生きて麦湯の冷えすする　「曲水」昭26・11　田口宗吉
原爆忌無花果天に乳垂るる　「曲水」昭27・11　加藤夫一
小説は義経ばやり原爆忌　「曲水」昭27・12　佐野青陽人
原爆忌赤茄子腐れ光りけり　「俳句」〃　新　山花
原爆忌根元干割れて向日葵立つ　「浜」〃　三上江雪
原爆忌蟬びつしりと樹の色に　「道標」昭28・8　今井一介
向日葵が花頭捧ぐる原爆忌　「俳句」〃　榎本冬一郎
炎天一握の骨でありしよ原爆忌　「寒雷」昭28・9　寺坂初子
原爆忌一樹の裏に月育つ　「氷原帯」28・10　奥村比余呂

原爆忌たたずみ遺族めきにけり　「浜」〃　吉波曾死
原爆忌母の信も十全ならざりき　「俳句」〃　中村草田男
平和像霊と涼しく原爆忌　「雲母」〃　池田螢都
原爆の日の泉面に顔浸けて　「俳句」昭28・12　平畑静塔
原爆忌わが臍の緒も焼けにけり　「曲水」昭29・1　大塚麓
墓折れしままの九年や原爆忌　「青玄」昭29・8　赤尾山稜

現代の我々から見れば、関心は、これらの主題で俳句が成り立つかどうか、である。しかし当時の俳人、人間探究派以後の良心的な俳人にとっては、時代を詠めない俳句は現代俳句たり得ないという焦燥感が強かった。現代俳句を詠んだ上でその文学性が評価されたのである。余談となるが、石田波郷は馬酔木の後輩能村登四郎の「ぬば玉の黒飴さはに良寛忌」の句を取り上げて、「これらの句の情趣や繊麗な叙法は、趣味的にすぎて戦後の俳句をうち樹てるべき新人の仕事とは思へなかつた」と批判し、現代的素材や情感、表現をとらなければ若い作家たり得ないと述べていたのである（『咀嚼音』跋文、昭和九年）。

それは、俳句は「現代」を詠まなければならないという焦燥感にも似た青年たちの〈「現代俳句」のテーゼ〉――桑原武夫の「第二芸術」のトラウマ――であった。終戦直後から一九七〇年代まで続くこの枠組みが改まり、趣味的な大人の文学である〈伝統俳句のテーゼ〉が復活するのは、昭和四十五年に草間時彦『伝統の終末』・能村登四郎『伝統の流れの端に立って』などが刊行されてからだが、当然のことながら社会性俳句や前衛俳句などと同様、論の前に実作がそうした時代を作り上げていたのである。

こうした前提を踏まえてもなお、掲出した原爆忌の句はどれも感心しない句ばかりである。中村草田男、平畑静塔だからといってこれを免れているわけではない。なぜなら、草田男らがこれらの素材を積極的に取り上げたというよりは、多くの素人作家の取り上げた素材に草田男らも従っていたというだけのことであったからである。

こうした例を別の句で言えば、例えば中村草田男の「いくさよあるな麦生に金貨天降るとも」（昭和二十四年）も「いくさよあるな」は独創的な措辞ではなく、原社会性の俳句における共感性のある措辞として多くの作家たち（素人作家も含めた）の愛好模倣する表現となった（草田男自身にも、「永き日の餓ゑさへも生いくさすな」〔昭25〕の模倣句がある。）。例をあげよう。

【朝鮮動乱―戦火】

いくさやめよ炎天にまた貨車見送る　「浜」昭25・10　杉本　寛

【平和】

★いくさよあるな麦生《むぎふ》に金貨天降《あまふ》るとも　『銀河依然』（「万緑」昭24・6）中村草田男

戦あるな古鉄を梅雨の貨車へ運ぶ　「氷原帯」昭26・8　笹村佳都夫

いくさあるな地底に楽のつづく限り　「氷原帯」昭28・6別冊　大久保坑人

いくさやめよ胸の弾痕汗を噴く　「俳句」昭28・8　長谷　岳

戦あるかと幼な言葉の息白し　「俳句」昭29・4　佐藤鬼房

【基地】

羽蟻たつ基地盛んなりいくさあるな　「曲水」昭29・4　佐藤文六

何と稚拙であることか。しかしそれは、戦前の草田男、楸邨、波郷らの人間探究派の高踏的、プロフェッショナルな俳句と比較するとき、よほど単純で素直な世界となっていることも分かるはずである。草田男、楸邨もその意味で素人のレベルに退歩し、またそれを通して進歩しようとしているのである。問題はそれを散文で表現するときに、『思想性』『社会性』とでも命名すべき、本来散文的な性質の要素と純粋な詩的要素とが、第三存在の誕生の方向にむかつて、あひもつれつつも、此処に激しく流動してゐる」（中村草田男『銀河依然』の跋文）というような迂遠な言葉に何故ならざるを得ないかである。もっと素人の論理があるはずである。この言葉は、社会性俳句を語る際必ず引用される言葉であるが、果たしてそれが適切であったかどうかも吟味されねばならないだろう。

さて、次に述べる兜太も含めてこれらの社会性俳句が現在共感を得ない理由も自ずとはっきりしてくる。それは社会性俳句が素人に由来する俳句だからである。草田男も楸邨も戦前と違って素人的視点を導入したために戦前の高踏的ではあるが文学的香りを喪失している。問題はこれから何を創造しているかである。

2．社会性俳句作家という現象／あるいは社会的事件

（1）沢木欣一と能村登四郎／あるいは原爆図

社会性俳句の作家として、我々は歴史的に、沢木欣一、能村登四郎、金子兜太、原子公平、佐藤

鬼房、鈴木六林男、古沢太穂、赤城さかえ、和知喜八などの名前をあげることができる。これはそれほど間違っているとは言わない。彼ら自身も、その時そう思っていたからである。全員の作品を網羅して眺めることは不可能なのでこれを代表して沢木・能村二人の作品で確認してみよう。二人は、「俳句」の「「俳句と社会性」の吟味」の特集の後、二年後に、論者五人の中から選ばれ特別作品を発表し、次のような作品(「能登塩田」「合掌部落」)を残している。これらは今日、社会性俳句を代表する作品と見なされている。

塩田の黒さ確かさ路かがやく　　沢木欣一
塩田に百日筋目つけ通し
塩田夫陽焼け極まり青ざめぬ

白川村夕霧すでに湖底めく　　能村登四郎
暁紅に露の藁屋根合掌す
追はるべき墓か四五基が黍がくれ

前者は能登に残る労働集約型の過酷な塩田作業、後者はダム開発のために湖底に沈められる白川村集落を素材としたものである。社会性俳句作家は当然社会性俳句的な作品を詠むといってよいであろう。しかし、この二人が社会性俳句作家として認知された直後、次のような句集を上梓している。その目次を眺めてみると、次の通りである。

●沢木欣一『塩田』(昭和三十一年三月五日、「風」発行所)

目次構成＝雪白抄・大学裏・旅の夫婦・産屋・犠牲・唐招提寺・広島・能登塩田

●能村登四郎『合掌部落』（昭和三十二年四月二十五日、近藤書店）
目次構成＝北陸紀行・母の経・荒塩・父子登攀・合掌部落・緊木・男鹿の冬・八郎潟干拓田・悲母変・習志野刑務所・八幡学園・吾子受洗・登呂麦秋・充ちし中年

沢木の場合、「能登塩田」以外は推測できるように、総じて身辺詠ないし旅吟・吟行句の章である。能村の場合、「合掌部落」以前から社会性俳句を詠んでいたが、それでも「北陸紀行」「合掌部落」「八郎潟干拓田」「習志野刑務所」「八幡学園」の章以外は沢木同様身辺詠ないし旅吟・吟行句である。ちなみに、能村の『合掌部落』以前の作品は第一句集『咀嚼音』に収められており、全編教師の悲哀や喜びを描いた境涯俳句であった。

沢木のように、社会性俳句が登場する以前の作品に社会性があったか否かを論じるのは酷かも知れないが、それでも赤城さかえの言う「吟行的な作句態度」の作品と日常身辺の私小説的な作品で尽きている。既存の作風から言えば、沢木も能村も、旅に出てうまれた大作と私小説的な諷詠の延長に「能登塩田」も「合掌部落」もあったと言うことができるであろう。参考までに、社会性俳句以外の二人のその時期の作品を掲げておくことにする。

一本づつ夕焼け終る天の松　　沢木欣一
雪しろの溢るるごとく去りにけり
わが妻に永き青春桜餅

汗ばみて加賀強情の血ありけり
苺出てけふ辰雄忌のゼミナール
旅なれぬ妻率てひらく花火の下　能村登四郎

彼らが社会性俳句に目覚める契機は、前に述べたように、別に俳人特有の事由ではなく、一般人共通の事件が重なってきているとみてよい。俳人だけが特殊な感性を持っていたわけではない。ここでは二つの事件――原爆と内灘を取り上げてみよう。先ず原爆から述べる。

＊　＊

ここで紹介するのは、原爆ないし原爆忌ではなく、原爆図という特殊な素材である。原爆図を取り上げるのは理由がある。昭和二十年八月の原爆投下を知って画家丸木位里は故郷の広島を訪れた。被爆の実態をつぶさに眺め一連の「原爆図」を描いた丸木は昭和二十五年二月から全国巡回展示を開始する。二十八年十月までに一三三回の展示会が開かれた。これが原爆展ないし原爆図である。特色は市町村単位の小規模な会場をつぎつぎに移動展示したことで、移動しやすいように掛け軸とし、解説としての絵解きが行われたという。「揺れる日本」に掲載されている、丸木の展示を見たと思われる俳句は次の通りである。

毛糸編む気力なし「原爆展見た」とのみ　『銀河依然』（「万緑」昭28・1/2）中村草田男
さんま焼く皮むけてふと原爆図　「道標」昭28・1　三宅一人
原爆図絵吾子には見せず蟬遠し　「俳句苑」昭28・2　能村登四郎

原爆図唖々と口あく寒雷　「寒雷」昭28・2　加藤楸邨
原爆図さむく母乳をまさぐる指　「寒雷」昭28・2　加藤楸邨
原爆展生きてゐしかば悴み観る　「俳句」昭28・4　下村ひろし
原爆展の跫音籠り籠り籠る　「俳句苑」昭28・4　藤田　宏
原爆図夜はしぐれて炎なす　「俳句苑」昭28・5　田原千暉
猿あたたか原爆図見しを目が忘る　「浜」昭28・5　納漠の夢

丸木の原爆巡回展は現在詳細な記録が残されており公表されている。これと一つ一つの作品を照合すれば、作品に出てくる原爆展の日時・場所が推測できるのである。最初の中村草田男作品は「万緑」二十八年一・二月号に掲載されている。加藤楸邨作品は同時期に加藤知世子が「原爆展を見る」という作品を「寒雷」に掲載しているから、夫妻で展示を見たものらしい。能村登四郎作品は丸木の原爆図を版行した『画集普及版原爆の図』（昭和二十七年四月、青木書店刊）を詠んだものであろう（句の初出は昭和二十七年十月「馬酔木」）。このように昭和二十七〜二十八年は俳句が原爆図に一斉に関心を持った時期となっている。

実は二十七年四月にサンフランシスコ講話条約によりGHQが撤退するまでは、あらゆる報道がプレスコードにより規制され、原爆について書くことは禁じられていた。写真など論外であった。位里の展示が可能だったのは、「報道」ではなく「芸術」であるという脱法的解釈によってであった（それでも、第一回の巡回展は主催者がGHQを慮って「原爆図」ではなく「八月六日」と題した。この時期、これに関連して「白鳥事件」が発生、当時の騒然とした物情を物語る）。

ＧＨＱ撤退後、二十七年七月には「アサヒグラフ」（八月六日号）が初めて原爆写真の公開を行っている。沢木はこの写真をもとに作品を詠んでいる（「犠牲」の章の末尾）。

原爆被害写真公開、惨禍に今更驚く　七句

人面がたちまち土塊歯牙二本

顔くずれ白シャツに指生きている

目鼻なき死者よ莚の目のみさだか

秋　柳　手　押　車　に　火　傷　母　子

社会性俳句の定義を何とするかによって議論はあろうが、おそらく沢木が遭遇した初めての社会性俳句の事件といってよいのではないか。以後、沢木は、内灘（「唐招提寺」の章の一部）、広島・小浜線・富山県氷見（「広島」の章に散在）と社会性俳句を詠み始める。

内灘基地となる

熱　砂　上　異　国　旗　給　水　塔　に　萎　え

広島にて

主婦たたら踏むメーデーやヒロシマに

小浜線

雉　子　歩　む　傍　若　無　人　凶　作　地

富山県氷見十二町潟にて

水浸く稲陰《ほと》まで浸し農婦刈る

このように見ると原爆図や画集・写真集がその後の社会性俳句に及ぼした影響の大きかったことがよく分かるであろう。特に、文学活動からみた場合、占領下における原爆の「報道」の規制を「芸術」の名において脱し得たことは、俳句の社会的なあり方として重い宿題を与えたはずである。虚子は「人間性、社会性に重きを置くことは（略）勢い俳句でないものを産むことになる」といって一貫して排斥したが、俳句でしか人間性、社会性を詠むことが出来ないのであれば事情は全く異なる。「俳句」でそれが出来ないことの証明（ＧＨＱの検閲）はまだ確認されていなかった。「文章（報道）」では明らかに（占領下においては）それが出来なかった。

（２）古沢太穂／あるいは内灘

沢木や能村に比べてその初期から社会的な意識で俳句を詠み続けてきた作家が古沢太穂である。社会性俳句の登場する以前から次のような句を詠んでいた。後には長らく新俳句人連盟会長の要職を務め、多くの句に党務にかかわったとあるように、戦後はイデオロギー性の強い俳句を詠んでいた。沢木のした定義、「社会性のある俳句とは、社会主義的イデオロギーを根底に持った生き方、態度、意識、感覚から産まれる俳句を指す」に最もぴったりとする俳句である。

税重し寒の雨降る轍あと
飢と寒さ天皇は汝《なれ》にありといえど

明日はメーデーいつしんに冷やす腕の腫れ
ロシヤ映画みてきて冬のにんじん太し
「死の灰より救え」ビラへ日本の梅雨茫と
抱きあう群像の真中夏服ただしく野坂
みたび原爆は許すまじ、学帽の白覆い

しかし太穂の代表句は何と言っても「白蓮」の句だ。ただ、この句を知るには、内灘の歴史も知らねばならない。朝鮮戦争遂行のため、昭和二十七年に米軍の砲弾の性能検査試射場として内灘砂丘が決定された。これに対して村議会は反対決議を行い、北陸鉄道労組は資材搬入に対してストライキを行うなどの激しい闘争が展開された。全国的な反基地闘争のモデルとなった地域である（最終的には昭和三十二年のアメリカ軍撤収で撤去された）。

白蓮《しらはす》白シャツ彼我ひるがえり内灘へ

おそらくこれほど、明るい風景の中で革命のオプティミズムの響きを高らかに歌い上げた俳句は少ないのではないか。そこにはいきいきとしたリズムが生み出されており、血の気の失せた前衛俳句と違う大衆性・民衆性を保証している。だから戦後の社会性俳句というものは、この一句を生んだことによって報われていると言わねばならない。

この句は、昭和二十八年夏に基地闘争支援のため内灘を訪れ、その後大野林火の勧めで昭和三十年の「俳句」二月号に発表したものだ。注意すべきは、当時の社会性俳句作家が、あるテーマを追うのに急で、結局事件のある現場に俳句を作りに行っていたのに対し、太穂は内灘闘争に参加しに行き、二年近く時間をかけて熟成して出来たのがこの作品であったということだ。旅吟の延長のような社会性俳句と行動に根ざした社会性俳句の二つがあるとすれば、太穂の句は決して軽佻な社会性俳句ではなかったはずだ。

この内灘は沢木が昭和二十八年に詠んでいることは先に述べた（実は昭和二十三年に草田男を案内し内灘砂丘を吟行しどういうこともない俳句も詠んでいるのである。その時点では基地も内灘闘争もなかったから当然である）。沢木の、現地に赴いての初めての社会性俳句であった。一方、能村登四郎も、『咀嚼音』の教師俳句を転換するため昭和二十九年八月に内灘を訪れ、『合掌部落』の冒頭に当たる「北陸紀行」で基地俳句を詠んでいる。能村の、初めての社会性俳句紀行であった。

砲音にをののき耐へし昼顔か　　能村登四郎
しづかなる怒りの海よ砂も灼く
ありありと戦車幾台日覆かけ
基地化後の嬰児か汗に泣きのけぞり

だから社会性俳句にとって、内灘は忘れがたい地名となっている。というより、社会性俳句が誕生する原因に基地闘争、その先駆けとしての内灘があったということなのだ。このように社会性俳句の発生の原因には、具体的社会的問題（事件）があったのであり、それを無視して抽象的に社会性を論じても意味は薄いと思われるのである。

3．もう一つの社会性俳句

（1）相馬遷子の社会性

「社会性」という現象、「社会性俳句作家」という現象をいくつか眺めてみた。しかしこれだけで、社会性俳句というものをすべて把握できたとは思わない。複雑な社会の実状からすれば必ずや漏れているものもあるはずである。

当時にあって最も社会性の要素が強く現れていたのはジャーナリズムで、その影響力の強さから言って新聞を除外するわけにはいかない。当時の新聞にも多くの俳句投稿欄があった。稚拙とはいえ、新聞俳句投稿欄には社会性の現れる可能性が多くあった。特に短歌投稿欄には明らかに、濃厚な社会性が現れていた。

俳句においても、選者によっては、戦前からの趣味の花園のような投稿欄もあったが、社会性を濃厚に表している欄もあった。現在、そこに投稿された作品を社会性俳句とは必ずしも言わないが、それを除外すべき理由もない。

戦後の新聞投稿欄に登場した最も著名な句は次の句ではないか。「揺れる日本」の中に含めても決して遜色はない。

十代の愛国とは何銀杏散る　　長野　松井冬彦

日本社会党の浅沼稲次郎委員長が刺殺された時（昭和三十五年十月十二日）の作品、刺殺犯は山口二矢《おとや》、当時十七歳（高校中退）で、今もってつかわれる浅沼刺殺の衝撃的な写真では、犯人が学生服を着ていることに驚く。だからこそ「十代の愛国とは何」の言葉がよく共感を持って伝えられたのである。この作品は、昭和三十五年十一月四日朝日俳壇中村草田男選であり、作者は無名の人、草田男は新聞での選評にあたり、選評全文をこの一句の解説鑑賞にあて、「テーマそのものには恒常性があるが、ケースをとおしての訴えであるだけに、時間的に感銘がある程度弱まってゆく可能性のある句である」と述べた。しかし読み返しても、この時代を彷彿とさせ、他の社会性俳句に比して決して劣るものではあるまい。なぜ今日この俳句が忘れられているのだろうか。

ここで感じるのは、社会性俳句にはその周辺に当時の評論家たちが書き漏らしている多くの作家たちがいたのではないかということである。さてここで、そうした作家の一人として相馬遷子を取り上げてみる。遷子は長野県佐久の出身、東大医学部に入った後馬酔木で俳句を始め、戦後故郷の佐久に戻り開業、高原俳句と呼ばれる耽美な俳句を提唱した。一方開業医としての俳句を詠み込んで句集『山国』『雪嶺』をまとめ、後者で俳人協会賞を受けた。

沢木欣一と能村登四郎、ましてや古沢太穂とは全く違った道を歩みながら、真摯な態度で社会性俳句が問題とした対象を自らの生活の中で詠み込んでいった作家である。ここで言いたいのは、社会性俳句の対象とした事件や問題が社会性俳句を生み出したのではなく、それぞれを受け取る作家個人が内部の問題として取り上げることによって社会性俳句が生まれたのではないかということである。

ストーブや患者につづる非情の語　　昭和三十年

薬餌謝して死を待つ老やうすら繭　三十三年
貧しき死診し手をひたす山清水　三十五年
　ある患家にて
隙間風殺さぬのみの老婆あり　三十六年
酷寒に死して吹雪に葬らる　三十七年
雪催骨まで冷えて患家出づ　三十九年
障子貼るかたへ瀕死の癌患者　四十年
卒中死田植の手足冷えしまま　四十一年

相馬遷子の医療活動は長野県佐久野沢の相馬医院を中心に行われた。戦後の地域医療の劣悪な環境の中で格闘する地方病院は日本全国に共通するものだが、とりわけ長野県はこうした意識への目覚めが強い県であった。佐久は昭和四十年代までは日本一脳卒中による死者の多い地域だったというが、地域の病院が各戸にまで入って、減塩運動のキャンペーンや、一部屋暖房運動、健診を通じて疾患の予防に努め、現在は日本でも最長寿の地となっている。若月俊一らの地域医療のモデルはあまりにも有名である（マグサイサイ賞受賞）。

長野の医療改革の時期は相馬遷子の句集『山国』、『雪嶺』の時代とぴったり重なりあう。将来、日本の地域医療の歴史を考える際、我々は無味乾燥な公文書やデータと並んで、遷子の俳句を読むことによりこの時代の地方の苦痛を生身に感じ取って考えることができるのである。だからこの時期を過ぎた遷子の作品は急速に社会性を失い、自らの闘病俳句という個人的主題に関心を移して行く。

　こうした文脈の上でもう一度これらの句を読み直してみる。東京の恵まれた病院では見ることの出来ない風景が浮かび上がるはずである。若月俊一の当時の農村医療の記録によると、肺結核や中風、カリエスに罹った治癒困難な子供、老人たちを住まわせる山間部農家の納戸の写真が写されているが、その解説では、三百年間静止して動かぬ黴びた空気の万年床の小部屋は、蚤、虱、南京虫の棲家となり、戸を閉じてしまえば外界と途絶されて、生きた人々の墓場となっていたと書かれている。遷子の描いた「隙間風殺さぬのみの老婆あり」の老婆はこうした中で死につつ生きていたことを思い起こしたい。そしてこれらは社会性俳句に分類されてはいないが、なおその俳句の本質を社会性と呼ぶことは決して不当ではないだろう。

　それをよく表すのがその後の作家としての在り方であり、古沢が生涯社会性俳句作家として一貫したのに対し、沢木と能村は一過性の問題として特に後半生は全く違った作風を確立した（後年、二人とも社会性に関心があったのではなく風土に関心があったと述べているが、そんなことはない。彼らはその時点で社会性を志していたのである）。これに対し、良心的な相馬遷子は彼らほど社会性に向かう態度を変更させはしなかったが、長野県の医療環境の改善に伴い、鋭い社会性が薄れていったのは否めない。個人の意志の強い古沢を除いては、どうしても戦後の歴史（事件）を抜きにしては語れないのが社会性俳句であった。

　なぜなら、作品としての社会性俳句が開始されたのが昭和二十九年だとすれば、社会性俳句の片鱗さえない時代から相馬遷子は地域医療と向き合う俳句作品を作っていたからだ。故郷佐久に戻って開業医を開始した年から、遷子の原社会性の俳句は始まる。（＊は句集『山国』収録）

われを待つ病む人ありて日短か　二十二年
往診を断りし夜の秋の雨
田舎医となりて糊口し冬に入る　二十三年
自転車に夜の雪冒す誰がため＊
元日の往診断るすべもなし
二日はや死病の人の牀に侍す＊
人死んで三日の星の凍てにける
正月も開業医われ金かぞふ
自転車を北風に駆りつつ金ほしや
往診やかかる寒夜のながれ星　二十四年
往診や北風真っ向に路凍り
風邪の身を夜の往診に引きおこす＊
寒うらら税を納めて何残りし＊　二十五年
往診の夜となり戻る野火の中＊　二十八年
農婦病むまはり夏蠶が桑はむも＊
家を出て夜寒の医師となりゆくも＊
蝌蚪見るや医師たり得ざる医師として＊　二十九年
陳情の徒労の汗を駅に拭く＊

山に雪けふ患者らにわれやさし＊
年の暮未払患者また病めり＊
愛国者国会に満つ日短き＊

遷子の俳句の問題点は、いろいろ指摘することができる。例えば本論の核心とした社会的関心が俳句になじむのかという根本的問題はさておき、なじむとしても遷子の俳句の詠み方は適切であったかどうかである。観念過剰で稚拙としてあげられた次のような句は批判の最たるものであろう。

夏痩の身に怒り溜め怒り溜め＊
癌患者訪ふ汗をもて身を鎧ひ＊
ストーヴや革命を怖れ保守を憎み＊
農婦病む背戸叫喚の行々子＊
慇懃に金貸す銀行出て寒し＊

しかしそれは社会性俳句に共通して言える問題であった。今日社会性俳句の中で残るわずかな代表句を除けば、当時の社会性俳句の大半は遷子と共通の問題をもっていた。

師走の灯資本が掘らす穴の丈　沢木欣一『塩田』
雉子歩む傍若無人凶作地
毛布すりきれ戦後十年弥縫的

基地化後の嬰児か汗に泣きのけぞり
露の日輪戸に立つ母郷死守の旗
一瞬胸せまりたり悴む顔の囚衣群

能村登四郎『合掌部落』

＊

さてこうした遷子のリアリズムの源泉をどこに発見するかといえば、遷子が余儀なく詠むこととなった従軍俳句が挙げられるのではないかと思っている。

以下は、いずれも遷子の句集『山国』の素材となった『草枕』（昭和二十一年刊）所収句である。遷子が戦地にいたのは一年弱であり、十七年の初めの冬には病気のために送還され、療養しつつ、戦地での戦闘を回想しながら「馬酔木」に発表している。（＊は『山国』収録）

冒頭の句は、

月窓に冴えたり家は思はざらむ　　十六年五月

でいささかホームシックにかられている。

我が征くや霞は陸にわだなかに　　十六年五月
黄海や真紅の春日ただよへる　　十七年三月

遷子にとって戦争の大陸行が初めての海外渡航であったと思われる。その意味では、現在の海外詠に似た趣の句もなくはない。「わだなかに」「春日ただよへる」はまだ十分馬酔木的な美意識の世界であった。やがて、従軍俳句らしい作品が現れる。

春の闇見えねひた行く人馬の列＊　十六年九月
麦秋の暮れていや黄なる麦を行く＊　十七年一月
黙々と憩ひ黙々と汗し行く＊　十七年四月
黍高粱野の朝焼の金色に＊　十七年一月

まるで火野葦平の『麦と兵隊』のようである。じっさい「改造」の昭和十三年八月号に掲載されベストセラーとなったこの小説にあやかって改造社の「俳句研究」は九月号では「俳句「麦と兵隊」」として、日野草城「戦火想望」、東京三「戦争日記」、渡辺白泉「麦と兵隊を読みて作る」が発表された。草城の「戦火想望」はこの語の初出だと思われる。戦火想望俳句はこうして生まれたのであるが、遷子の作品もこれをモデルにしたことは否めない。

こうした中で、軍隊生活を客観的に捉える句がやがて生まれてくる。

黄塵や雨知らぬ畑に寝て憩ふ＊　十六年六月
湯浴みつつ黄塵なほもにほふなり＊　十六年六月
一本の木蔭に群れて汗拭ふ＊　十七年一月
栓取れば水筒に鳴る秋の風＊　十七年六月

「生来憶病な私にとつては、小銃弾の音さへもあまり有難くはありませんでした。国家に対する義務感、只これ丈で怯む心を鞭うちつつ、与へられた使命に対して全力を尽しました。それはそれとして、何か割り切れぬ気持が底流してゐたのも事実であります。これは戦争目的の不鮮明さによるものか、或は軍の組織の非合理性に基いてゐたのか、それとももつと外に原因があつたのか、それを深く追究する気持もなく、私は只管俳句を作りました。俳句を作ることも亦一つの使命の如くに思はれました。僅か一年の野戦の生活で健康を害ひ、内地還送となりましたが、あれ丈一所懸命に作りながら、大して見るべき句を残し得なかつたのは何とも恥かしい事だと思ひます。」（「歩み」「馬酔木」二十六年三月）

余儀なく遷子が詠み始めたリアリズムの世界である。従軍俳句をいま評価する人はいない。しかし、遷子にとって、リアリズムに着手したということは決して小さいことではなかった。やがて、佐久に戻っての社会的関心に動かされてゆくとき、一度経験したリアリズムは決して無駄にはならなかったように思われるのである。戦前に戦場で萎えていた追求する気持ちが、佐久ではその非合理性を問い掛ける気持ちを呼び起こしている。戦前の抒情的風景句と、戦場におけるリアリズムこそ遷子の戦後の俳句の方向を決めた大きな要素であったと思うのである。

(2) 従軍俳句について

従軍俳句（銃後俳句や想望俳句は除く）には、著名俳人のまとめた〈従軍俳句集〉と、無名俳人が結社雑誌などに投稿した作品を編集した〈従軍俳句選集〉がある。前者には、長谷川素逝『砲車』（昭和十四年）、片山桃史『北方兵団』（昭和十五年）、富沢赤黄男『天の狼』（昭和十六年）、栗生純夫『大陸諷詠』（昭和十八年）などがある。

しかしここで注目するのは後者の選集である。その始まりは、改造社の「俳句研究」が昭和十三年十一月号で企画した〈支那事変三千句〉である。以下、同誌では〈支那事変新三千句〉十四年四月、〈大東亜戦争俳句集〉十七年十月、〈続大東亜戦争俳句集〉十八年十月と企画がつづき、単行本による他社の聖戦俳句集が続いた。その開始時期（昭和十三年十一月号）を見ても、著名俳人の〈従軍俳句集〉より早く刊行されていることが分かる。前者が後者の影響を受けていることを推測させるのである（もちろん従軍俳句の制作自身は刊行より以前となるので一概に言えないが、少なくとも「従軍句集」としてまとめて刊行するという意志が明示されたのは、従軍俳句選集の方が早かったのである）。

そして、「俳句研究」〈支那事変三千句〉の特集にも、大きな政治的契機があった。昭和十二年七月蘆溝橋事件を契機に日中戦争が始まったが、上海陸軍報道部が改造社に持ち込んだ、前年芥川賞を受けた報道部員火野葦平に、戦争ルポルタージュ小説『麦と兵隊』を書かせるという企画で、雑誌「改造」の昭和十三年八月号に掲載され、九月に単行本として刊行され、この小説は一二〇万部という空前の売れ行きを示し改造社の経営を盤石なものとした。改造社は、進歩的出版社である一方（マルクス・エンゲルス全集、資本論を販売していた）、大陸侵攻路線も支持する（植民主義雑誌「大陸」や後にはムッソリーニ全集を刊行した）という二面性を持っていた。同社の俳句総合雑誌「俳句研究」の編集（山本健吉）もこれに呼応して雑誌の編集を大きく変えた。昭和十三年八月号では「戦争俳句・その他（座談会）」（渡辺白泉、中村草田男、佐々木有風、加藤楸邨、西東三鬼、石橋辰之助）が組まれ、九月号では「俳句「麦と兵隊」」として、日野草城「戦火想望」、東京三「戦争日記」、渡辺白泉「麦と兵隊を読みて作る」の作品が発表される。これを受けて、昭和十三年十一月号〈支那事変三千句〉特集が行われたのである。このように、支那事変（日中戦争）の開始、小説『麦と兵隊』の執筆とベストセラー、「俳句研究」の俳句特集「麦と兵隊」、「俳句研究」〈支那事変三千句〉特集と慌ただしく続いていったことを思えば、陸軍の思惑通りに進んだ特集だったのである。

ではその〈従軍俳句選集〉にはどのような作品が掲載されていたのであろうか。もちろん陸軍が期待した戦意を鼓舞する作品も多数あったが、それまで花鳥諷詠俳句・題詠俳句を作っていた作家たちが戦場に投入されることにより、否応なく戦場の客観写生俳句――より正確に言えばリアリズム俳句――を作ることを余儀なくさせられた成果が現れてもいたのである。〈従軍俳句選集〉の中のほんの一部であるがそうした作品を掲げてみよう。阿部誠文の労作『ある俳句戦記――詩華集にみる従軍俳句』に私の調べた句を一部加えて紹介する。

〈支那事変三千句〉「俳句研究」昭和十三年十一月

脚の骨くだけし馬が水を乞へり　田中桂香
包めるは冷たき手なり吾手なり　山本純火
敵の屍まだ痙攣す霧濃かり　熊谷茂茅
民萎えて親子かたまり兵見つむ　山田吉彦
夏草のしげるを撃ちぬひた撃ちぬ　前井比古左
木蔭縛られて来し男二人若く　斉藤順作

〈支那事変新三千句〉「俳句研究」昭和十四年四月

芒の穂がつきと握り殪れゐる　原まこと

つばくろは天に共匪の村焼くる　越路白夜

〈聖戦俳句集〉「山茶花」同人編　昭和十四年四月

娘らは避難に雛は掠奪に　三條羽村
たたかひは蠅と屍をのこしすすむ　属朔夏
向日葵やとりかこまれて捕虜稚き　籾城信二
土匪を追ふおこりに銃の定まらず　北岡景窓

〈聖戦俳句集〉胡桃社同人編　昭和十四年四月

馬肉人肉あさる犬らよ枇杷の花　奈良部藤花

土匪銃殺

土匪斃れ蓬の花をつかみけり　東軒生露
遺棄体に葱のとがりし影がある　山田吉彦
箱の骨ごとりと音す枯野ゆき　清水吧志芽
弾丸の来るはあのアカシヤの咲く丘ぞ　堀川静夫
突撃の喇叭喇叭や霧のなか　川口葭味
家焚いて酷寒の暖とりにけり　久野一仙

〈聖戦と俳句〉水原秋桜子編　昭和十五年三月

合歓のかげ銃うちまくり裸なる　武笠美人蕉
灼くる天流弾ながき音を曳けり　小島昌勝
敵機燃ゆ大き夕焼の中に燃ゆ　小山葉秋

〈大東亜戦争俳句集〉「俳句研究」昭和十七年十月

米比俘虜蜒蜿として炎天下　堀川静夫

〈続大東亜戦争俳句集〉「俳句研究」昭和十八年十月

げんげ野に早駈けの兵絵の如し　山口　茂

手榴弾握りし敵屍稲を染む　広瀬汀月

人馬ただ炎熱に堪へ飢云はず　矢野禾風

虫止みぬ敵か味方か伝令か　村田石穂

〈南十字星文芸集〉陣中新聞南十字星編集部編　昭和十七年六月

敗敵の焦土戦術きび燃ゆる　森岡曹長

椰子の根に倒れて最早屍なり　山本ちかし

〈聖戦俳句集〉水原秋桜子編　昭和十八年八月

工兵のうるしの如く日焼けたり　西尾亞木

〈大東亜戦争第一俳句集〉吉田冬葉編　昭和十八年十月

春泥や便衣の多き敵死体　阿部黄梅（便衣＝民間人の服）

夏草を握りしめ負傷の痛みに耐ゆ　山本正彦

〈大東亜戦争俳句集〉河野南畦編　昭和十八年八月【注1】

ここに攻め敵の血塗りし蚊帳に寝る　大村杜六

向日葵の炎ゆるに耐へて痢を秘むる　原まこと

囀りや草に投げ出す仮義足　播間友藏

コレラ怖づ死なば弾にと思ふ身の　福島良夜

第二国民兵訓練

炎天や茫然と見し蟻の列　山口麻艸

〈従軍俳句選集〉には無名の従軍兵士の作品が多い。その意味では著名俳人による〈従軍俳句集〉に技法的にやや劣るようにも思われるが、さまざまな戦場のシチュエーション（民間人殺害、家屋放火、スパイ処刑、死体の放置、断末魔など）は我々の想像を超えるものもあり、そうした状況が技法を超えて鑑賞に値する作品を創り出しているように思われる。本当の戦争とは何なのか、批判するのはたやすいが、戦争とは何か、そして戦争を見つめる目は何であり、それは人間としてどのように受容すべきかが浮かび上がってくる。

そしてこれらの句について、「匪の白馬花野をわたる美しき」などと詠んだ陸軍大佐小田黒潮は『大陸春秋』（戦争中に句集刊行の計画もあったが、結局戦後四十二年に刊）の後記で「終戦後戦争に関する俳句は敬遠され、或は排撃される傾向があり、作者自らも自己の作品から逃避する風があった」と述べているように、これらのほとんどの作品が戦後活字にされることはなかったようである。『山国』に従軍俳句を収録した相馬遷子のような例は少なかったのである。

これら従軍兵士の作品と比較して興味深いのは、〈大東亜戦争俳句集〉には多くの銃後の著名俳人が作品を採られていることである。

国の秋測り知られぬ力あり　高濱虚子

シンガポール陥ちぬ春雪の敷く夜なり　水原秋桜子
わが島根寒月照りて侵し得ず　山口誓子
神の梅かくも真白し勝たでやは　渡辺水巴

いずれも風格のある俳句であるが、生々しい人間を感じさせるものではない。その意味で、右に掲げた無名の作家たちの従軍俳句選集の迫力には敵わないのである。

また、〈従軍俳句選集〉以外の〈従軍俳句集〉を無視してよいものではない。以下、多くの〈従軍俳句集〉があり、注目すべき作品もあるが、筆者は悉皆調査はかなわなかったので主に『戦場に命投げ出し　従軍俳句・人と作品』から抜粋して紹介することとする。ただし右の従軍俳句に対応するリアルな俳句を選んだ。

麦の穂にたふれしづみしが起きて駈く　長谷川素逝『砲車』（十四年四月）
てむかひしゆゑ炎天に撲ちたふされ　長谷川素逝
かをりやんの中よりわれをねらひしたま　長谷川素逝
小《シャオ》孫《ハイ》子《ツ》老《ラオ》婦《フ》もスパイ杏売る　堀川静夫『南京』（十五年七月）
長き夜や壁ぷすぷすと弾丸を嚙む　堀川静夫
砲身は灼けて時雨をはじくなる　堀川静夫
匍ひすすむ手あげしは傷者見つけしなり　片山桃史『北方兵団』（十五年十月）
射ちつくし壕すてざりし屍なり　片山桃史

胸射貫かれ夏山にひと生きむとす　片山桃史
筆みだれ終らぬ遺書に縡《こと》きれし　岡本圭岳『大江』（十五年十二月）
人も砲も見る見る雪を冠りたり　小倉緑村『隊列』（十六年六月）
秋ふかく飯盒をカラカラと鳴し喰ふ　富沢赤黄男『天の狼』（十六年八月）
街滅び向日葵金を全うす　吉田忠一『潮州』（十七年九月）
傷兵の銃執り迫る敵を射つ　吉田忠一
手榴弾擲ぐる姿勢を咫尺に撃つ　吉田忠一
くさむらがみなしのびよる敵と見ゆ　吉田忠一
壕に並ぶ敵遺棄死体草枯るる　小林清之助『一塊の土に我ら戦ふものの足跡を』（十七年一月）
敵死体の外套をとりてうづくまる　小林清之助
壕深く兵士落花生の如くあり　栗生純夫『大陸諷詠』（十八年三月）

句集をまとめる価値のある、力量のある作家たちだけに、リアリズム、象徴、諧謔など従軍俳句でなければ見えない作品があげられる。普通にはこれらが従軍俳句として例に挙げられる作品であろう。しかしそれだけではないことも言っておかなければならない。

＊

さて、戦争俳句・従軍俳句は大半がプロパガンダの俳句で読む価値はないという主張も一部であるが、それはそうした作品を見た上で評価すべきことだ。多くの俳人が戦地に赴き、いやそれだけではなく戦地に赴いた兵士が無聊を慰めるために俳句を始める中で、花鳥諷詠でも、プロパガンダでもない、リアルな俳句が詠まれたことも事実なのである。そして悲惨な従軍生活を送った後復員し、再び俳句を始める機会を得たとき、彼らの俳句は決して写生俳句や花鳥諷詠俳句にとどまるものではなかった。社会性のある俳句はこうした中で生まれたのではないか。

【注1】『俳人が見た太平洋戦争』（平成十五年、北溟社刊）より。河野南畦が戦中に編纂した選集であり海軍省で出版許可を受けたが、刊行されず、河野氏が保管し、没後、河野多希女氏の許可を得て北溟社が刊行したものである。

［付］金子兜太らの従軍俳句

相馬遷子から類推できることは、従軍経験、そしてそこから生まれた従軍俳句のリアリズムから、戦後の社会性俳句のリアリズムが生まれたのではないかということである。それは私の想像も交えているが、あり得ないことではないだろう。特にそれは、個別の作家のことを言うのではない。戦前には多くの従軍俳句集団が存在し、戦後に社会性俳句集団が存在したということは、作家の思想を超越して、共通するリアリズムという表現技法が大きく寄与しているのではないかということである。写生俳句や花鳥諷詠俳句を事としてきた多くの作家が、戦場にあって、従軍俳句というリアリズム俳句を作ることを余儀なくされたとき、作家としての人格的変貌をきたしているはずである。たとえ復員して再び元の職場や句会に戻ったとしてもその俳句が従軍前の俳句に必ずしももどるわけではない。もちろんそれはリアリズムと言えないほどの稚拙なものであったかもしれないが、しかし、彼らが経験した従前の写生や花鳥諷詠の枠に収まりきらないものであった。少なくとも相馬遷子にあっては、馬酔木の風景俳句や鶴の境涯俳句とは異質の、主観を殺した無機的な記述俳句とならざるを得なかったのである。

こんなところから、本節の流れを戻して、社会性俳句作家と呼ばれる作家たちと従軍俳句の関係を眺めてみたい。もちろん、従軍俳句が詠まれたプロセスは微妙である（例えば、従軍して詠まれたが発表できなかった、戦後発表した、戦後回想して詠んだなど）から、細かい詮索は抜きにして、形式的に戦後刊行された最初の句集での取り扱いだけを比較して眺めてみる（厳密な意味での有無ではなく、私が識別できるか否かで判定した）。暫定的な分類である。

【いわゆる社会性俳句作家の初期句集の態様】

●句集に従軍作品を明瞭に認めるもの

金子兜太『少年』、佐藤鬼房『名もなき日夜』、鈴木六林男『荒天』

●句集に従軍作品を明瞭には認めがたいもの

能村登四郎『咀嚼音』、沢木欣一『塩田』、田川飛旅子『花文字』、赤城さかえ『浅蜊の唄』

●従軍経験がなかったもの

古沢太穂『古沢太穂句集』、原子公平『浚渫船』

鬼房、六林男の句集については、遷子同様、後述する兜太とは明らかに異なり、北支の緊迫した句で占められている。特に、鬼房の虜囚俳句や六林男の逃亡兵俳句は批判精神に満ちている。彼らは復員後社会性俳句に参加する――というよりも社会性俳句を含めて一貫した二人の作家精神の継続を見るのである。従軍俳句以前から彼らは憂愁の作家であった、従軍俳句以後も彼らは憂愁の作家であった。ここではその一部を紹介する。

短夜を覚むれば同じ兵なりけり　佐藤鬼房
夕焼に遺書のつたなく死ににけり
追撃兵向日葵の影を越えたおれ　鈴木六林男
夜の雪逃亡の喇叭わたりゆく

後年、鬼房、六林男は社会性俳句について次のように述べている（「風」昭和二十九年十一月号アンケート）。

「僕には批評精神のないリアリズムというものは考えられない（中略）単に社会性ということになれば反動的に社会の現象を詠つた俳句だつてあるわけだ。厳密に云えば今日、いわゆる庶民性のある俳句といわれる作品の多くが反動とそうでないものとすれすれの線を上下しているとも云えるわけで、やはり批判精神の欠如からくるのだ。」（佐藤鬼房）

「俳句に俳句性が必要であると今ことさらに広場で論じなければならないのは俳句の遅れである。（中略）これは社会性を軽視する人達の帰結である。（中略）俳句を通じて、我等は何を為すべきかの文学精神を理解しようとする（中略）姿勢の方を僕は貴重なものと観るのだ。（中略）技術の巧拙は問題ではない。俳句に社会性が必要なのである。【注1】」（鈴木六林男）

こうした構図を頭に入れながら、金子兜太の俳句を見てみたい。兜太の従軍俳句は『少年』（昭和三十年刊)、『生長』(昭和五十年刊『金子兜太全句集』に収録)に掲載されるが、ここでは『少年』のみを見てゆく。従軍俳句にどれほどの価値があるかと質問されそうだが、むしろいかなる価値があったかを明らかにすることにこそ価値があるというべきだろう。
兜太は東大経済学部を終え、日本銀行に就職後、召集を受けトラック島に派遣され終戦を迎えた。

被弾の島赤肌曝し海昏るる
魚雷の丸胴蜥蜴這い廻りて去りぬ
廃材に蜥蜴糧食のこと語る
日盛りの墓碑やあらわに匂いもなし

＊

椰子の月水汲みの列樹間縫い
あたり見廻しひとりの夜闇ふと美し
犬は海を少年はマンゴーの森を見る
パンの実の灯を得て青し手紙開く

相馬遷子の従軍俳句は、すでに見たように戦火想望的俳句(より正しく言えば『麦と兵隊』的俳句)から感情を殺した無機的な、リアリズムに近い俳句へ移行していった。兜太の従軍俳句(前段の句)も、遷子の後の作品群に(また鬼房、六林男の従軍俳句に)近いように思うが、遷子の(また鬼房、六林男の)おかれた中国北部(北支)と、兜太のおかれた南島との違いは微妙に現れている。中国北部(北支)は常にゲリラに囲まれ弾丸が何時どこから飛んでくるかも知れない戦場であり住民もまた敵であった。南島の襲撃は飛行機か艦砲射撃であり最大の敵は飢餓であった。
そこには、作者のあらわな情感は薄められ、即物的な描写と配合があるばかりである。作者はあらわに語らない。しかしそれらを描写し、配合させた主体の態度は、何かを語りかけ、共感させ、文学たらしめている【注2】。

【注1】今日考えると意外なことに、このアンケートの時期には、「社会性」の対概念として「俳句性」が考えられていた。従って六林男の回答もこのような背景を踏まえ読むべきだ。兜太の回答にも「社会性は俳句性と少しもぶつからない」という表現があるのもこのような理由だからである。ただし兜太にあっては、さらに俳句性を「即物は重大なテーマである」という形で捉えている。兜太においては俳句性とは具象だというユニークな考え方がすでにはっきりと現れている。

【注2】兜太の後段の句は不思議な感じがする。兜太と比較できる俳句作家が見当たらないが、歌人の前田透は、東大経済学部を終え、住友海上火災に就職後、召集を受けポルトガル領チモールに派遣され終戦を迎え、兜太と似た経歴を持つ。次のような従軍短歌を残した。特に透の南方の楽園風の歌は兜太の作品を見るに当たり参考となる。透は戦後『漂流の季節』（二十八年十月）で独特のゴーギャン的回想歌を残し知られている。

うす暗い船倉に銃把むんずと兵らひしめいて爆風浴びる
ロッキード反転して我を銃撃す死角にありてその翼《よく》を見つ
＊

生命かがやかしい蒼の海原朝あけてリンガエンの浜辺まぢか

ひそやかな椰子のしげみニッパの小舎がけなど、ルソンの浜辺うつすら明ける

第3章　兜太の社会性

1．兜太と社会性俳句

（1）兜太登場

金子兜太は決してその最初から突出した存在であったわけではない。現在の視点から兜太を神格化しがちだが、本当の評価はどうであったのか。その評価の一例として現代俳句協会賞の選考経過をあげてみよう。もちろん、この特別な賞で作家の価値を決めてしまうのは十分ではないが、しかるべくそれをわきまえた上でならばある程度客観的資料として使うことは出来るだろう。

昭和二十八年度の第三回現代俳句協会賞（その前は茅舎賞と呼ばれていたから名目上第一回に当たる。ちなみにこの賞は句集に対して与えられるものではなく、前年の活動に対して与えられた）には兜太は候補者としてもあげられてもいない。この時の受賞者は佐藤鬼房である。次席は桂信子、津田清子、その他の候補は、岩田正寿、加畑吉男、原子公平、林田紀音夫、目迫秩父などであった。ちなみに、この年の選考委員は現代俳句協会会員の投票により選定された九名（秋元不死男、大野林火、神田秀夫、加藤楸邨、西東三鬼、中島斌雄、中村草田男、日野草城、山口誓子）であり戦後派世代は一人もいない。

昭和二十九年度の第四回現代俳句協会賞は協会員の投票では能村登四郎（一三点）、飯田龍太（七点）、金子兜太（五点）と続いたが、選考委員の投票では、能村と野沢節子が最終選考に残り、最終的に野沢節子の受賞となった。この年の選考委員は会員投票の十二名のうちに戦後派世代は原子公平ただ一人であった。

昭和三十年度の第五回現代俳句協会賞は協会員の投票で選ばれた者の中から選考委員の投票で一位と二位の二名連記の結果、金子兜太（一位六票、二位二票）、能村登四郎（一位五票、二位三票）、飯田龍太（一位一票、二位五票）、沢木欣一（一位三票）となり、決選投票の結果（能村九票、金子七票）、能村と金子の二人が受賞となった。ちなみに、この年の選考委員は会員の投票により選定された二十名のうちに戦後派世代は原子、石原八束、沢木、赤城さかえ、森澄雄、飯田、能村の七名であった。特に選考過程で顕著であったのは、選考委員二十名のうち、草田男、波郷、健吉、三鬼など大家の世代が能村を推し、公平、欣一、さかえ、澄雄などの戦後派世代が金子を推したことだった。

このように、二十九、三十年度を境に（また投票によって選ばれる選考委員に戦後派世代が殖えるにつれ【注1】）、戦後派世代の代表として金子兜太は一気に注目されて行くようになる（翌年度の第六回は、鈴木六林男と飯田龍太が受賞した）。中島斌雄が二十九年度の選考に当たり「新人賞の概念で言えば、金子兜太氏などがこれに最もふさわしいということになろう」と発言しているのも首肯できるのである。特にこの頃から鮮明となる、選考委員の「前衛（あるいは進歩派）・戦後派世代」対「伝統派・戦前派世代」の複合対立図式の下に、自らの立場を鮮明にせざるを得なかった兜太の立ち位置が見えてくるであろう。これは、「俳句」や「俳句研究」などの商業雑誌への兜太の露出の増加と合わせて納得できる結果であった。

そしてこの時期こそ、社会性俳句の論争が行われていた時期であることを考えれば、はからずも社会性俳句は金子兜太の産婆役を果たしたことになるのである。金子兜太を論ずるのに社会性俳句は決して見当違いではないのである【注2】。

【注1】現代俳句協会から俳人協会が分裂する契機となる昭和三十六年の第九回現代俳句協会賞は協会員から投票で選ばれた選考委員二十一人のうち戦後派世代は石原八束、金子、原子、楠本憲吉、沢木、赤城、森、能村、田川飛旅子、加倉井秋を、西垣脩、高柳重信、角川源義の十三人と過半数を占めるに到っていた。選考経過はよく知られるように、候補に挙がっていた石川桂郎が新人でないという理由でまず外され、その後、赤尾兜子と飴山實の決戦となり赤尾が選ばれた。選考委員の勢力伯仲が伝統派・戦前派世代の危機意識を生んでいたことをよくうかがわせる。なお、分裂した俳人協会の発足と同時に俳人協会賞の選考が行われ石川桂郎が選ばれている。ちなみに、発足当初の俳人協会は、運営の中心となる会長は中村草田男、幹事は秋元不死男、安住敦、石田波郷、石塚友二、石川桂郎、大野林火、加藤楸邨（のちに辞退）、角川源義、西東三鬼、中島斌雄、西島麦南、平畑静塔、顧問は飯田蛇笏、富安風生、水原秋桜子、山口青邨、山口誓子であり、戦後派世代は角川一人であり（俳人協会事務局は角川書店におかれている）、明らかに戦後派外しが行われていたのである。

【注2】その後兜太は前衛派を、①新興俳句系（永田耕衣、高柳重信、加藤郁乎、赤尾兜子、八木三日女等）と②主体性・社会性派（金子、林田紀音夫、堀葦男）の二派であると述べた（三十五年十二月「前衛派の人々」）。このように引き続く前衛時代も、自ら「前衛の社会性派」と述べ

ているから、社会性俳句とのつながりはあるのであるが、前衛社会性派と社会性俳句、そして原社会性（前述）とは少し違うはずである。

（2）兜太の社会性の特質

さて「揺れる日本」に取り上げられている句は、編者楠本憲吉・松崎鉄之介・森澄雄のバイアスがかかり、雑誌で言えば「俳句」「寒雷」「道標」「風」「氷原帯」「太陽系」「麦」「現代俳句」などが多いのは当然のことながら、意外なことに、今日から見れば保守的なのではないかと思われる「曲水」「石楠」「浜」「ホトトギス」などからも多く採択されている。「進歩的（社会主義的）」の境目が少し違っていたようなのである。また、作家としては、草田男、楸邨、波郷、三鬼、不死男、林火、鉄之介などが目立つ。特に、現在社会性俳句作家として想起されない林火、鉄之介の句の多さが際だっている。一方不思議なことに、これから論じようとする金子兜太の名前はあまり見ないのである。「揺れる日本」に掲載された兜太の句は、
緑蔭やライターは掌に司さのごと　「寒雷」昭23・7＊
大きな冬月浮浪児がに股手は胸に　『鼎』＊
砂糖配給枯野と同色妻の鉢に　「風」昭24・2
伸ばし組む春泥の足・足植民地化すすむ　「俳句研究」昭25・6＊
（ローゼンバーグ夫妻）
物証なき死刑を怒る壁に階に　「寒雷」昭28・8＊

あまたの街角街娼争い蜜柑乾き　「風」昭29・2＊
白い石ごろごろ二コヨンの子が凍え　「風」昭29・3＊

のわずか七句である（傍線は「揺れる日本」の項目。＊は『少年』収録句）。後年の社会性俳句作家としては極端に少ない。これは意外であった。
「揺れる日本」の選句の内「寒雷」系作家は森澄雄が選をしたと思われるが、澄雄の選句領域に入らなかったのであろうか。そこで、『少年』の作品から、「揺れる日本」の主要項目に合わせて私なりの選集を作ってみることにする。

墓地は焼跡蟬肉片のごと樹樹に　「結婚前後（昭和二二―二三年）」
子は胸にジヤズというものさびしき冬　「竹沢村にて（昭和二四―二五年）」
広島にて（二句）
原爆の街停電の林檎つかむ
霧の車窓を広島馳せ過ぐ女声を挙げ
メーデーへ石垣ざらざら車窓亘る
空に出て色消ゆ焼跡のしやぼん玉
（ローゼンバーグ夫妻）
夫妻の写真悲しく正しく人垣中　「福島にて（昭和二六―二八年）」
鰊来る地上のビルに汚職の髭　「神戸にて（昭和二九―三〇年）」

原爆実験の犠牲者久保山の死（一句）

電線ひらめく夜空久保山の死を刻む

ガスタンクが夜の目標メーデー来る

原爆許すまじ蟹かつかつと瓦礫あゆむ

それにしても、兜太の原社会性の句はまだ多いとは言えないようだ。代表句も少ない。「揺れる日本」、及びそれから漏れた句も含めて、兜太にあっては『少年』の末尾（「ガスタンク」以後の句）にいたり初めて合致してくるのである。

＊

さて、これらから見て、社会性のある俳句が兜太句集『少年』に乏しかったのかと言えば、実はそうではない。我々は『少年』を冒頭から読み進めれば、次のような句をたちどころに選び出すことができる（かつ多くは『少年』前半の句だ）し、現在ではこれらを眺めれば社会性俳句の中に容易に括ってしまうことであろう。

「結婚前後（昭和二二―二三年）」

夏草より煙突生え抜け権力絶つ

刑務所にひそかな歌声鷹高し

「福島にて（昭和二六―二八年）」

縄とびの純潔の額を組織すべし

子等の絵に真赤な太陽吹雪の街

ぎしぎし踏む尺余の雪も貧しい路地

塩代にもならぬ稲作蛇を殺し
子は萎びて家畜小作の真昼間
暁の花火真暗なもの街を領し
刈り草に吾れ伏し睡る貧者の村
まら振り洗う裸海上労働済む
草むらも酷暑の夜勤もみな苛立ち

「神戸にて（昭和二九―三〇年）」

先ほどあげた句と比較しても出来が悪いとは思えない。よほど兜太の社会に対する意識が出ているように思われる。ではなぜ、先のような時事題の項目に基づく句と、ここにあげたような句の違いが生まれるのであろうか。

しかり、まさに時事題ではないところがこれらの句の特徴なのである。もちろん、原社会性の俳句が詠まれたときに題詠で詠まれたとは言わない。しかし、「揺れる日本」の編者たちが雑誌や句集から句を選ぶ過程で働かせた基準は、おのずと時事題を抽出する方向に意識が働いていたのである。これに対して、兜太の最後に掲げた作品は、分類するとしても、その題は季題であったり、もっと普遍的な題であったり、決してそれによって内容の拘束されることのない作品であった。

＊

「揺れる日本」を見て感じることは、題があって初めて社会性が成り立つということだ。題がなくなると必ずしも社会性の保証はなくなる。私が、兜太の題のない社会性俳句が選べたのはのちに述べるように兜太の具象性に依るところが大きい。兜太の具象性俳句を手がかりに兜太の社会性を確信するのである。だから、極めて当たり前のことなのだが社会性俳句には先ず題が必要であり、もし題がない場合には具象性が必要であるということとなるのである。従って、具象性が薄れ、抽象的、心象的な俳句となったとき、もはや社会性であると選ぶことは難しい（兜太の場合は、抽象を語るときも関係性の抽象であって客体は抽象ではなく具象であるように思う）。このことは難解（前衛）を語るときに再び立ち返りたい。

（3）兜太の俳句批評

以下では、前の項で取り上げた俳句から何句かを鑑賞してみよう。一部前衛に関わる話題も出てくるがまとめてみる方が理解しやすい。

先ず、題のない社会性俳句である。

縄とびの純潔の額を組織すべし　『少年』

この作品の鑑賞者があまり触れないのが、この極めて現代的な作家が「額（ぬか）」という雅語を使う理由である。現代を攻めてやまない作者が、なぜ古語でもあり詩語でもある雅語「額」を使わねばならないのか。考えた結果理解できるのは、「純潔の額」という語にはキリスト教的世界観が漂っていることであろう。「縄とびの」が「こども」に対する枕詞的な意味しか持っていないとすれば、「無知」（イノセント）を聖なる徳とするこの宗教を下敷きにした「純潔の額」の意味は重い。そしてそれを、「組織すべし」という共産主義的世界観で締め括るのである。

もちろん、キリスト教に対する共産主義の勝利を希求するなどと短絡的な解釈は慎むべきであるが、この一章の中での対立・違和こそが俳句の生まれる動機になっていると知らねばならない。あまり好きな言葉ではないが二句一章の原理が、レトリックでなく思想において成り立っているのである。

山本健吉がこの句を「作者の「態度」は現れていても、一かけらの詩もない。舌っ足らずのイデオロギーはあっても、現代を深く呼吸した「思想」というべきものはない」と批判したことは有名だが、山本の理解する「態度」と「思想」がよく分からない。ここには、思想となる直前（現代哲学ではそれも思想というのであろう）があるのである。これ（思想となる凝固点寸前をとらえること）こそ俳句らしいあり方であった。

子等の絵に真赤な太陽吹雪の街　『少年』

これは逆に極めて分かりやすいイメージである。雪国のこどもは冬の間は太陽を見ることもない、冬の間描く絵は彼らの羨望する太陽なのだというメッセージであろう。「雪」と題した「雪がコンコン降る。／人間は／その下で暮しているのです。」は山元中学校二年生石井敏雄の詩である（『山びこ学校』）が、彼が絵を描けばきっとこうなるに違いない。

これは兜太を貶めているのではない。それくらい社会性とは単純・純粋なのだということである。『山びこ学校』は童話的綴り方ではない、社会性ある綴り方である。指導者の無着成恭は、沢木の言う「社会主義的イデオロギー」こそ持っていなかったものの、「農民の貧乏はどこに原因があるのだろう」「農民はなぜ割損か」「教育を受けるとなぜ百姓がいやになるのだろう」「農地解放などなぜしたんだろう」という問をこどもたちに発見させる。だからこそ「父は何を心配して死んで行ったか」「学校はどのくらい金がかかるものか」という題をこどもたちに誘発させ、自ら問い詰め、作文を書かせることができたのである。

誤解している人がいるので敢えて言うが、『山びこ学校』は国語の授業として実践されたものではない、社会科の授業として実践されたものだ。兜太の『少年』はおとなの山びこ学校である。

原爆許すまじ蟹かつかつと瓦礫あゆむ　　　『少年』

キャッチフレーズ的だとしばしば批判を受けている句である。

兜太はこの句を本歌取りと言っている。「原爆許すまじ」という句がすでに当時流行していた歌の歌詞によっていたからだという。「原爆を許すまじ」(浅田石二作詞・木下航二作曲)にはこうある。

ふるさとの街やかれ
身よりの骨うめし焼土《やけつち》に　今は白い花咲く
ああ許すまじ原爆を
三度《みたび》許すまじ原爆を　われらの街に

歌詞をとったというよりは、題名を少し変えてとったものだ。しかし、これは和歌の伝書に言う「本歌取り」とはずいぶん違うし、兜太が和歌の技法を取り入れる必然性はない。

こうした自作であれ他作であれ見られる「反復」に意味がある。反復は、古代歌謡の本質であり、万葉以前の和歌・歌謡や中国の詩経・楚辞等の諸編に頻繁に見える(拙著『定型詩学の原理』参照)。

反復・模倣は詩の本質である、これを忌み嫌うようになったのは、「文学」等という意識の生まれたたかだか二、三世紀前のことであり、その意味ではゲーテですら民衆の歌を換骨奪胎して自作としている。

だから古代の詩法の採用は読者との共感を求める社会性俳句の本質とよく通うものである。その後密室に閉じこもってしまったいわゆる前衛俳句と違う健全さがこうした叙法をとらせたのである。すでに述べた草田男の「いくさよあるな」のステロタイプ化したと言われる表現にも共通するものである（四四頁参照）。

みたび原爆は許すまじ、学帽の白覆い　　古沢太穂

問題は、兜太の作品が、初期社会性俳句的健全さにとどまらない「蟹かつかつと瓦礫あゆむ」という病んだ象徴的表現と共存できたところにある。

強し青年干潟に玉葱腐る日も　　『金子兜太句集』

『少年』時代の句ではないが、神戸時代の作品であるから『少年』に連続している作品といってよいであろう。金子兜太はその著『今日の俳句―古池の「わび」より海の「感動」へ―』で、描写からイメージへと到る手法の展開をこの作で示しているので最後に紹介したい。次のように推移するという。

A：玉葱ころぶ干潟に集う青年等　［描写が素朴なとき］

B：青年等集う玉葱の干潟　［描写に主観がすこし顔を出したとき］
C：青年強し干潟に玉葱踏み荒し　［描写が主観によって押しのけられたとき］
D：青年強し干潟に玉葱腐るとも　［イメージが素朴なとき］
E：強し青年干潟に玉葱腐る日も　［完成したイメージ］
F：蒼く腐る干潟が意志の青年容れ　［実験的なイメージ］

兜太によれば、A→Fと展開して行くというのだが、Fは展開しすぎて失敗、Eをもって成功したと述べている。特に注目したいのは、A→B→Cと描写は立体的になり奥行きが出てくるが、Dでは①主観を抑えて景を見直したこと、②是非言いたいこと（青年強し）に対してつかず離れずの支援をしようとすること、ここに至って強い飛躍が生まれたのだという。これをイメージというのだそうだ。

実際こんな風に作品が出来たものか、疑問である。兜太の理論に都合のいいように作品があとから生まれている可能性さえある。また、作品の完成プロセスから言えば、DとE以外のA・B・Cの句がその途中過程としても語っておく価値があるかどうかも疑問である。DとEは単独で存在すればいいのだ（DとEは推敲レベルの問題だ）。

むしろ社会性俳句の観点から問題があると見たい。それは「青年等集う」が「青年強し」となったとき（B→C）にメッセージが生まれているかどうかだ。もちろん社会性の題ではないが、作者の内部で態度として煮詰まり、淡々とした描写から、意志をうかがわせる言い換えが行われているならば十分意味があると言えるのである（確かに「踏み荒し」は同義のしつこさがあり、「玉葱腐る日」

の方が文学的だ）。
言っておくが、兜太の主張する、景を見直したこと、つかず離れずの支援をすることは、決して新しい俳句の手法ではない。「玉葱腐る」は言ってみれば花鳥諷詠である。気迫のこもった花鳥諷詠、率直果敢な写生を造型というのである。晩年の虚子が兜太の句を――というより、その句の一部を――賞賛しているのは、その花鳥諷詠に気迫がこもっているからに他ならない。虚子は、兜太や太穂が好きなのである、誓子や重信が嫌いなのである。

＊

以上、限られた句を鑑賞することで、兜太の社会性の特質を眺めてみたが、これだけではまだ十分でない。やがて兜太はこうした句を経てメッセージ性から抽象性を獲得する。これはかつて草田男が「省略の具象」として指摘した初期の兜太俳句を一段と推し進めたものである。その経過途中の一例が、次のような句ではないかと思われる。

罌粟よりあらわ少年を死に強いた時期

「少年を死に強いた時期」は前書き「飯盛山（一句）」から、当然白虎隊の少年たちの死を読みとる。そしてそうした事態が、戦前や戦後でも変わっていないということを付加的に感ずる。しかし、実は逆なのである。「少年を死に強いた時期」は世界中で普遍的に存在し、戦前の日本の特攻や、現在にまで至る世界中の少年たちの自爆テロにまで想像をふくらませる。前書き「飯盛山（一句）」を削除しても、「罌粟よりあらわ」の持つ文学性は高まりこそすれ弱まることはない。抽象化することによって獲得されるものの方が遙かに大きいのである。

もちろん、作者としての制作過程の前書きを否定するものではない。しかし、自句自解を含めてギャップの大きいのが兜太の句でもある。読者は自由である。自句自解に拘束される必要はない。その時、具象的であっても分かりづらい文脈が発生する。兜太が「省略の具象」から「具象ではあるが（その関係が）抽象・難解」に進んだときから、社会性俳句は後期段階に突入するのである。それと同時に、社会性を拾い出す指標を発見することが困難化し、次の前衛俳句への過渡が始まるのである。

高貴な性欲縁なし冬山電線延ぶ　『少年』
奴隷の自由という語寒卵皿に澄み
夜の果汁喉で吸う日本列島若し
塩素禍の葭原自転車曲り置かれ
朝はじまる海へ突込む鷗の死　『金子兜太句集』
青年とシエパード霧ふる移民の沖
塔上に怒鳴る男の眩しい意思
青く疲れて明るい魚をひたすら食う
シニカルな小さな駅の売られる果実
海を失い楽器のように散らばる拒否
ある日快晴黒い真珠に比喩を磨き
突堤に罪より固く修女憩う

晩夏の毛布空とぶ街角浮浪者蒸れ
苔で被われ斧確実なわが領土

これらの句を社会性と呼ぶことも出来なくはない。兜太の自句自解は懇切丁寧だから制作時の心理を詳細に語る。しかしそれはやはりフェアではないだろう。作者の解説なくして読み解かれねばならない。そしてこれが出来ないとき、その句は難解とされるのである。

2. 兜太俳句の特性と環境

(1) 具象・断絶と肉体性

兜太の社会性を論ずる前に、社会性以前の兜太を考えてみなければならない。その内の従軍俳句については前章で述べた。この節ではそれ以外の要素を点検する。

⑴具象と断絶

一つには、兜太が俳句の活動を始めた「暁鐘寮報（水戸高校俳句会誌）」「成層圏」「土上」「寒雷」等による俳句創作活動の及ぼす影響である。戦前のこれらの活動における兜太の特色を、中村草田男が「省略の具象」と述べているのは的確であろう（「俳句研究」昭和十五年七月）。当時兜太がそれを学んだ対象が、中村草田男、棚橋影草、嶋田洋一、水原秋桜子、渡辺白泉、臼田亜浪、吉岡禅寺洞、篠原鳳作、飯田蛇笏、山口誓子、富沢赤黄男、石橋辰之助らの、新興有季、新興無季、伝統派（中村草田男）であったらしい（「暁鐘寮報」昭和十四年五月「最近秀句鑑賞」）ことからも、その方向性と合致していたと思われる。表現技法に重きをおいたのである。そうした例を『少年』掲載（＊を付した）とそれ以外の句も含め制作順に示そう。

蜘蛛は巣を張りルンペンは眠り居り
蟷螂の掏摸のごとくにふりかへる
機銃音寒天にわが口中に＊
蟻動く煙突電柱にかかわりなく＊
かんな燃え赤裸狂人斑点《しみ》あまた＊
貨車長しわれのみにある夜の遮断機＊
日日いらだたし炎天の一角に喇叭鳴る＊
蛙の闇嘲笑の瞳をあまた描く　［断絶］
蛾のまなこ赤光なれば海を恋う＊
情熱あれ凍雲に探照灯乱れ＊
ノートに触れ冬の犬の尾固かりき＊　［断絶］
霧の夜のわが身に近く馬歩む＊　［断絶］
わらんべの蛇投げ捨つる湖の荒れ＊
鍵束や冬の蠅死ぬ横向きに＊　［断絶］
過去はなし秋の砂中に蹠埋め＊　［断絶］

この他に興味深いのは、「寒雷」十七年二〜三月に掲載された評論「尾崎放哉」である。ここでは、尾崎放哉は自由律でありながらも、十七音俳句の持つ捉え方、表現方法等々さらに究極的なもの——歌ごころに対する意味の『俳句ごころ』というべきものがそっくり受け継がれていると述べている。兜太が初期において放哉に関心があったのも意外だが、それよりもそこに展開されている論理である。

○小説には構成が伴う。詩歌はその点奔放である。爆発はそのまま表現されてゆく。（略）詩歌のうちでも最も短い俳句は、むしろこの性質を最もよく示しているものである。しかし俳句は短詩型であるため、短歌のようにリズムに乗って抒情することが制限される。その故に自分は俳句は抒情を否定して抒情する詩であるといいたい。

○俳句にはどうしても具体的な客体が必要なのである。客体に秘められてゆく最もリアリスティックな抒情ともいえる。それは決して主観と客体の間に、ある時間的経過を意味しない。内的爆発は客体と瞬時に結合している。むしろ客体を契機として内部のものがグッと高まってくるのである。

○問題は客体と主観と、さらに十七音が一つに融和して打ち出される『内容的形式』（ブラッドリー）にある。『詩形の音楽は同時に意味の音楽であり、これら二つは一つである』ともいえる。（略）俳句こそこの『内容的形式』の問題が最も重要である。他の詩歌より問題である。内容的形式は瞬間に獲得されなければならない。創作過程と表現過程という衝動から表現へまでの過程は純粋に考えた場合、同時でなければならない。『結晶作用』という方がより明瞭であるような瞬間的表現行程である。

○自分はこの過程を十七音の肉体化の過程と呼ぼう。これは俳句の宿命性の一面である『客観性』と有機的に結びついた肉体化であって（略）魂の叫びが無意識的に俳句の形式を得る過程の体得である。

客体と主観の融和、創作過程と表現過程の峻別と融合、肉体化の過程、内容的形式――これが造型俳句の、あるいは「創る自分」の原型に当たるわけである。その話題は後に譲ることとして、当時の兜太（二十三歳）の作品を裏打ちする「具体的な客体」の要請が理論的にも整っていたことが分かるのである。

＊

そして、ここに掲げた句を見ればそれは「具象」だけでなく、同時にもう一つの要素、（前掲例句で示した）「断絶」という契機も含まれていることを確認できるであろう。「鍵束や」と「冬の蠅死ぬ横向きに」、「過去はなし」と「秋の砂中に蹠埋め」の間には表現しきれない断絶がある。花鳥諷詠のような予定調和を拒絶するだけでなく、内面的に語りきれない衝動的爆発が予想されるのである。もちろんこれは、深く傾倒した草田男やその後入会する「寒雷」の加藤楸邨らの人間探究派（別名難解派）の影響も推測されようが、兜太の本質でもあったことをこの文章は語っている。この「具象」と「断絶」という二つの要素が、草田男の語る「省略の具象」として当面兜太の批評基準となり、やがて戦後の前衛・難解という受け皿に変わって行く過程を理解できるのである。兜太は生まれながらに前衛（難解）であった。

【注】以上は、佐々木靖章「金子兜太の出発」（「海程」二〇〇八年六月〜二〇〇九年十月）によった。

(2)肉体性

前に述べた「社会性俳句の対象とした事件や問題が社会性俳句を生み出したのではなく、それぞれを受け取る作家個人が内部の問題として取り上げることによって社会性俳句が生まれた」ということを兜太に適用すれば、兜太特有の内部的事情のあることが予想される。それを句集『少年』から抽出してみたい。

曼珠沙華どれも腹出し秩父の子
木曾のなあ木曾の炭馬並び糞る
朝日煙る手中の蚕妻に示す
独楽廻る青葉の地上妻は産みに
舌は帆柱のけぞる吾子と夕陽をゆく
暗闇の下山くちびるをぶ厚くし

よく知られたこれらの句を社会性とは言わないであろう。にもかかわらず、これらが『少年』の初期時代の基調をなしていることを思えば、兜太の俳句の淵源は社会性ではなかったということになるかも知れない（もちろん、まだ結論を出すわけではないが）。社会性に優先するこうした傾向を私は肉体性と呼んでおきたいと思う（兜太は野性といっているようだが）。自分であれ他人（動物でもよい）であれ、形而下的な肉体が先ず俳句に現れる。それは、花鳥諷詠の趣味でもなく、人間探究派のような観念でもなく、新興俳句のような言葉の芸術至上主義でもなかった。おそらくこんな肉体派は俳句史上においてもあまり例を見なかった。文学者というものはどうしても頭脳に依存してしまう。しかし兜太の自意識は前頭葉が創り出したものではなく、上腕筋や大腿筋などの肉体が創り出したものである。だから兜太の「態度」とは、即肉体的態度であった。

こうした前提を置いたとき、はじめて兜太の社会性とは即肉体的な社会性であると納得できるはずである。それは都会ではなく、東京（江戸）に近く立地し、政治状況を見極めつつ、時に従順に、時に叛乱する、自由民権運動と困民党の乱を狡猾に使い分けた秩父の社会性である。だから社会主義的イデオロギーに殉ずるわけもなく、党の指令に従うこともない。イデオロギーや指令はうまく利用しつつ、叛乱そのものが兜太の社会性にあっては大事業なのである。

社会性という言葉で共通しているように見えながらも、兜太の社会性は、社会性を裏切りつつ、また社会性に即して進んで行く。これは社会性を中心に眺めたための誤りであるのだ。兜太の活動は肉体性を中心に眺めれば、肉体性は社会性と微妙な距離をとりつつ、創る我という主体性、我を介在させた主体的表現（いわゆる造型）と変形して行く。造型俳句、前衛俳句への道筋を自然に示す経路を見つけることができるのだ。

刑務所にひそかな歌声鷹高し

銀行員に早春の馬唾充つ歯

縄とびの純潔の額を組織すべし
子等の絵に真赤な太陽吹雪の街
ぎしぎし踏む尺余の雪も貧しい路地
塩代にもならぬ稲作蛇を殺し
子は萎びて家畜小作の真昼間
刈り草に吾れ伏し睡る貧者の村
暁の花火真暗なもの街を領し
まら振り洗う裸海上労働済む
草むらも酷暑の夜勤もみな苛立ち

前節で述べた、題詠性のない社会性俳句として挙げた句を眺めてみれば、肉体性と何らかの関係を持っていることが分かるはずである。「歌声」「唾充つ歯」「額」「踏む」「殺し」「萎びて」「伏し睡る」「領し」「まら振り洗う」「夜勤」「苛立ち」は肉体感覚と不可分な関係を創り出しているように見える。

さて、私はまだこれらの句が傑出した句であるか否かは述べてはいない。またこれらの句をどのように読むべきかも述べていない。読み解くための鍵がすべて出切っているわけではないからだ。

(3)従軍俳句

これについてはすでに述べたところであり省略する。

ただし、戦前の俳句にほとんど見られなかった社会批判的な視点は、戦後の日銀組合活動に先立つ従軍経験によるものであることを推測させる。実は、戦中のインテリたちの戦争に対する態度、軍隊に対する態度（特にこの二つは全くと言っていいほど違うのである）は緻密に考察されてしかるべきだと思っている。決して原理的ではなく、試行錯誤し、ときには分裂し、状況を踏まえて揺れている。我々はこうした兵士たちのナイーブな心境を理解することなしに戦争の本質を理解することはできないと思う。本論を執筆中に、私は相馬遷子、金子兜太、歌人の前田透らの資料を見る機会を得たがそこで微妙な心理のゆれを感じている。ただ全体の把握をしないでは断言できないことが多いのでここでは論じない。とはいえ少なくとも、従来の戦争俳句を論じた書物の頭ごなしな一括的な評価には納得しきれないところが多いのである。私の同感するところの多い樽見博『戦争俳句と俳人たち』、阿部誠文『ある俳句戦記』『戦場に命投げ出し』等を見て頂きたい。

（2）短歌・現代詩からの俳句批判

この時代（つまり社会性俳句から前衛俳句に移行する時代）はまれにみる、他分野芸術の作家たちが俳句について論じた時代であり、特に俳句と他ジャンルの同質性（！）を踏まえて議論が行われていたのが特徴である。現代において、詩や短歌との差異性を認識して異質な文芸としての俳句が論じられる傾向が強いのと対照的である。少し話題を中断することになるが当時の状況を頭に入れておくことは無駄ではないであろう。例えば、ちょうどこの時期、第八回現代俳句協会賞（昭和三十五年）を受賞した香西照雄作品「義民」に対して、歌人近藤芳美、詩人木原孝一は、心をこめてその文学としての不徹底さを批判している。

まず受賞作品となった、香西照雄作品「義民」の問題作（抄録）をあげる。

香西照雄

月の出は何時も冷やか戦あるに
ありあまるゆゑにくづほる薔薇と詩人
一雷後の湿り香革命親しきごと
広島にて（一句）
墓のケロイド癒えじクローバ盛り上る
薪は白樺厩に夏の漆闇
金星すでにただの夏星先駆者よ
雁来紅や中年以後に激せし人
十代の日記の疑問符冬の萌《もやし》
妻も詩人濯ぎつくして白布冴ゆ
チューリップピンポンじみる愛語あらん

歌人近藤芳美は次のように言う。

○「新しい波」としての暴力的なものも私には感じられなかった。（略）短歌賞と異なるのは、短歌の場合の技術的な稚なさに代る、一応の俳句技巧の熟知なのであろう。そのいくらか安易なもたれかかりとも云えない事はない。少なくとも、根本への反省を欠いた俳句表現の方言的技法の駆使と私には思われてならない。

○（受賞作「墓のケロイド癒えじクローバ盛り上る」について）歌人である私の感覚からは、薄手な知的操作としか思えないものが介入していると云う気持を最初に抱く。率直に云えば、やりきれないと云う感じである。

○このような操作なり意匠なりの上に俳句一句が成り立つと考える当然の常識と、そうした意匠に生理的な反撥を感じる短歌作者の感覚との相違と云うものを、も一度考えてみる必要があるのかもしれない。

○（受賞作「薪は白樺厩に夏の漆闇」について）いったいこのような世界を描き出してみせる見事さが、作者にとっても、又それを読まされる読者にとっても何なのであろうかと云う疑問がともなう。俳句と云うものはその程度にとどまることによって成立つ詩文学なのであろうか。そうであれば虚子の居直ったような作品生涯を私たちは考え直さなければならないのであろうか。

詩人木原孝一はこのように言う。

○香西氏をはじめ、何人かの作品を読んでまず感じたことは、あまりに「俳句」を書き過ぎる、ということである。香西氏の場合で云えば、つぎのような作品（「ありあまるゆゑにくづほる薔薇と詩人」）をなぜ発表したのか、私は理解に苦しむ。

○俳句は、あくまでも部分の側に立つか、それとも全体をめざすか、それによって自らの運命を決定するだろうと私は思う。部分の側に立つならば、それは健康な精神のゲームとして多くの愛好家の手によってつくられ、無制限に作品は殖えてゆくだろう。全体をめざすならば、それは魂のエンジニアとして、人間に慰めを与えるために選ばれたる作家の抑制と苦悩のなかから、絞り出されるようにして制作されてゆくだろう。

詩・短歌において成り立つこれらの論理が俳句においても正しいとは毛頭思わない。また現代詩人や歌人が近藤や木原といまも共感しているとも思わない。しかし、これほど、いわゆる伝統俳句が詩や短歌のジャンルから狙撃されていた時代はなかった。それは共通した批評の言葉が成り立つと思われていたからである。抽象、難解、造型という表層ではなくて、批評の共通性という迂遠な現象こそがこの時代を証明していたと思えてならない。しかし、本当に批評の共通性があったのであろうか。

参考までに、金子兜太の香西作品に対するコメントを述べておこう。

「けっきょく草田男さんというのは未分化状態の意識とでもいいますか、父母未生以前のカオスとでもいいましょうか、言葉は悪いんですが、磯ギンチャク的な活動とでもいいますか、それが基本の魅力ですね。

香西氏は戦中派ですしね、かなり割切った論理を求めていると思うんです。そこの差がはっきり一つある。ところがそれにもかかわらず草田男さんのそういう父母未生以前のカオスの状態から出てきた俳句のスタイルを真似て作っている節がある。句でいいますと、たとえば、「月の出は何時も冷やか戦あるに」。それから、「ありあまるゆゑにくづほる薔薇と詩人」という全体の発想法、発想内容と申しますか、それから、「一雷後の湿り香革命親しきごと」、それから「金星すでにただの夏星先駆者よ」というようなキャッチの仕方、かぞえればきりがないんですけれども、ことほどさようにある。

殊に最近二ヵ年間の作品となると、その色彩がひじょうに濃厚だと思うんです。このことはけっきょく次第にそういう草田男式スタイルに巻き込まれている。さっき草田男氏のいったように、彼自身の空白状態もあってということですが、ますます草田男氏のほうへ引きこまれていると思います。」

選考経緯ではもっと激しく「香西照雄には反対した。ぼくが一番猛烈な反対者だったと思うが、理由は、表現に草田男の影響が強すぎ、そのなかで香西独自のものは育ってはいるが、それは作品としては現状では草田男を越える内容には到っていないという点である。従って今回の香西受賞は、むしろ彼の長い真面目な努力に対する功労賞であり、それは多分に同情票が入っていると思う。」と述べている。

このように、金子は香西作品を批判しているものの、それは草田男の糟糠をなめているという点に集中していて、近藤や木原のいう、俳句表現に親しみすぎたという点は露骨に指摘していない。もちろん造型俳句論等の中にそうした俳句らしい表現に対する批判がないわけではないが、個々の作品批評の中でそれが明確に出ていないということだけをとってみても、本来近藤・木原のような俳句の外からの批評と視点が微妙にずれているように思うのである。

そして、兜太の言っている内容が妥当かどうかは別としても、兜太の俳句の批評の方法がまっとうであることは、伝統、前衛を問わず納得できると思う。「表現にAの影響が強すぎ、そのなかでB独自のものは育ってはいるが、現状ではAを越える内容には到っていない」という言い方は、高浜虚子と星野立子、山口誓子と鷹羽狩行、富安風生と岡本眸なども一度はそういう批判を浴びたものである（もちろんその後はるかにそうした世界を脱却している作家たちではあろうが）。つまり、俳句の共通批評用語で金子兜太は語っていることになる。しかし、歌人や詩人はどうであろうか。〈根本への反省を欠いた俳句表現の方言的技法の駆使〉〈操作なり意匠なりの上に俳句一句が成り立つと考える当然の常識〉〈あまりに「俳句」を書き過ぎる〉を尤もと思いつつ、個々の作品の批評としては使いきれないと思う俳人は多いのではなかろうか。それにもかかわらず、こうした歌人、詩人に最も近く俳句が接近したのがこの時代だったのである。そしてこうした歌人・詩人の批判は、香西照雄に対してだけでなく、兜太にも波及しないとは限らなかった。〈あまりに「俳句」を書き過ぎる〉。歌人・詩人たちは（「第二芸術」に始まった）「現代俳句のテーゼ」の完全履行を求めていたのだ。特に歌人の近藤はそうした思いがひときわ強い。兜太にしても、社会性俳句や前衛への流行に迎合したのではなく、俳句は「現代」たり得るかという戦後の根本問題に答えるため、急進的な理論闘争に走ることとなった。その意味では俳句内部より俳句外部に対する配慮が感じられるのである。

3. 社会性の原理群

話題を戻そう。第2章で、金子兜太自身でなく、社会性俳句やその周辺の人々について延々と記述したのは、分かっているようで実は余りよく分かっていないのが「社会性」という概念だと思ったからである。人間探究派（特に加藤楸邨と中村草田男）にルーツを持ちながら、それらとは決別し、戦後の「現代」に適って行こうとしたこの俳句のキーワードは一律に定義しがたいものがある（一応第1章で私の定義は下したが）。

そしてまた、前述の歌人や詩人の発言が現代の俳人に承服できないのと同じように、当時社会性俳句を議論した評論や論争も現代においては共感しがたいものとなっている。赤城さかえの『戦後俳句論争史』でさえ、何故このような議論をしたのかがよく分からない。

社会性俳句を理解するためには、当時の議論の基準ではなく、現代の基準で社会性の批判をしなければならないであろう。「社会性俳句」を空しいとは言わないが、「社会性俳句議論」は空しい。にもかかわらず戦後俳句史は、社会性俳句を追わないで、社会性俳句議論を追ってばかりいるようである。

このような考えから出る私の独断的な原理を掲げることにしよう。これを踏まえて見る社会性俳句の意味は少し独自の意味合いを持つものと思われる。先ず、検討は思想から始まる。

【思想を詠む理由】

●人はすぐれた詩（俳句）を詠むために（すぐれた）思想（感想、認識を含む）を詩に導入したのではない。詩を詠むときに思想をいれざるを得ないから詠むのである、切実に思想を詠みたいからそうした詩を詠むのである。思想を詠むということは邪心なく、ただひたむきに思想を詠みたいだけなのである。

●とすれば思想性を排除する理由はない。それ（排除すること）は人間の摂理に反するからである。

【思想と俳句】

●とはいえ、詩・短歌と異なり、最短詩型である俳句では、状況が作品を作り、その作品が思想を生む。思想のコントロールによって作品が生まれるのではない、作品は無意識の母胎であり状況の非嫡出子が思想なのである。

●従ってすぐれた思想は、すぐれた俳句を生むとは限らない。すぐれた俳句は常にすぐれた思想を持つものでもない。すぐれていない思想が、しばしばすぐれた俳句を生むこともある。我々は虚子からそれをすっかり学んでいる。

【俳句の方向性①寛容】

●望ましいたった一つの俳句の方向があるのではない。俳句にはたくさんの方向がある。

●現実の我々の前には多種多様な、一見くだらなくも見え、文学の名に値しないように見える多くの俳句作品が広がっている。それは単に作品が未熟というだけではなく、我々が未熟で価値を見出せないものが含まれているのである。論争は常にこの視点が欠けている。

●我々はこうした作品に謙虚に臨まなければならない。いつなんどきそれらの作品が歴史的名句に変貌しないとも限らないからである。我々には究極の作品を見極める能力はなく、常に考え違いをしているかも知れない。

●だから多様な俳句を生み出しておくことは豊かな文学の礎である。

●逆に、俳句はこれしかないと決めつけること――統制――は悪である。

【俳句の方向性②個人的立場】

●しかしこれは俳句という共同体の中での活動についての言及である。作者個人が徹底的に排除・統制を行い、これしかないという作品を作ることは正当な芸術活動である。

●また自分の是とする俳句を断固として主張すること、あるいは逆に、自分の非とする俳句を破邪論破することも作家としての節度であり、立場である。

●作者は個人の責任においていずれかの自らの道を選ぶべきである。

●今、作者個人が選んだ道を誰も否定できない。だれもその結果を見ていないからである。くだらない俳句はくだらないだけに、誰もそのようなことは行っていないから、その結果は本人しか導き出すことは出来ない。すぐれた俳句は？　くだらない俳句と同じくらい、誰もそのようなことは行っていないはずだから、だれもその結果を見ていない。

●結果がすべてを語る。成功したか失敗したかの評価だけが残るのである。

●ただこれだけは言える。誰でもやっていることは、結果も高が知れているということである。

【俳句の方向性③個人的立場の取り違え】

●戦後俳句にあっては、俳句はこれしかないと決めつける（統制する）ことばかり行っており、峻厳たる態度で自らに臨んでいる立派な作者は極めて少ない。

●現代俳句の退廃は、統制ばかりが行われ、自らに峻厳な態度で臨む作家が生まれなくなることにより始まる。

【俳句の方向性④歴史的法則】

●俳句に進化はない、ある方向にむかって一つの傾向性が顕著となって行くのがここでいう歴史的法則なのではない。俳句の進化論ほど疎ましいものはない。

●歴史的法則らしきものがあるとすれば、常に前の時代を批判する可能性があるということである。前の代が伝統であれば、伝統を批判する反伝統的活動が健全な現代の活動である。しかも、のみならず、「伝統を批判する反伝統的活動」が前の時代にあったとすれば、「伝統」も「伝統を批判する反伝統的活動」も両方共に批判するのが新しい運動の態度であるべきだ。決して、「伝統を批判する反伝統的活動」を伝統的に承継してはならない。

●だから近・現代俳句は、江戸時代の俳諧を乗り越え、子規の「新俳句」を乗り越え、碧梧桐の「新傾向」を乗り越え、虚子の「花鳥諷詠」を乗り越え、「人間探究派」を乗り越え、「新興俳句」を乗り越える宿命にある。もちろん「社会性俳句」も、「前衛俳句」も乗り越えなければならない。

●「乗り越える」とは否定することではない。いかに前代のものを吸収し、価値観を逆転させ、新しい主張をするかということである。

【表現と批評】

●すぐれた表現は、作品の中からのみ発見される。すぐれた思想から生まれるのではない。

●何がすぐれた俳句であるかは永遠に未知である。我々が語り得るのは、この瞬間にすぐれた作品であるか否かだけである。

●批評家は、未だ人が気付かず、しかし人を驚かすすぐれた価値の発見を行いたいと思う。それが批評の最大の成果だからである。そして批評がわずかといえども永遠に近づく瞬間である。

●社会性俳句の不幸は「すぐれた批評がなかった」と見えることだ。（たとえ論争がいくらあったとしても）社会性俳句を作る側の論理だけでは、門外漢から見れば社会性俳句作りのマニュアルを論じているような退屈きわまりない水掛け論のように見える。共感の余地がないからである。

●言っておくがイデオロギー的であるからといって劣るものでもない、反民衆的・貴族的であるからといって劣るものでもない。社会性俳句であるという理由で劣るものでもない。何故このようなことを言うのか。社会性俳句を俳句として批評する基軸が昭和二十年代以来、未だにないからである。

●遅ればせながら、社会性俳句に対する批評を行うためには、社会性俳句作家であるかどうかを問わず、社会性俳句それ自身に語らせ、批評することからはじめなければならない。

【社会性の本質】

●だから社会性の本質とは未知の創造ではない。共感なのである。

第4章　兜太の難解（前衛）

1．社会性から難解へ／共感の問題

私なりに社会性俳句の分類をしてみようと思う。次のように分けられるのではないかと思っている。

(1)メッセージ性ある社会性俳句
(2)難解・抽象的な社会性俳句

社会性俳句は本来メッセージ性を持っていたはずだ。つまり伝達可能でなければ社会性俳句ではないはずだ。いな、他のいかなる俳句に比較しても社会性俳句は一層伝達性に富んでいなければならなかった。「社会主義的イデオロギーを根底に持った生き方」であろうと「態度の問題」であろうと、その内容は明白に伝達されねばならなかったからである。スローガン俳句と呼ばれようが、それこそが社会性俳句の本領であったのである。俳句が専門家から大衆に取り戻された証拠だったからである。

この意味で初期の社会性俳句はまちがいなく明瞭なメッセージ性に富んでいた。私は「揺れる日本」の特色を、題詠の社会性俳句であるといったが、これはそこに掲げられた作品を貶めているわけではない。（社会性の）題さえあれば大半の作品は伝達力を持つのである。題こそが伝達の中心力であった（このあたりが私の「社会性」と「社会性俳句」の分岐点となる）。

白蓮白シャツ彼我ひるがえり内灘へ　古沢太穂
原爆許すまじ蟹かつかつと瓦礫あゆむ　金子兜太

ところが初期から、社会性俳句の題に対しては極めて情緒的な叙述――ネガティブな心象の配合が行われている。当然「揺れる日本」の題を見ても社会的問題の題が多いからネガティブな記述にならざるを得ない。当然の帰結であると思う。しかしネガティブな心象を付与したからといってただちにそれが社会性俳句になるものではない。

白い石ごろごろニコヨンの子が凍え　「風」二十九・三＊　兜太
電線ひらめく夜空久保山の死を刻む

兜太の場合は特に題を持たない社会性ある俳句が多かった。兜太の場合は前にも述べた通り具象性を持っていたから社会性をうかがうことは十分可能であったが。

夏草より煙突生え抜け権力絶つ
刑務所にひそかな歌声鷹高し

銀行員に早春の馬唾充つ歯
縄とびの純潔の額を組織すべし
子等の絵に真赤な太陽吹雪の街
ぎしぎし踏む尺余の雪も貧しい路地
塩代にもならぬ稲作蛇を殺し
子は萎びて家畜小作の真昼間
刈り草に吾れ伏し睡る貧者の村
暁の花火真暗なもの街を領し
まら振り洗う裸海上労働済む
草むらも酷暑の夜勤もみな苛立ち

これらはまだメッセージが見えなくはない。しかし後期の社会性俳句からは次第にメッセージ性が見えなくなり、伝達性が喪失し始める。下手をすると残るのは深刻で、抽象的な風景だけとなってくる。草田男ならばこうした傾向を「深刻オンチ」と呼ぶだろう（もちろん草田男自身も相当深刻オンチなのだが）。確かに、これは大衆からの離脱であった。

高貴な性欲縁なし冬山電線延ぶ
奴隷の自由という語寒卵皿に澄み
夜の果汁喉で吸う日本列島若し

『少年』

塩素禍の葭原自転車曲り置かれ

そして皮肉なことに一方で後期社会性俳句が次の新しい時代を創出する。難解社会性俳句の時代である。これは、社会性俳句の高度化と呼ぶことができるかもしれない。しかしいかに高度化したとはいえ、非大衆化であることは違いない。そしてそれはまた共感性を失うことも覚悟しなければならなかった。

さて、極めて一般的な質問を提示しよう、社会性俳句はなぜ難解になるのか。本来メッセージを期待された明瞭な表現がなぜ難解な表現になってゆくのか。基本的に社会性俳句は糾弾型・暴露型のメッセージであることを知らねばならない。「揺れる日本」の例句のほとんどがそうであった。難解ではないといわれる相馬遷子、沢木欣一、能村登四郎の作品でさえそうであった。そして社会性俳句が展開するに当たっては、次々に事件を漁る（例えば能村登四郎は、北陸紀行〔内灘基地闘争〕・合掌部落〔御母衣ダム開発〕・八郎潟干拓田〔漁業被害〕・習志野刑務所〔少年受刑囚〕・八幡学園〔句集では「精薄児の保護施設」としている〕等とテーマを変えていった。しかしこの傾向の作家は社会性俳句から脱落していくことが多かった）か、一つのテーマで内攻する（相馬遷子は地方医療の問題のみを追求したが、多くはその息苦しさに批判的で広がりは限定された。最終的には地元医師の努力により医療格差という社会的問題は解決されたかに見え、社会性俳句は消滅して行く）か、さらに「事件から表現へ」の脱皮、つまり表現の深層化を図るか、いずれかの道をたどるようになる。最後にあげた表現の深層化とは日常にない表現の探求である。社会性という内容の改革と表現の改革が並行して進み始めるようになるのである。

こうして例を他の作家であげたいと思ったのであるが、実は困難に直面した。題を失った後期の社会性俳句と前衛俳句の線引きをすべき基準が見当たらないのである。題が消えた途端に、社会性俳句はいわゆる前衛俳句となっていくのである。

疲れた別れ際の握力湿つた日本　鈴木六林男
灯の闇の断面歩るく哭けぬ都会　島津　亮
鈍行で移動する集団鈍器の形　東川紀志男
灯を遮る胴体で混み太い教団　堀　葦男

これは「難解句について」(「俳句」三十四年二月)で飯田龍太が、社会性意識がやや明確に浮かび出ている難解俳句(すなわち前衛俳句)としてあげているものであるが、社会性俳句でないとは言い切れないようである。ただ、題が消えた途端に、ネガティブな風景は読者に共通して結ぶ像を持たなくなる。問題はこうして共感の問題へと移行して行く。

＊　＊

ここで「共感」に関連する逆説的なエピソードとして草田男・狩行のこんな例を引こう。例句は『金子兜太句集』の作品だがいずれも社会性俳句の中で鑑賞できるからここで触れておく。草田男は、当時著名であった兜太の句をあげて次のように批評している。

「(難解性ということでは、自分は、内的要素と季題的要素の混融という点で実習が積まれていず失敗を演じていたのだが)貴君の場合は、十七音詩たらしめるための、機構の不備、有機性の欠如から直ちに破綻が生じてきているといわざるを得ません。全く別性質のものです。

弯曲し火傷し爆心地のマラソン

若し私が、この作品の難解性を緩和し、より達意のものたらしめようとすれば、甚だ失礼ですが、さしずめ次のようにでも表現するでしょう。

爛れて撚れて爆心当なきマラソン群

私の次の説明に、不当な個所があったら直ちに駁して下されば結構ですが——「弯曲し火傷し」は、造型という念頭操作作品であるため、「弯曲」と「火傷」の言葉が、徒らに派手であって、(中略)しかも、この両語の順序は、心的体験の自然の順序にもとっています。「爆心」という言葉すら、その事件後に生まれてきた言葉ですが、「爆心地」となると、更にかなり時間が経過した後に、そこを一種の記念地とするような感銘語としてしかひびきません。ヒストリカル・プレゼントの直截感銘を与えるためには、ルーズな使用法です。私が嘗てこの句を、現在の広島市の爆心地に当る部分を、現在のマラソンが、烈日に膚を焦きつつ、苦しげに走っている有様が、現在の平和感を基として、却って遡源的に激しく原爆投下直後の言語に絶する惨状を心眼にも彷彿とさしたと解したのは、所謂「前衛派」から一挙に嘲笑されましたが、その罪は、実際上は私の方だけにあるのではなくて、大部分はこの句の表現の粗雑さの上にあったのです。(中略)そうでありながらも、内容的には、この作品は、貴君の作品中では確かに出色のものだと思います。それは、「原爆投下のあの事件」そのものが、われわれ一般の読者に共通の連想を誘発し共通の感銘を与える原動力となっているからです。「爆心」という言葉が、偶然にも「季題」のそれに近よった暗示の機能を発揮しているからです。どうか、ここからでもいいですから、季題の有機性について考慮する緒口を発見して貰いたいものです。」(「往復書簡　現代俳句の問題―金子兜太氏へ―」)

草田男はこのように評価する。しかし、これは具象化するか抽象化するかの違いに過ぎない。本質は(特にすでに何回も述べた「人間性、社会性に重きを置くべきでない」という虚子的観点から言えば)何も変わらない。だから当時の人、例えば中島斌雄は、草田男は兜太を批判するが自身の俳句は造型そのものではないかと非難する。じっさい、造型俳句論では草田男と兜太は同じ「表現的傾向」に属するのである。

一方、鷹羽狩行は「眼前の走者とそれを時間的に遙かにさかのぼる原爆投下の瞬間とをダブらせた作品として、成功したものといえる。(中略)この句の優秀さは「原爆忌」という季題に新季語「爆心地」を加え、それによって季題に関係させたところにあると考えたい。烈日灼けるがごとき残暑の中で喘ぎ苦しむマラソン群の夏のイメージがないことには、この句の全体的核心は拡散して定まらないだろう。このように一句の成功は季感的核心に負うものと考えざるを得ない。」(「反モダニズム―金子兜太論序説―」)と述べている。若干注意が必要なのは、狩行は季語体系を、季感―季題―季語と見ており、草田男や兜太のようにそれらをパラレルなものと見ていない点である。

しかしそれは些細なこと。一番大事な点は、兜太の原句をもって成功したと見ており、草田男の添削に与していないことである。

さてその鷹羽狩行は「爆心地」の句の添削には与していないものの、別の句の添削には熱心である。

銀行員等朝より螢光す烏賊のごとく

鷹羽狩行は「銀行員等」の「等」、「螢光す」の「す」を日本語としての不熟な表現としてあげ、さらに「烏賊のごとく」についても次のように続ける（「銀行員等」の句を社会性俳句と言えるかどうかであるが、金子兜太においては自らの銀行員という職は他の人間以上に社会的コンテクストを持っている言葉であろう。厳密には言えないかもしれないが、ここでは社会性俳句に属するものとしておきたい。もちろんこの「銀行員」は自分以外の同僚行員である）。

「「烏賊のごとく」という比喩はこの句の中心イメージを間接化し、二次的イメージの「銀行員等」よりも迫力を欠く。イカは直喩によるイメージの衝撃として働かねばならない。たとえば

「銀行員朝から螢光烏賊烏賊烏賊」

のようにであろう。ここにおいて、一句の中心イメージである発光するイカが、季題「夜光虫」との類推で夜を連想させ、さらに夜は無明の深海と、その底に棲む自家発電によって発光する魚族への連想まで拡がり、巨大な石造建築物内の従業員の詩的イメージに昇華する。そしてこの句はわれわれの意識下にひそむ連想の蓄積を刺激し、それによって、有季定型の本来的俳句の味わいを増すであろう。」（「反モダニズム―金子兜太論序説―」）

ここで注意したいのは、草田男も狩行も兜太の代表作を拒絶はしていない、ということである。

表現を変えることにより、草田男も狩行も兜太の意図したものを読み取れると考えている。もちろん、読めば分かる通り、草田男も狩行も兜太の意図したものと違ったものを読み取ってしまっているのだが、それは俳句の解釈ではざらにあることであり、兜太に特有の問題ではない。注意したいのは、草田男、狩行、兜太の間に横たわるのは、思想の違いでもなく、俳句観の違いでもなく、まして造型の是非の話でもないということなのである。私はそれを文体の差と考える。

彎曲し火傷している爆心地とマラソンとの配合、朝から蛍光するという属性から結びつけられる銀行員と烏賊の配合が、俳人であれば容易に連想される（共感する）からこそ、草田男も狩行も前衛派の兜太の作品の中でありながらも俎上にあげ、添削してみようという意欲が湧くのである。〈高貴な性欲縁なし冬山電線延ぶ〉〈奴隷の自由という語寒卵皿に澄み〉のような（草田男・狩行から見れば）独りよがりな独断とは違い、草田男も狩行も現代俳句として批評するに値すると判断したのである。

このぎりぎりの共感の上で、原句と添削句の差からうかがわれることは、兜太と草田男・狩行との文体の差なのである。草田男と狩行が、兜太の作品から不足と感じ取り、添削句から改善されたと感じた点は、決して俳句の本質の大転換ではない。表現の粗雑を改善した上では、両者の大いなる和合（野合）が成り立つ可能性だとてあったはずなのである。しかし、それが実現しなかったのは、我々が単に文体の相違と見ているこの違いがまた大きな意味を持っていたということを意味するのだろう。

2. 難解（前衛）の原理

前述のような難解な社会性俳句から生まれたものが、当時「新しい曲がり角」「新難解」「抽象」「造型」と呼ばれた傾向であり、角川書店「俳句」は特集でこれらを「難解俳句」と称した。戦前に人間探究派の難解俳句に対比した、決して失当ではないネーミングであった。自由な表現の中では何度でも難解な表現が登場するからである（それに先立っては、明治・大正時代には碧梧桐が晦渋俳句と虚子から非難されていた、虚子は平明俳句だったからである）【補注】。その直後、寺山修司らによって前衛短歌と対比して「前衛俳句」と呼びはやされた。「前衛俳句」作家たちが西欧の前衛詩運動の影響や前衛芸術運動の影響を受けて、それらの用語や思想を導入したことは間違いない。その本質は俳句の前衛化であるが、それでもやはり「曲がり角」「難解」「抽象」「造型」化であったのである。

＊

ではこれらの傾向を前衛俳句としてとらえてみよう。前衛俳句の登場及び退場からよほど経って、仁平勝は、「俳句研究」の連載企画〈共同研究・現代俳句50年〉で「前衛俳句」を取り上げ次のように述べている。

⑴前衛俳句の対象をどう定めるかが難しい（例えば重信や郁平、あるいは社会派の六林男、鬼房を含むべきか）がその運動のリーダー的存在として金子兜太をあげる。

⑵その兜太の戦略は①先行する前衛として新興俳句運動を据え、②六林男、鬼房を加えることで社会性俳句と同様の前衛性を示そうとしたことである。

(3)その前衛とは第一次大戦後の欧州に起こったアヴァンギャルド運動の当初の概念と定め、新興俳句に対する批判として社会性俳句、前衛俳句を位置づけた。

(4)こうした兜太が理論的支柱として掲げたのが「造型俳句」であり、言い換えれば主体による表現なのだという。

仁平はこのようにまとめた上で、分かりづらい「造型」は像(イメージ)を創出することだと解釈し、それこそ通俗的な俳句観ではないかと兜太に疑問を呈する。実際、前衛論争がこうした条件の中で盛大に行われていくのである。仁平の梗概は簡明であり、政治的な状況まで語っているので基礎情報としては十分であろう。また仁平の批判も尤もである。しかしここでは、そうした前衛論争に立ち入ることはやめておこう。前衛論争をすればまた同じ出口となってしまいそうだからである。

むしろ重要なのは、こうした前衛俳句理論に基づき難解俳句が生まれたことである【注1】。生まれてしまったことである。作品が存在しているのである。草田男の名づけた兜太の「省略の具象」は、「具象」と「断絶」という原理を発揮する最も適切な場として難解という場を獲得したのである。だから多少の理論の間違いはさておき、兜太の難解作品は歴史に残る作品として誕生した。そして当初の理論を超えて難解作品は、新しい詩学や理論を作り出す。その新しい理論とは初めの理論とはどうやら違うようなのだ。だから先ずここでは、難解俳句作品が存在したということを是認したい。従って作品の理論や根拠が問題なのではなく、作品の属性が問題なのである。「曲がり角」「難解」「抽象」「造型」化、——どうやら大元に戻って行くことになりそうだ。

この時代の兜太の傾向性を、いろいろな紛らわしい用語を排除し私はやはり「難解（前衛）」と名づけておきたい。それは、昭和三十四年の前衛俳句運動で最初に名づけられた名称である「難解」

という意味でもあり、その後の前衛理論によって作られた作品の傾向・属性としての「難解」という意味でもあり、前衛そのものという意味での「難解」でもあるという多義的な意味を持っている。従来言われている前衛とは相当ずれているが、すでに前衛という言葉は伝統派はもとより前衛的傾向を持つとされる作家たちからも批判され、この言葉に積極的価値を見出そうとする人は現在殆ど皆無である。ほとんど所有権者のないこの前衛という言い方を、ここでは二十一世紀の俳句のキーワードとして借用してみたいと思うのである。このような二十一世紀の言葉として難解（前衛）を定義することにより、金子兜太は以前も今も難解（前衛）であると言うことができるからである。問題はなぜ難解（前衛）が未来の文学たり得る可能性があるかということである。

第7章で触れる阿部完市は、著書の冒頭で高らかにこう言う、「現代俳句は難解を恐れてはならない」（『絶対本質の俳句論』〈音韻論〉）――ここから阿部の営みは始まる。この一語（難解）が阿部をとらえて放さず、「真実」であると確信させたのである。なぜ難解が必要なのか、おそらく平易な表現ではうかがい知ることのできない、厳しく極限的な事例は難解の中でしか確認できないと分かったからであろう。その成果はあらゆる俳句に共有されてもよいが、その研究は極限環境で行われなければならない。現代ですらこうした評価をしている良心的作家はいるのである。再考してよい問題ではないか。

戦前の人間探究派が難解派と呼ばれたときに、その難解の用語については「新しい俳句の課題」座談会の中でも議論されている。草田男も楸邨も、この問題を技術的に取り上げている【注2】。しかし、戦後の前衛俳句論争の中で、難解を正面に置いた議論はあまり見られず、前衛の偶然的な属性のように理解されている。しかし、人間探究派と比較してすら（人間探究派の場合は内容論である)、戦後のそれは明確な表現論で説明されるべきだ。

私は前衛俳句が難解なのではなく、難解な俳句が生まれた現象を説明するために前衛理論(造型論をはじめとする様々な仮説)が存在していると見たい(既に述べたように、前衛俳句が生まれる以前から難解俳句は生まれていたからである)。とすればよしんば前衛理論が破たんしても、難解俳句は共に破船するわけではない。新しい理論が登場すればよいわけだ。

【難解(前衛)について】

●品詞(名詞、動詞など)一つで難解(前衛)は成り立たない。——一つずつの品詞を網羅し列挙しているのは辞書であるが、辞書に難解(前衛)はない。辞書とは伝統のかたまりである。

●二つ以上の品詞のあるところに、かつその二つ以上の品詞に、矛盾があり、葛藤があり、文法に反し、常識に反することにより難解(前衛)は生まれる。革命的な「品詞の関係」を前衛という(すでに本章においてはこの関係を「断絶」と呼んでいる)。これを共感性がないといってもよい。意味に価値があるのではない、革命に価値があるのである。

●予定調和から生まれたものを在来の詩歌(伝統と呼んでもいい)とすれば、予定を破綻させるものが難解(前衛)である。全く新しい出会いが、つまり俳句で言えば「配合」が難解(前衛)である。

——解剖台でのミシンと雨傘の出会いが難解(前衛)である。「ミシン」も「雨傘」も「解剖台」も単に辞書の中の言葉であり、難解(前衛)ではない、その出会い、つまり配合が難解(前衛)である。新聞を手にし、鋏で記事を切り抜き、袋に入れ、無作為に取り出し、それを書き写すと新しい詩が生まれる。新聞は古い統辞法であり、無作為の取り出しと書き写し、つまり配合が難解(前衛）である。
●だから、どんな長大な詩篇や散文より、わずか四、五個の品詞で完成する俳句ほど、難解（前衛）の本質をはっきり摑めるものはない。俳句は難解（前衛）の可能性を究明する実験場である（もちろん、この冒険・実験の大半は大体失敗するだろうが）。
●難解（前衛）とは組み合わされた品詞の断絶であるから、その組み合わせによって命題が成り立たない（ナンセンスとなる）可能性がある。またその組み合わせによってイメージが結ばない可能性がある。当然命題が成り立たないから思想が結実しない可能性がある。難解（前衛）を、すべからく、新しい命題、新しいイメージ、新しい思想があると言い切ってしまうのは不適切である。難解（前衛）とは何もないところからスタートすべきなのである。
●難解（前衛）が持つナンセンスと、俳諧が歴史的に持っていたナンセンスは異質である。しかし、これを主語と客語を逆転して、ナンセンスには難解（前衛）も俳諧も含まれるということ自体は当を失していない。その意味で俳句（俳諧）は、難解（前衛）と妙に折り合いがいいジャンルなのである。阿蘭陀流や談林、江戸座俳諧は、俳句（俳諧）に不可避のナンセンスの繰り返す歴史なのである。――もちろん碌な作品が残っていないということとは別問題である。
●これから見ても難解（前衛）に思想は不可欠ではない。強いて言えば、思想的な難解（前衛）と、反思想的な難解（前衛）があり、どちらを可としどちらを不可とするわけにもいかない。ただしこのような難解（前衛）と思想のとらえ方自身を、極めて思想的だととらえることはできる。前者と後者、この二つの「思想」はよく注意しなければならない。
[注] すなわち花鳥諷詠も後者でいう思想である、（同じ伝統派の身内から思想性がないと批判され

た）鷹羽狩行の対比・機知といわれたものも後者でいう思想である。
●いわゆる伝統的な作家が難解（前衛的）な表現を用いないわけではない、いわゆる前衛的な作家が全て難解（前衛的）な表現を用いるわけでもない。前者の例が、高浜虚子や高野素十であり、花鳥諷詠や客観写生を主張しながらしばしば前衛的（難解＝この場合は意味の難解ではなくて動機の難解であろう）な手法で花鳥諷詠や客観写生の限界を拡大し、花鳥諷詠の徒を途方に暮れさせていた。
●人間探究派とされる中村草田男、加藤楸邨、石田波郷らの作家が一名を難解派と呼ばれたのも、よく見れば断絶した配合を持っていたことから呼ばれた名前である。
［注］いみじくも兜太が、「句集「火の島」の頃の草田男さんは、その当時としては前衛的努力を払っていたわけですし、当時の楸邨、誓子、林火といった方たちもそうであったと思います。現在の前衛と現実内容に差があるだけです。」（「往復書簡・現代俳句の問題」「俳句」昭和三十七年一月）と言っている通りなのである。

＊　＊

●難解（前衛）に関して共通的に言い得ることはおおよそ以上のことである。それ以外の難解（前衛）について言及されていることがらは、それぞれの論理、文体の違いに他ならない。

【注1】兜太における難解
参考のために兜太の当時の考えをうかがう主要な論を掲げておく（兜太の論を中心に前衛論争が華やかに行われているのだが、これら周辺的発言は兜太自身の制作原理に反映されている

保証は必ずしもないので省いた)。
⑴造型に関するもの＝「俳句の造型について」(「俳句」昭和三十二年二～三月)、「造型俳句六章」(「俳句」三十六年一～六月)
⑵前衛に関するもの＝「難解ということ」(「俳句」三十四年二月)、「潮流の分析と方向をさぐる(座談)」(「俳句」三十五年八月)、「前衛派の人々」(「俳句年鑑」三十五年十二月)、「現代俳句の諸問題を衝く(座談)」(「俳句研究」三十六年七月)、「現代俳句とは何か(座談)」(「俳句」三十六年八月)、「前衛の渦の中(対談)」(「俳句研究」三十六年十一月)

例えば「俳句の造型について」では、造型俳句の七箇条をあげる。①俳句を作るとき感覚が先行する。②感覚の内容を意識で吟味する(それは「創る自分」が表現のために行うもの)。③「創る自分」の作業過程を「造型」と呼ぶ。④作業の後「創る自分」がイメージを獲得する。⑤イメージは隠喩(兜太は「暗喩」という)を求める。⑥超現実は作業の一部に過ぎない。⑦従って「造型」とは現実の表現のための方法である。また「造型俳句六章」では、主体的傾向の技法分析を行い、①感受性、②意識、③イメージを列挙して詳細に論じる(造型俳句論の難解さは、近代俳句における用語法の混乱にも多少原因があるように思う。例えば、諷詠が分からないと描写も分からない。諷詠とは素材が主観を規定することだ(題詠文学論)と私は思っている。順次このように定義することによって造型論が明確になってゆくように思う)。しかし、このような方法論による俳句がたまたま難解にならざるを得ないというのと、難解の原因を探求するのとは少しく異なるように思われる。なぜ前衛俳句、造型俳句は難解となるのか、は改めて考えてみる必要がありそうだ(実際は、難解俳句が先行したのであろうが)。

このような中で前衛と難解の関係を考察してみる。戦前の人間探究派と対照すると興味深い。しかし兜太が積極的に難解性を語っている記述は必ずしも多くはないようである。一例をあげる。

「俳句について難解が語られる場合も、草田男、楸邨の作品についていわせ［れ？］た時期と、いまとでは内容に差異がある。草田男、楸邨のときは、彼等の告白主義への分らなさ、むしろ、告白内容の分らなさであった。」「草田男、楸邨に示された難解と、最近の傾向に示される難解との差異は（略）簡単にいえば「人間表現の深化」ということになるが、草田男達の場合は日常性と部分性を持っていた（兜太は「生まな人間」といっている）上に、既製のムードをかなり利用していた関係から、かなり分り易い面を持っていたと思う。しかし最近の場合は、日常と部分を乗り越えて（兜太は「ねり直された人間」といっている）、作り手の意識活動の全的な表出が試みられるため、既製のムードは作り手の個性によってはっきり拒否されることが多く、従って、独自性が強められるために、とっつきにくくなることは避けられないと思う。現代を強く問題意識した場合のみ、共感の窓が開かれることとなり、独自なイメージのなかに普遍のリアリティを発見することになるであろう。」（「難解ということ」）

表現論（既製のムードの拒否と全的な表出による独自性）の中から生まれる難解さであった。もちろん兜太以上に難解な俳句を作る作者は山ほどいたし、その手法も様々であった。しかし、前衛を引き受けた作家はたくさんいたが、難解さを引き受けて新しい詩学を導き出せる作家はそう多くはなかったのである。

【注2】人間探究派における難解

「新しい俳句の課題」における加藤楸邨・中村草田男の難解性に関する発言要旨は次の通りである（石田波郷・篠原梵は殆ど発言していない）。

加藤〈俳壇の大勢が一種の飽和状態に達している。そういう方向では言えなかった「生活からの声」が盛り上がっている。その声はまだ十分形態を取り得ない状態にある。〉

中村：①技術の問題〈我々の句は解りにくいという不備を含んでいるが、ある一定の時期、大多数の人には解らなくても、解らないなりでやはり現在のような句を作り続けていかねばならない。〉〈作品の先例が少しもない。我々はそこから手探りで、一歩一歩進んでみなければならない。手本なしで、体当たりでやってみなければならない。〉〈技術は、実習を経、永い時間を経なければ成長しない。つまり作者の理解と要求の方はずっと先に行き、技術の方は立ち後れている、その間に大きなギャップがある。それが作品を失敗させたり、甚だしく難解にさせている場合もある。〉〈もちろん、難解という問題は「人生及び生活」に対する要求と俳句文芸との特質との相関関係から生じる困難さという根本を説明しなければ説明にならないが。〉

②思想の問題〈もう一つは俳句において思想を扱うことの困難さから来ると思う。〉

加藤：①新しい表現内容〈私の求めるものはカオスの状態だ。できあがった俳句的なものの中から一句にまとめるのでなく、今まですてられていた俳句になっていないところから切りとりたい。［そうでないと］俳句のできあがった表現情趣にとらわれてしまう。それが、わかるということを主としてまとめる宿命的な陥穽だ。言いたいことを失ってしまうことはできない。「我、今、正に此処においてこういいたい」は失うわけにはゆかない。〉

②反完成の立場〈完成された立場は、完成された裏側を犠牲にしている、今求められるものは、

そういう裏側の部分だ。わからないという気持ちの中には不安さもある。それにもかかわらず、この不安が背負っているものは安心して一句になるものより魅力がある。〉
中村：〈完結性を求める方向もあるが、それを乗り越えて何か自分でも解らない、形の解らないものをその奥に摑まえてそれを自分の言葉にしてものを表現したい――という気持ちはよく解る。〉

【補注】碧梧桐における難解

大正二年一月ホトトギスの「高札」において高浜虚子は、

一、平明にして余韻ある俳句を鼓吹する事
　　新傾向句に反対する事

を今後のホトトギスのモットーとすることを宣言した。「新傾向句に反対する事」、「平明にして余韻ある俳句」に対立する概念が、碧梧桐・新傾向一派の「難解にして連想のない俳句」となるはずであった。そして間違いなく、碧梧桐は日本で最初の難解（偏頗）派をもって任じていた。

「趣味の偏頗といふことにも程度がある。予の趣味の偏頗は或は軌道をはづれて居つたかも知れぬ。が、予は寧ろそを第一の問題として研究しなかつた。誰も知るやうに天下は子規子といふ太陽を失うて漸く方向に迷ふ場合であつた。子規子末年の句風が概して平淡に失した余勢は、其永逝と共に天下に生気なきが如く感ぜしめた。予の微力固より何の効験があらうとは信ぜぬ。併しこの萎靡した生気を発奮するのが予の当然の勤めである如く感じた。生気発動して始めて俳句の天地である。各方面の趣味始めて躍如たるべきである。各人特色の趣味の助成よりも先づ活気の充溢を期すべきであると信じた。予は甘んじて趣味の偏頗といふ譏りを受ける。若し今日俳句界に多少の生気の活潑々たるものがあるとすれば、（必ずしも予の努力に基づくと言はぬ）予はそれを以て満足する。」（河東碧梧桐「日本新聞の選句に就て」『蚊帳釣草』明治三十九年）

碧梧桐にとっては月並こそ恐るべきものであり、これに対してはあらゆる弊害も弊害としては扱われない。こうして碧梧桐の趣味は自ら偏頗という傾向に陥ることも是としている。

この「月並」対「生気（偏頗）」が、虚子の「平明」対「難解」に対応する。虚子は佶屈こそ厭うべきものであり、これに対してはあらゆる弊害も弊害としては扱われない。虚子の平明が平凡・月並になるときこそ、碧梧桐の最も憂いた状態であったのである。

3. 難解（前衛）と配合

上記の構造的な難解（前衛）論から言えることは、異常な配合なくしては難解（前衛）は存在しないということである。これを兜太の作品に適用してみよう。ただし、こうした特殊な配合を探るためには、延べ書きの一行ではその断絶を発見しにくいので、作者には申し訳ないが断絶部分を「分かち書き」や「改行」、「／」で示すことにしたい。兜太の構造が浮かび上がるからである。

前節の考え方に基づき、単語の関係のレベルと作品の持つ特色を中心に、属性を出来るだけ客観的に分類し、私の試案を提示してみよう。もちろん様々な分類があると思うが、難解の本質をなす、断絶にポイントがある。兜太俳句の分析研究は多く行われているが、難解（断絶）を基準とした分類はあまりなかったようである。当人たちが目指したものではないだろうが、その深層分析としては一つの方法だと思う。さてこの時に二つの問題がある。

第一は、断絶を決めるのは主観的な基準であり読む者の認識であることである。読者が断絶を認めても、作者自身が断絶を認めない（逆の言い方をすれば、作者がコンテクストを入れ込んで断絶していない解釈をする）事例は多い。例えば、兜太の以下の例にあっても、次の句は作者が断絶を否定している。「朝はじまる海へ突込む鷗の死」「豹が好きな子霧中の白い船具」。しかし作者から作品は独立したと見て、読者は断絶を認めることは許される（これらの句の場合は小さな断絶だが）。これを読者は難解という。難解は（言葉で出来た）作品自身の持つ属性だからである。戦前の人間探究派の難解もそうであった。ただ、戦前の難解派はこの問題を究明して詩学を確立するには到らなかった。

第二は、断絶に対する補充として隠喩（メタファー）が採用されることがある。隠喩の難しさは、①隠喩の意味を同定できるかどうかということ、②隠喩があるか否か（単に意味の断絶だけのこともある）さえ不確定なことだ。このためしばしば、無意味なものに高い価値を付与する深読みが生まれる危険がある。隠喩が成り立つためには、（直喩の「XのようなY」の構造において）XとYが結合されることを前提に、その結合の類似性と意外性が存在しなければならない。犬→警官・スパイ、白鳥→恋人のように。これは日常における隠喩の例であり、文学的には一回性のものでなければならないが結合の類似性と意外性の原理は同様だ。意外性に着目すれば、隠喩を含む作品の中に日常的な意味の断絶が存在しなければならない。しかり、結局、隠喩があろうとなかろうと断絶の問題は解決しないのである。むしろ、隠喩論の危険性は、解釈に当たって言い換えをもってことたれりとする退廃が生まれることである。実際隠喩は解釈より、発見的認識——創造過程にも意味を持ち、そちらの方こそ重要と考えられる。
我々は真っ直ぐに断絶に立ち向かうべきではないか。

⑴断絶の配合

文法的にも常識的にも一つの意味を成り立たせるべき複数の文節が、二つないし三つの断絶したかたまりとなっている。この中で示される断絶はこれが兜太の前衛の本質といってよい。この故に難解と言われ、それが『少年』、『金子兜太句集』以降の前衛の特色となるのだが、当然ながら兜太にあってはそれは連続的に表現されている。

銀行員に／早春の馬唾充つ歯
高貴な性欲　縁なし／冬山電線延ぶ
奴隷の自由という語／寒卵　皿に澄み
夜の果汁　喉で吸う／日本列島若し　『少年』
塩素禍の／葭原　自転車曲り置かれ
青年とシエパード／霧ふる　移民の沖
塔上に怒鳴る男の／眩しい意思
青く疲れて　明るい／魚をひたすら食う　『金子兜太句集』

シニカルな／小さな駅の　売られる果実
海を失い／楽器のように散らばる／拒否
ある日快晴／黒い真珠に／比喩を磨き
突堤に／罪より固く／修女憩う
晩夏の毛布／空とぶ／街角浮浪者蒸れ
苔で被われ斧／確実なわが領土

銀行員と馬の歯、性欲と冬山の電線、「自由」という語と寒卵などが無機質に投げ出され、論理的に解釈することは難しいに違いない。それでもまだ前半の単純な形式はよい、後半に到ると、突堤に憩う修道女と罪、毛布の浮浪者と飛行のようにたすき掛けのようになった意味解釈は、一つの解釈を残すことさえ不可能な断絶を提示する。しかしこの断絶こそが魅力なのだ。ゆらゆらした言葉の癒着の向こう側に、兜太のいう「造型」という意志がうかがえるのだから。

兜太はある時期（「造型俳句六章」あたり）から抽象性を述べ始めるが、その抽象性は客体の抽象性ではなく関係の抽象性であるように思われる（技法的には連想から断絶への移行）。例えば、しばしば使われる（ムードから意味へ、意味から比喩へという文脈での）隠喩という言葉だが、隠喩には①解釈のための隠喩と②創造のための隠喩があると思う。そして創造のための隠喩とは（比喩のように見える・見せた）断絶下の連想に近い（本来の日本語の語法にはたして隠喩などあったのか、近代の後知恵ではないのかという気がしてならないが……）。

以後の兜太の句はこの断絶を基準として眺めることにより理解しやすくなる。いや、この具象性に対立する断絶への深い関心があるからこそ、兜太の主体性が確立したといってよいだろう。全てはここから始まる。

そして以下⑵から⑹はこうした断絶の何らかの妥協である。兜太の歴史は妥協に始まる。

⑵緩衝された断絶

もちろん兜太は全てをこのような調子で作り続けているわけではない。こうした断絶が緩和されて、予定調和されて行く過程を是と見るか否と見るか——成功と見るか失敗と見るかは難しい。なぜならこうした中間的な断絶に、兜太の愛唱句が多いからである。

きよお！と喚いてこの汽車はゆく／新緑の夜中　『少年』
妻にも未来／雪を吸いとる　水母の海
白い人影／はるばる田をゆく　消えぬために
朝はじまる　海へ突込む鷗の／死　『金子兜太句集』
銀行員等　朝より／螢光す烏賊のごとく
青年　鹿を愛せり／嵐の斜面にて
豹が好きな子／霧中の　白い船具
華麗な／墓原
　女陰あらわに／村眠り
粉屋が哭く／山を駈けおりてきた俺に

霧の／拍手／粒子となり　光沢となる　わが旅

緑の台地／わが光背をなす　五月

霧の奥の／熱した星を知つてる　母子

泳ぐ子と　静かな親の／森のプール

おそらくそれは断絶の配合でとどまることなく、「意識」を生み出しているかどうかが価値となるためであろう。断絶の衝撃のない文学は前衛文学たる価値がない、しかし断絶だけでは文学の共感性が生まれることがないのである。新たな意識が必要だ。

有名な「朝はじまる」も、まず「鷗の死」と読んでは魅力が半減する。「海へ突込む鷗の」と「死」の断絶を読みとりたい。その上で、生の側の「鷗」と、「死」が昇華する意識を生み出すのである。

「銀行員等」の句も、常識的な断絶の解釈（切れ）と異なるであろう。おそらくこの断絶の最も適切な散文化は、兜太の自句自解とは微妙に異なり、「朝の銀行員等は、その時間帯より／烏賊のごとく螢光している」ということだと考える。この二つのパラグラフは明らかに対照的断絶を意識できるからである。

「華麗な　墓原」の句、これも断絶の変則だ。この句は読者の頭脳の中で、断絶を単純に発見するために、逆に様々な作業を行わせ、交錯という関係を求める。その結果「華麗な＊女陰あらわに」と「墓原＊村眠り」こそが断絶している関係にあると発見させることになる。

ただ、これらの句は、いずれにしても、全くの理解拒絶とはならない範囲で、緩衝された断絶である。

(3)メッセージ性

中には断絶の両者の対比によって容易に兜太のメッセージが浮かび上がるものがある。これはその断絶性からいって完璧とは言えないこととなる、読者によっては底が割れているという批評が成り立つかも知れない。しかしその幾つかは、前に述べた緩和された断絶同様愛唱される句もある。すなわち断絶が、芸術性とは必ずしも合致していないからである。

こうした断絶の配合の解釈の中に兜太における社会性俳句と呼ばれるものが生まれているわけである。

青草に　尿さんさん／卑屈捨てよ　『少年』
夏草より　煙突生え抜け／権力絶つ
暁の花火／真暗なもの　街を領し
鰊来る／地上のビルに　汚職の　髭
原爆実験の犠牲者久保山の死（一句）
電線ひらめく夜空／久保山の死を　刻む
原爆許すまじ／蟹　かつかつと瓦礫あゆむ
彎曲し　火傷し　爆心地の／マラソン　『金子兜太句集』
屠殺場近く／九階灯ともり　男女踊る

(4)形式的親和性

意味的に配合が完成するのではなく、反復的な形式性により完成感を与える作品も多い。納得した段階で、断絶は損なわれてしまうのであるから、断絶の理論からいえば不完全だとなりそうだが、不思議なことに、俳句にあってはそれが決して失敗だということにはならないのである。

山には枯畑　谷には思惟なく／ただ澄む水　『少年』
会津の山山　雲揚げ　雲つけ／稲田の民
鉄塔は巨人／蟷螂は地の誇り
日本の蛙　荒鋤きの／土くれに　土くれに
わが湖あり／日蔭　真暗な虎があり　『金子兜太句集』
空より蛇　垂れる首筋／寄せる帰路

おそらく形式も「意識」の一種であるのだ。より根源的な詩の原理は限界まで圧縮された俳句形式の中ですら原始的な力を持つ。

(5)肉体性と内面

物体や肉体と精神の配合は兜太の原初的な配合感覚である。兜太自身の戦前の月並みな詠み方から戦後への自立に当たって、まず肉体と内面の齟齬こそが、表現における不可避の課題として生まれたようである。兜太俳句が社会性から生まれたのではなく肉体性から生まれたという所以である。こうした肉体性は、その後長く兜太にあって続く。以下、取りあえず初期のものに限ってあげてみる。

前章で述べた兜太の肉体性はこのように眺めるとひときわはっきり浮かび上がるはずである。

芽立つじやがたら積みあげ／肉体というもの　『少年』
旱天に星みえ／疲労冴えてくる
朝空に痰はかがやき／蛞蝓ゆく
喰いかけ林檎と／三十才の帽子抛げる
静止の時欲し／書架に裸の影　投げ置く
暗闇の下山／くちびるをぶ厚くし

(6)妻その他

前衛の最大の欠点は、特に妻、肉親、友人を詠った場合である。その断絶は冷徹に徹することが出来ず、優しいことが多い。前衛とは思えない視線が見られるのである。肉体と似ているように見えながら大きく異なる。逆に言えば兜太は決して前衛に徹する作家ではない。

朝日煙る／手中の蚕妻に示す　『少年』
方方にひぐらし／妻は疲れている
家は枷／妻にも吾にも夜番が呼ぶ
葭に直下の蝶あり／病弱の妻に急ぐ
独楽廻る／青葉の地上　妻は産みに
新聞配りの階ゆく跫音／妻撫す時
舌は帆柱のけぞる吾子と／夕陽をゆく

堀徹、喉頭結核と診断さる

一群の遠森に蟬／病む広額

小島雨人居

向き合う二階の夕餉／たがいに秋灯満たし

さて⑴から⑹まで掲げたように、何らかの断絶的な配合句が兜太の特色だとすれば、兜太の句であっても、断絶的な配合がない俳句は当然のことながら非常に分かりやすい。兜太にこうした句がないわけではない。多くの愛唱される句はむしろここに属している。しかしだからといってこれらだけを兜太の代表句だとすることは危険である。これらの句も、兜太の作品のあるべき位置に置いてこそ初めて十全な鑑賞と言うべきなのだ。

曼珠沙華どれも腹出し秩父の子　『少年』

木曾のなあ木曾の炭馬並び糞る

空に出て色消ゆ焼跡のしやぼん玉

縄とびの純潔の額を組織すべし

塩代にもならぬ稲作蛇を殺し

ローゼンバーグ夫妻の死刑に人権の危機を感じつつ

夫妻の写真悲しく正しく人垣中

まら振り洗う裸海上労働済む

ガスタンクが夜の目標メーデー来る
果樹園がシヤツ一枚の俺の孤島
アシカの演技映す孤独なバーのテレビ

『金子兜太句集』

第5章　龍太の類型

1.「一月の川」の句分析

平成四年に飯田龍太の「雲母」が突然終刊となったとき、その直後に書き下ろしたのが『飯田龍太の彼方へ』(平成六年、深夜叢書社刊)であった。執筆後二十年近くたち、最近では読者の目に触れる機会も少なくなってきた。そこで前著の論点を整理し、『戦後俳句の探求』の中で提示してみることにした。このため虚子との比較などは落とさざるをえなかった。

なお、前著以後考えるところがあり、「類型」「類想」の定義を厳密に行うこととした。「類型」とは形式的類似表現、「類想」とは内容的類似性を言う。別に類句、類似句という表現がありこれらは両者を含むようだが、ここでは「類型」「類想」の二つを対立する概念として使うこととした(なお「類型」は切字と、「類想」は季題と関係が深い)。

＊　　＊

龍太の俳句を論ずるに当たり、いきなり生涯何千句の作品を無限定に取り上げて論ずるわけにはいかない。論として考えるためには、何かきっかけが必要であり、そこから問題を展開していきたいと考えた。そこで、『飯田龍太の彼方へ』では、とりあえず龍太の作品として、巷間でもよく知られた次の句から始めることとしたのである。

一月の川一月の谷の中　『春の道』

この句については様々な鑑賞や批判がなされているが、多くの議論はこの句がどのような内容をもっているのかということに終始しているように見える。例えば、この句の発表された当初の議論は、この句の内容が何であるのか、句自身無意味ではないのかというような議論であったと思われる。一方反論はこれこそ龍太の自然観照の究極の姿だというような言い方であり、いずれも内容を前提としての議論であった。言い換えれば、山梨境川村に棲む龍太だから当然甲斐の自然を詠んでいるわけで、この句はそうした甲斐の自然のある面、特に一般人には見えない龍太だからこそ見える自然の一面を描いているという期待のもとに解釈が行われている。言ってみれば、「自然の魔術」を解き明かすのが龍太だということになるであろう。ところで、当然のことながら龍太は俳句という文学ジャンルにたずさわっているわけだから、言葉のテクニッシャンでもあるはずだ。しかし後者の点はこの句の解釈に当たって重視されることは余り多くはなかったようである。本論ではしばらくこの点から龍太の作品を眺めてみることにしたい。(ちなみに例句の出典として句集『山の影』を選んだのは、後述するようにそうした特徴がピークに達しているからである。)

(1)句末の「――の中」

龍太には、好みの言葉もさることながら、好みの俳句の型というのがとりわけ多い。特に、龍太後半の句集を見てみると夥しい同型の作品を見ることができる。それはさらに下五の定型化として現れることが多いことに気付く。「一月の川」の句の例で言えば、まず下五が「――の中」で終わる句ということになるが、このような句が龍太の句集中には枚挙に遑がないほど出てくる。しばらく後期の句集『山の影』から引いてみることとしたい。

『山の影』

爽涼と目つむりて指花の中
大根抜くときのちからを夢の中
冬茜かの魂はいま闇の中
玉虫のいろよみがへる風の中
文化の日鉄の屑籠雨の中
金鳳華明日ゆく山は雲の中
夏が去る赤子ばかりの部屋の中
夜も昼も魂さまよへる露のなか
三十三才村の巨樹なほ凍の中
夏痩せて被衣のいろを夢の中
野分過ぐ蘚むつまじき色の中

『山の影』三百九十七句中「――の中」の句十一句。一冊の句集の中でこれだけの数を多いと見るか少ないと見るかは判断の分かれるところだが、同じ句集中の「かな」止めの句が十三句であることに鑑みると、これはやはり龍太の一典型と見るべきであろう。遡れば更にその前の句集にも実に多く見られるのである。一体、表現の名人のように思われた龍太だがこれはどうしたことであろうか。俳句という語数の少ない韻律の中でこれだけ制限されることは尋常なことではない。

ちなみに、こうした類型化は「――の中」に限らず言えることで、後期の句集で見ただけでも、「――のこゑ」「――の音」「――また」「――ばかり」「――静か」などの類型的な結びをもって終わる句が後期の龍太の作品のかなりを占める状況となっている。例えば「――の中」以外の龍太特有の型の一例として「――のこゑ」の句を挙げてみる。同じく句集『山の影』の中で見ていくと、よく知られた「龍の玉升さんと呼ぶ虚子のこゑ」の句以外にも実に多い。

冬いつか淋しき方に鶸のこゑ　『山の影』
雪消えしその夜の富士に湖のこゑ
籠に盛りし餅の真上を雁のこゑ
夕ぐれの歯朶のかげより老のこゑ
秋暑し水飴色の嬰のこゑ
羽蟻舞ふやさしかりしは祖母のこゑ
なめくぢに雲の中より露のこゑ
大仏の頭に元朝は神のこゑ
花三分ほどの紅より雛のこゑ

このように、末尾を類型化するというのが龍太の傾向ということは争えない事実なのである。

様の表現が龍太には多く挙げることができる。若干の例を示しておこう。

「一月の谷」の句のもう一つの要素の「一月の――」についても、「――の中」ほどではないが同

⑵句頭の「一月の――」

一月の杉山遠き幼稚園　『麓の人』

一月の滝いんいんと白馬飼ふ

一月の雲に袂の小銭入れ

一月の目高見てゆく安部医院　『忘音』

一月の桐の影さす墓の土　『春の道』

一月のある夜青実に雨の音　『山の影』

この「一月」という言葉を、(「露」とか「雪解」と同様の)龍太の季語愛好癖の一つとして取り上げる人もいるが、それは若干違うのではないかと思う。龍太は自ら季語解説の中で「一月」を取り上げて「簡潔な文字の眺めは、キッパリと目に沁みて肌に刺さる。言葉に情緒の湿りがない」と言っている。内容や概念に惹かれて使っているというよりは、むしろ幾何学的なバランス感覚が龍太の句の中でこの言葉を使うことを要請していると見た方がよさそうだ。その意味では「――の中」を使う理由と似た点が感じられる。なお補足しておけば、「――の中」型の句が龍太後半の句集に目立って多いのに対し、「一月の――」型の句はむしろ『春の道』以前のほうが多いという違いがあるようで、その意味では「一月の川」という作品は龍太の中では比較的古い傾向と新しい傾向が交叉したところで生まれた作品と言えるかもしれない。ちなみに「一月」は明治以降の新しい季語

である。江戸時代は必ず「正月」といった。

(3) 反復

「――の中」「一月の――」という用語法に龍太の傾向を探ってみたが、「一月の川」の句については最後にもう一つ、あげておくことのできる特徴がある。それは「一月の川」「一月の谷」という対句的反復表現法、これもまた龍太の俳句の顕著な傾向の一つなのである。

冬に入る子のある家もなき家も　『山の影』
ががんぼは糸の音また詩の音
茸山の木の香祖父母の香とおもふ
冬の雷模糊と手の指足のゆび
吉か不吉か十月の閑古鳥
夜も昼も魂さまよへる露のなか
夕凍てのまばたきかはた鶯か
穴釣りの静止の黒は健か愚か
よく晴れて雪が好きな木嫌ひな木
禍も福もほどほどの夜の花吹雪
海きらめくは神の目か蝶の眼か

たった一句集に占める例句の数の夥しさからいっても、これは「――の中」と同様龍太後期の大きな特色の一つであると言える。

以上の三つの表現上の龍太の特色、すなわち「——の中」という慣用句、「一月」という愛用の言葉、そして反復繰り返し表現、こんな表現特色を持っているとすると、いずれは生まれるべくして「一月の川」の句は生まれたのだと思わざるを得ない。いや、逆に「一月の川」の句からこの三つの龍太表現の特色を除き、この句独自の概念として何が残るかと問えば、ただ「川」「谷」しかない、ということを肝に銘ずるべきなのだ。この句には、自然の実相以上に、龍太の言語趣味が強く漂っているのである。

もっと分かりやすく言えば、この句は内容以上に形式が重い句なのである。決して巷間で言われているように龍太の周辺の自然描写の卓越性を特徴としているものではない。甲斐の自然があふれているわけでも、龍太の住む山河の象徴的表現でもない。内容から言えば、むしろ無内容に近いと言ってもよいものなのである。

これをきっかけに龍太の俳句の構造的特性を考えてみようと思うが、あらゆる特性をあげて論ずることも出来ないので、以上の中から、最も際だつ特徴である句末の類型化表現を更に深く考察してみることにしたい。

2．龍太の句末類型化

龍太の句を分析するに当たって、いかに名句であるとはいえ、「一月の川一月の谷の中」の一句だけをもって窮め尽くすわけにはいかない。龍太には生涯十冊の句集があり、収録した句数でも三千句に及ぶ。この中からさらに絞り込んで分析をしてみようと思うのだが、その前に十冊の句集の特徴をはっきりと見定めておいたほうがいい。また私的な独断と言えなくもないが、総合評価も加えてみようと思う。

○『百戸の谿』（昭和二十九年、書林新甲鳥刊）昭和二十一～二十八年の作品（二五九句収録）

第一句集であるだけに、青春性を持ちつつもそれが抑制された基調で詠われており、好感の持てるみずみずしい句集となっている。確かに戦後の伝統派にとってはこのような句集こそ待望の句集であったのだ。

紺絣春月重く出でしかな

いきいきと三月生る雲の奥

○『童眸』（昭和三十四年、角川書店刊）昭和二十九～三十三年の作品（四八二句収録）

短期間にもかかわらず多くの句が収められているため散漫となっており、龍太の句集の中では印象が薄い。龍太は三十二年に現代俳句協会賞を受賞している。

大寒の一戸もかくれなき故郷

月の道子の言葉掌に置くごとし

○『麓の人』（昭和四十年、雲母社刊）昭和三十四～四十年の作品（三八八句収録）

父蛇笏の死、「雲母」の承継などの大きな転機を迎えた時期であり龍太にとっては思い入れの強い時期である。沈んだ印象が強く、むしろ『忘音』にむけた作風の転換が現れつつある過渡期の句集といってよい。

雪山のどこも動かず花にほふ

手が見えて父が落葉の山歩く

○『忘音』（昭和四十三年、牧羊社刊）昭和四十～四十三年の作品（三五五句収録）

次の『春の道』と併せて龍太の名声の定まった句集であり、四十四年読売文学賞を受賞することにより戦後の第一人者としての龍太の声価が定まった。

父母の亡き裏口開いて枯木山

どの子にも涼しく風の吹く日かな

○『春の道』（昭和四十六年、牧羊社刊）昭和四十三～四十五年の作品（三五五句収録）

前の『忘音』に同じいが特に「一月の川一月の谷の中」の句を含むことにより、忘れがたい句集となっている。世間的な評価は『忘音』が高いが、全体的完成度は『春の道』をもって上に置くべきであろう。

一月の川一月の谷の中

雪の日暮れはいくたびも読む文のごとし

○『山の木』（昭和五十年、立風書房刊）昭和四十六～五十年の作品（四二〇句収録）

龍太の後期の代表句集であり、『山の影』にまで続く安定した、一方で俳壇の動向に右顧左眄することなく独自の境地を紡いだ印象を与える句集だ。この句集のファンは多く、龍太自身も平成五年（つまり俳句をもう公表しなくなった時期）の自選一五〇句選において、十句集の中では最も多く句を抜いている。

かたつむり甲斐も信濃も雨のなか

白梅のあと紅梅の深空あり

○『涼夜』（昭和五十二年、五月書房刊）昭和五十～五十二年の作品（二一〇句収録）

後期で顕著となる変な句が現れ始めた句集といってよい。四〇〇部の限定版でまた龍太の句集の中で最も句数が少ないということもあり、余り知られておらず評価も高くない。

春の夜の藁屋ふたつが国境ひ

梅漬の種が真赤ぞ甲斐の冬

○『今昔』（昭和五十六年、立風書房刊）昭和五十二～五十六年の作品（二三二句収録）

この句集も、句数が少なくやや存在感が薄いが、『涼夜』から『山の影』への過渡期的句集ということで損をしているのであって、じっくり読むと面白い句集である。龍太は、五十六年に日本芸術院恩賜賞を受賞している。

存念のいろ定まれる山の柿

波騰げてひたすら青む加賀の国

○『山の影』（昭和六十年、立風書房刊）昭和五十六～六十年の作品（三九七句収録）

龍太の俳句の類型化が最も進んだ句集。後期の句集では例外的に句数も多く、面白い句集となっている。龍太俳句の全貌を知るためには『百戸の谿』『忘音』『春の道』だけでは不十分であり、『山の影』も必見の句集であるといえよう。龍太自身は、この句集よりは次の『遅速』の方を高く評価しているようだが……。

龍の玉升さんと呼ぶ虚子のこゑ

春の夜の氷の国の手鞠唄

○『遅速』(平成三年、立風書房刊) 昭和六十〜平成三年の作品(二三六句収録)

龍太最後の句集であり、これ以降の句集は出ていない。長い時期の中で絞り込んだため一見精選のようにも見えるが、取り澄ました感じが強く、むしろこの時期の拾遺作品(龍太が取り漏らした句)の方にこそ『山の影』に通じる面白さ、龍太らしさが見られる。

満月に浮かれ出でしは山ざくら

なにはともあれ山に雨山は春

前節では、「一月の川」の句を例に龍太の俳句の特徴的構造について見たところである。それは、構造的に極めて顕著な類型化を持つということである。第1節では「一月の川」に言及するために限られた例のみを示したが、ここでは龍太句集一般を論じる観点からおよそ中期、後期の句集に共通してみられるパターンを一括してあげてみる。もちろん句集によってその現れ方は相当違いは出てくるが、前節の結論に従って、類型化の著しい『山の影』によってそうした類型をあげてみることにしよう。

①前項であげた「──の中」「──のこゑ」に類するものとして「──の──」型がある。具体的には「──の上」「──の音」「──の色」「──のこと」等々。これに類似するのが「──とき」「──ひとつ」「──まま」などである。

「──の上」

山百合のいのち匂へる魚籠の上　『山の影』

秋の空黄泉路外れたる顔の上

「――の音」

ががんぼは糸の音また詩の音
優曇華の彼方ひしめく瀧の音
一月のある夜青実に雨の音
夜はときに長寿かなしき瀧の音

「――の色」

半夏生眠りつすぎし沖のいろ
返り花濃きむらさきは京のいろ
栗すでに実りて遠き空のいろ

「――こと」

冬至湯の柚の香憑きたる思ひごと
冬青空ひとに誤算は常のこと
秋めくや肌白かりし母のこと

「――とき」

義仲忌や小暗き道の見えしとき
蟇鳴くや祖父母はるかと思ふとき
茨の実麻疹はるかと思ふとき
朧月露国遠しと思ふとき

人参赤し夏をこの世と思ふとき
百千鳥医者が死のこと語るとき

[――ひとつ、ひとり]

鰯雲巣箱に暗き穴ひとつ
元日の日ざせる蔵に窓ひとつ
秋雲の下城ひとつ子規もひとり
返り花異国に消えし叔父ひとり

[――まま]

鏡餅ひとごゑ山に消えしまま
雪解風またも自裁は謎のまま

② [名詞＋名詞] 型としては、「――景色」「――明り」の類型がある。

[――景色]

梅に雲ねむる様似は夏景色
旧軍都より雪渓の夕景色
毛氈の緋色余れる夏景色
蟷螂の二三歩先の夕景色
湖に月出しのちも冬景色

[――明り]

枝を垂れし蛇にさびしき沼明り

冬瀧の音の洞なる夕あかり
ルオーセザンヌ山桜いま夕明り
産卵の蟇に夜明けの月あかり
老豹に冬百日の水明り

③〔形容動詞〕型としては、「――静か」である。

〔――静か〕

雉子鳴くや櫛笄の彩静か
時鳥老婆おくにの村しづか
秋袷火の見櫓の鐘しづか
雪山に虹のをはりのいろしづか

④〔助詞〕型としては、「――も」「――また」「――のみ」「――ばかり」「――より」「――まで」等種類が多い。

〔――も〕

露ふかし山負うて家あることも
冬に入る子のある家もなき家も
神の留守籠の大きな鯥《むつ》の目も
冬ふかし鉄くろがねと読むことも
葱坊主地鎮の読経いつまでも
夕焼空詩に鴆《ちん》毒《どく》あることも

年移る犇めきさわぐ芦の葉も
秋めくや日当る巌の裸子も
秋の空いまはのきはの蛾の眼にも
年新た墓地に吸はるる人影も
冬深し切りたる髪の散るさまも
雪解川ときにお菊の皿の音も

「――また」

去年今年よき詩に酔へるこころまた
敵さだかに見ゆ寒風の落暉また
朧夜や山に隠れし川もまた
秋風や連れだつ友の月日また
鳥曇り墓なきひとの魂もまた
蛇笏の忌難波大路の木の実また

「――のみ」

菊白し安らかな死は長寿のみ
草紅葉してなきがらは一夜のみ

「――ばかり」

茸山呆け鴉のこゑばかり
蟇鳴くや藪の向うは山ばかり

油照り性根を据ゑし幹ばかり
花スミレこの世身を守るひとばかり
[――より]
白波とエゾハルゼミを夜明けより
冬が来る隙間だらけの深山より
放哉忌春雪午前三時より
燕来る祖父の檜山の彼方より
草紅葉子に母のこゑ木裏より
[――まで]
萌えいろのさだまる道を離宮まで
大瑠璃の目差しときに遠嶺まで
⑤ [助動詞] 型としては、「――のごと(ごとし)」「――すなり」がある。
[――のごと、ごとし]
露の空国の旧悪棘のごと
年暮るる北方領土棘のごと
青き踏む老劇作家尼のごとし
山の月ときに花の香乳のごとし
山近く住み暖冬の鯉のごとし
[――すなり]

朱欒叩けば春潮の音すなり
雪渓の初伏夜雨の音すなり

以上は類型的表現全般の話であるが、再び掲出の「一月の川一月の谷の中」の句に還ってみて、この「一月の谷の中」の意味を考えてみたい。恐らく、これだけ頻出する「――の中」が、すべてがすべて意味通り――in the valley のはずがない。むしろこの語と頻出度が同じ程度である詠嘆の助詞の「かな」に近いものなのではないかと思う。「――のこゑ」「――の音」「――また」「――ばかり」というのも多少微妙なニュアンスはあるものの龍太山河の中での切字「かな」なのであろう。〈――一月の谷であるものよ――。〉こんな気持ちが作者自身にあるように思われる。私は、龍太に限ってこれを「新切字」と呼んでもよいように思う。芭蕉の言った、〈四十八字皆切字也〉という何となく無責任な発言と違って、そこでは俳句性の意識をはっきり持っているからだ。

「一月の川一月の谷の中」(四十四年)の句が生まれる直前までの「――の中」、さらに広げて「中」を使った用例を句集からいくつか拾ってみることとする。

蛍火や少年の肌湯の中に　二十七年△
ひややかに河上下を日の中に　二十七年△
ふるさとの山は愚かや粉雪の中　二十七年△
娼婦らも溶けゆく雪の中に棲み　三十年×
一団の眉太く和す落花の中　三十年△

柚子の列斜め匂へる林檎の中　三十一年△
頸寒し露の笑ひも価の中に　三十一年△
高き蟬僧の足音日の中に　三十三年△
寒風のさ中のおもひ野を出でず　四十年　×
春浅し白兎地をとぶ夢のなか　四十年　●
母　通　る　枯　草　色　の　春　日　中　四十一年△
時計打つ真昼つめたき灰の中　四十一年◎
四方の水子亀西日のなかに浮く　四十二年×
夕焼のなかの二三歩秋の谷　四十二年×
大寒の赤子動かぬ家の中　四十三年●
林中に枯草積まれ雪がふる　四十三年×
桐咲いて雲はひかりの中に入る　四十三年×
林中のわきてひとつ家秋の風　四十三年×

前述した『山の影』ほどは頻出していないようである。特に「一月の谷の中」のような例はまして多くはない。読者はこの用例を様々に解釈するかもしれないが、私なりにある結論を確認するために、用例ごとの行末に印（×△◎●）を付してみた。×印は句中（従って句末でない）に含まれる「の中」であり句末の「の中」とは明らかに効果を異にしている、△印は句末にあるものの整った五文字の「○○の中」ではなく字余り気味の「の中」や「の中に」で結んでいるもの、◎印は句末五文字の「○○の中」で形式的には条件を満たしているように見えるものの未だ実体感覚を残している用法（特に○○が一回性の強い単語である場合がそうだ）のもの、そして●印が「一月の谷の中」の「の中」に近い効果を持っているもの――すなわちほとんど虚辞（前述した「切字」の効果）といってよい用語である。だから、多くある龍太の句の中でも「一月の谷の中」に匹敵する使い方は、

春浅し白兎地をとぶ夢のなか　四十年
大寒の赤子動かぬ家の中　四十三年

あたりからやっと見られている。前句を「夢のなか」の代わりに「(白兎地をとぶ）春の夢」「(白兎地をとぶ）浅き夢」、後句を「家の中」の代わりに「(赤子動かぬ）寒の家」と読解しても意味の上で支障がないばかりでなく、雰囲気を損なうこともないことが分かると思う。それほど「の中」に実体がこめられていないのである。

これから想像するに、龍太にあっては「中に」という実体語は好まれて使う用語ではあった（そのニュアンスの柔らかさ、包容力が龍太の文芸世界にふさわしいと言えなくはなかった）が、それが他の用語に比較して、特に晩年に偏愛に近く使われるようになったのは、形が「○○の中」となり、実体語から虚辞への転換が進むことによってであったと推測できるのである。

龍太の他の類型語、「声」「音」「香」「色」についてもほぼ同じようなことが言えるのだが、これほど劇的に変化が見える用例は少ないようである。

3．類型化が生み出す効果

さて前節では龍太の全句集を総覧してみたが、十冊の句集はかなり異なる評価を受けている。概して言えば、処女句集の『百戸の谿』、第三句集の『麓の人』、読売文学賞を受賞した第四句集『忘音』、『一月の川』の句を収める第五句集の『春の道』、第六句集の『山の木』といったところが代表句集の候補にあがる本と言えようか。一方、評価の低いものを選ぶとすると第二句集『童眸』と第七句集『涼夜』ということになるだろう。特に、後者はすでに俳壇の第一人者となった龍太に対して発せられる評価としては、かなり批判的な評言が多かったようである。一例として、大岡信氏の、「句集『涼夜』は、近年の飯田龍太における中仕切りというのに当る句集のように思われた。ありていに言って、全体が淡白に傾き、料理で言えば、しかるべき品々が出たあとに軽く出される蕎麦とか茶漬とかいったもの、それが一品単独に出て来たような感じがちょっとした」（大岡信「『涼夜』とその後」／昭和六十年『楸邨・龍太』所収）をあげてもよいだろう。どう見ても「蕎麦とか茶漬」は誉め言葉ではない。ここでいう「中仕切り」とは本来のものを区切る、それ自身が価値あるわけではない句集というほどの意味と思わせるからましてやである。

筆者も当初は『涼夜』に対しては同じような考え方をしていたのだが、何度か『涼夜』を読み返すことによって妙な句に引っ掛かることに気が付いた。

冬晴れのとある駅より印度人　『涼夜』

『涼夜』中の昭和五十二年の作品であるが、少なからず戸惑う句である。この句は従来言われているような甲斐の国の自然と合体したり日本の伝統的美しさを表現したものでは決してない。例えば、駅に乗降するとか、冬晴の空を背景にした人物像ということであれば、

炎天より僧ひとり乗り岐阜羽島　森　澄雄
寒晴やあはれ舞妓の背の高き　飯島晴子

等の同時代の句があり、世に広く喧伝されている。こうした句は、言われてみればまことに結構な句であり、愛唱される理由も割合理解しやすいと思う。それに比べて龍太の印度人の句は、まず何故こんな句を龍太が選んだのかといういぶかしさが先に立つというしかあるまい。

しかし、この印度人の句は妙に記憶に鮮明に残るものがあるのも事実だ。それはおよそ風流とか風雅とかいうものと無縁な配合を取ることによりいかにも俳句的な世界を作っているためだろう。「冬晴れのとある駅より」までは多少とも俳句を知る人なら詠めなくはなさそうだ。従ってこの句の妙な圧迫感は、たった一言、このような文脈の流れの中で登場する「印度人」に尽きるわけだ。当然、この印度人に文学上の古典的な連想が働くものでもない、せいぜい明治以降の植民地闘争とか、第三世界の盟主とかいった、およそ文学の世界のポジティブな連想につながらなさそうなものばかりである。しかし、裏返せばそうしたものこそ原初的な俳諧の存在感につながるものがありはしないか。

種明かしをさらにすると、平成五年には商業俳句誌の特集で自ら百五十句の自選を行っているが、『涼夜』からは僅かに六句が選ばれている、その中にこの句が入っているのである（もちろん他の選集にも殆ど「印度人」の句は入っている）。どうやらこの句は龍太にとって『涼夜』を代表する

俳句となっているのである。こうなってくると単に龍太の酔興では済まされない問題をはらんでくる。この句が傑作なのか駄句なのか、明らかにする必要が出てくる。そして、よく見てみると『涼夜』にはこれと趣を一にする作品がこの他にも見つかるのである。

春がすみ詩歌密室には在らず
にはとりの黄のこゑたまる神無月
朧夜の船団北を指して消ゆ
草に置くザイル真赤に瀧こだま
大樹もとより獄舎また梅雨景色
海鞘噛んで牧に畑に雨が降る
『涼夜』

そしてそれは次の句集『今昔』に至って一層明白になってくる。明らかに「変な俳句」を目指している龍太の意図が露わに見えてくるのである（龍太の俳句を最初に「変な俳句」としてとらえたのは坪内稔典であった）。

呆然としてさはやかに夏の富士
用済みのものをだらりと霜日和
ある夜おぼろの贋金作り捕はれし
巫《かむなぎ》の阿堵物《あとぶつ》消えし春の闇
雲夏に入るや自裁は謎のまま
『今昔』

愉しきかな零余子の衆愚犇くは
河豚食ふて《（ママ）》仏陀の巨体見にゆかん
椋鳥どよめくはよろこびかいらだちか
乱心の姫のありけりミソサザイ

「呆然としてさはやかに」とはどんな情感なのだろうか、理解に苦しむ。「用済みのもの」は余りにも卑猥だ。「ある夜おぼろ」の句の語り口は鞍馬天狗か銭形平次の、時代劇俳句とでも言うべきか。難解な「巫」の句は、阿堵物（あんなもの。晋の王衍が銭を卑しんで名前を呼ばず「あんなもの」といった故事による）が消えてしまったと大騒ぎしている様子が皮肉とも卑俗ともいうべき雰囲気の中に伝わるが、それは甲斐の山河とは何の関係もない。「自裁は謎のまま」も決して尋常な、よい俳句の趣味の世界の作品ではない。「河豚食ふて」の仏陀は一応、鎌倉長谷とか奈良東大寺とか解すべきかもしれないが、これもどうも余り素姓のよくない句とみても差し支えはなさそうな気もする。「乱心の姫のありけり」など不戯けているにちがいない。こんな句が噴出するのが『涼夜』『今昔』の句集の時代なのである。しかもこうした句の多くが、また龍太自選の句としてその後の選集には再登場するのである。

甲斐の自然とも縁のない「変な俳句」が横行した後の第九番目の句集が『山の影』である。端正と思われる句が再び見られる一方で、それとは全く違った作者の関心のありようがうかがえる句も認められる。これは明らかに右に述べ来たった「変な俳句」の系譜だ。

露の空国の旧悪棘のごと
文化の日鉄の屑籠雨の中
雪解風またも自裁は謎のまま
年暮るる北方領土棘のごと　『山の影』

これらの句（いずれも類型表現だ）の中で、龍太は政治的関心も、日本文化に対するアイロニカルな批判も、不条理も、丸ごと抱え込んで自分の俳句の世界としている。これらはいずれも龍太の類型化した表現法の中で生まれた果実なのだ。少なくとも『山の木』以前の表現史の中でこんなに変な俳句があふれたことはない（もちろん、こんなに類型的表現があふれたこともない）。龍太が完全に類型化の中に身を沈め、自分に合った表現形式の中で心を開いたとき自然も人事もなく龍太の胸中のつぶやきがそのまま句に現れたのである。つまり形式の勝利なのである。

＊　＊

なお、『涼夜』『今昔』『山の影』の龍太の発展過程ばかりを見たが、一般に龍太の後期の代表句集とされている『山の木』についてもひとこと触れておきたい。

かたつむり甲斐も信濃も雨のなか
白梅のあと紅梅の深空あり
三伏の闇はるかより露のこゑ
黒猫の子のぞろぞろと月夜かな　『山の木』

貝こきと噛めば朧の安房の国
水澄みて四方に関ある甲斐の国

『山の木』は、このような『忘音』『春の道』に続くふくよかな作品に満ちている。すでに述べた通り、龍太が最も気に入っているらしい（選集を作る際に最も収録の多い）句集なのであるが、不思議なのは、こうした一連の句集から急に、『山の木』『涼夜』のような変な句が生まれたのである。それは、これらの句の周辺にヒントがある。『山の木』の中には『山の影』よりはるかに多く「――の中」の句があるのだ（十六句）。龍太の全句集の中で最も「――の中」が多いのが、じつは『山の木』なのである。『山の木』の類型句と『涼夜』の変な句との間には微妙な関係が存在している。

大鯉の屍見にゆく凍のなか
花の湯を浴びて噂の棘のなか
陽炎や破れ小靴が藪の中
子燕が育つ雲雀の声のなか
かたつむり甲斐も信濃も雨のなか
あるときはおたまじやくしが雲の中
青空の眩しき楠も北風のなか
大寒の牛鳴いてゐる萱の中
旧伯爵家恋猫の闇のなか

『山の木』

新緑の風吹きかはる夢のなか
夕焼けて白根北壁凍の中
小綬鶏の声湧く山も凍の中
石積みし身のうらうらと出湯の中
花栗の十日にほへる雲の中
眼白鳴く磧つづきの家の中
大年の入母屋造森のなか

龍太の最後の句集『遅速』についても触れておく。『涼夜』『今昔』『山の影』と続いた傾向は、『遅速』においても変わりはしない。『遅速』はそれ以前の句に比較して厳選されていると評判があるが、それは発表句集に対し収録句数の割合が小さいというだけであって、統計上の問題にすぎない。句集の本質が大きく変わっているわけではないのである。『遅速』でも次のような「変な句」だってちゃんと作っているのだから。

鳥雲に蛻《もぬけ》の殻の乳母車　『遅速』
河童にあればこの香か水葱《なぎ》の花
よろこびの顔が真暗盆の墓
黒猫の黒がそのまま冬景色
振り向いて鰥夫《やもめ》の顔のいぼむしり

小春日の猫に鯰のごとき顔

春の山鼠賊《こそどろ》その後噂なし

そして問題は、龍太がこの『遅速』の時期に俳句の制作法を変えたのかどうかということだが、昭和六十年から平成四年までの間に、これまでに見てきた傾向が大きく変わったことはなかったと断言できる。類型化を始めとした龍太の表現形式は作品の上からは変化を見せないし、龍太の類型化は収まる気配がなかったのである。その良い例は、何度でも出てきて興醒めかもしれないが、やはり「――の中」という結びの形式である。『遅速』には直前の『山の影』に比べて「――の中」の形式の句が著しく少ない（五例）。一見、『遅速』時代においてはこうした形式に反省が行われたかのように見える。しかし、実は句集となっていないところで膨大な「――の中」が作られていたのである。以下、その例を示すことにしよう（末尾に＊を付した句は『遅速』所収の句である。一部初出不明）。

別れ霜高速道路闇の中　（六十年四月）

蚊喰鳥諏訪口はいま夕焼中　（六十年七月）

道まぎれなく山に入る露の中　（六十年九月）

山廬忌の日空夕空露のなか＊　（六十年十月）

秋茄子未練のいろを雨の中　（六十年十一月）

凍蝶の魂さまよへる草の中＊　（六十年？月）

にほどりの鋭声まばたく波の中　（六十一年一月）
丈草忌雪溶けてゐる山の中　（六十一年三月）
四月尽夜を翔ぶ鳥のこゑの中　（六十一年六月）
育雛のこゑことごとく雲の中　（六十二年六月）
蟇鳴くや隙間だらけの闇の中　（六十二年七月）
昼の蚊のこゑの卑しき藪の中　（六十二年八月）
秋の星子も関取も夢のなか　（六十二年十一月）
色鳥のこゑ仰ぎ見る榧の中　（六十二年十二月）
木の実ゆく極楽色の水の中　（六十三年一月）
返り花石工ひとりが出湯の中＊　（六十三年二月）
降る雪に時流れゐる水の中　（六十三年四月）
涅槃の日鰻ぬるりと籠の中＊　（六十三年五月）
葱白し子ひとりでゐる家の中　（六十四年一月）
冬瀧の音揺れてゐる岩の中　（平成二年一月）
生娘の五体全き初湯中　（二年一月）
きさらぎの枯草の香を古書の中　（二年一月）
朱欒一個忘られてゐし倉の中　（二年三月）
子がひとりゆく冬眠の森の中＊　（三年一月）
筍が真夜のおどろの草の中　（三年六月）

夏負けの十指全き水の中　　　（三年八月）
冷汁いま海の町露の中　　　（三年十一月）
母と子の伏眼のこゑを凍の中　　　（四年三月）
またもとのおのれにもどり夕焼中　　　（四年八月）

いちいち作品を鑑賞せずとも、数を勘定すれば十分であろう。実際、圧倒される作品群である、龍太の類型化は衰えてはいない。とりわけ、龍太が「雲母」を終刊した平成四年八月号でも使われていることは、龍太の類型化への不退転の決意を示してさえいるようだ。こうした形式、構造へのこだわりが、龍太の晩年を特徴づけているのである。

第6章　狩行の思想

1．対の技法

鷹羽狩行について、その華々しい登場以来書かれた作家論は既に百編近くに及んでいる（平成六年時点）。これは同世代作家の中でも群を抜く本数と言える。そこにあげられた作家像は、①生命感溢れる外光性（楠本憲吉）、自己肯定（清水径子）、ユーモアとウイット（大串章、澤好摩）、人間の心緒の豊かさ（伊藤桂一）や抒情性のような「情緒面」と、②知的（川崎展宏、岡本眸）で完全主義（辻田克己）、明解・明晰性（平井照敏、井本農一、辻田）を持つという「理知面」で特徴づけられるようだ。また表現技法では、③詩的操作の冴え（秋元不死男）、卓抜な着想（山田みづえ、細川加賀）、警抜・奇抜さ（飴山實、上田三四二）を出現させる擬人法や比喩、句またがり、リフレイン等の多用があげられる。しかし、誰しも狩行と言えば必ず指摘するのは、これらを合わせて④「機知的な表現を駆使した言葉の魔術師」ということである。これほどはっきりした作家について書くのは一見、楽なことだと思われる。

ところが、狩行自身の文章を読むと、とりわけ「機知的」と呼ばれることに強く反発する。

「私の俳句を機知俳句だと呼ぶ人がいるが、私は、俳句は機知でなければならぬなんて言ったことは、これまで一度もありません。」（対談「狩行俳句の魅力とたのしさ」）

「古草やまたぞろ機知の狩行論」と詠んでいるくらいだから相当腹に据えかねているのであろう。しかし、私などにしてみれば機知俳句の狩行という印象は長く持っていたのだからちょっとした驚きである。これはまず入口から面白い問題にぶつかったという感じであった。

＊　＊

世評で言われる機知俳句の狩行に対し、作者自身が機知性を否定するということになるとその作家論の取り組み方も大幅に変えねばならない。ここでは一応機知ということを論外にして、狩行のどんな姿が浮かび出るかを見てみることにしたい。

狩行俳句の表現上の特色として、擬人法・比喩・句またがりがしばしば指摘されると言ったが、擬人法や比喩などはことさら狩行独自の技法とは思えない、むしろ現代俳句一般の傾向と言ってよいであろう。その点ではっきり狩行の独自性を感じさせるのは次のような例の方である。

一対か一対一か枯野人

雪虫の恋一寸にして一途

目礼のあとの黙殺白扇子

紅きもの欲り且つ怖れ雪女郎

鈴虫を飼ひ殺し詩を生み殺し
蜘蛛の囲の全きなかに蜘蛛の飢ゑ
氷に登る魚木に登る童かな

これらは「対《つい》の技法」と呼んでよいかと思う。何も私が発見した新事実ではなく、大串章、成井惠子なども指摘していることで目新しいことではない。ただ、こうした明白な傾向は批判を招きやすいもので、一種のマンネリだという声も最初からあった。しかしマンネリなら類似の作品、類想が生まれるはずだ、ここにあげた作品はちょっと真似しようがない。その意味でも十分検討してみる価値はありそうである。

一対か一対一か枯野人

ここに詠まれた「一対」と「一対一」の対比の面白さは誰も肯定し得る。枯野を行く二人の人間を、たった一語の違いで全く違った関係（一対なら親子とか恋人とかの親密な関係、一対一なら敵対する関係）に生み出す。

考えると「一対」も「一対一」もその対象物は二つ。しかもどちらの概念にしても同質のものと言うよりは、右左の靴や男雛女雛のような異質なものをとらえている。その違いは――そう、実は対比の重要性はその対称線、基軸がどこに置かれているのかということにある。一見誰でも気付く差異のように見えながら、今まで誰も示さなかった違いを提示するには作者の側の確信のある基軸が必要である。したがって、対比で浮かび出るのは、文学もさることながらむしろ科学の独創的発見に近いと言える。

もちろん、こうした差から俳句としての面白さを導くには、両者を統一する概念――この場合は枯野人（前の例なら雪虫、白扇子など多くは季語になるかと思う）が重要なことで、大抵の俳人はこの斡旋の見事さを賛嘆する。確かにこうした調和は狩行の才能だが、これだけのことなら従来の俳句論の中に収まってしまうことである。やはり狩行の画期的なのは、「意味性の深化」（馬場あき子）と言われるように俳人にとって余り面白くはないかもしれない対比の基軸の方なのである。

実はこうした、対の技法は狩行の俳句を理解するに当たってはかなり有効な方法と言えるのである。狩行自らもリフレインの重要性は述べているが、それは狩行俳句の深層にまで根ざす認識なのだということをいくつかの例で見たいと思う。

スケートの濡れ刃携へ人妻よ
摩天楼より新緑がパセリほど

これらはべつに、前の例で述べたような対の技法が現れているわけではない。しかし「読み」としては、対の概念抜きにして解釈することは不十分と言わねばならない。これらの句の中の「人妻」という斬新さ、「パセリ」の比喩の鮮やかさは、対概念によって生み出された効果を生かしているからこそ成功しているのである。

「スケート」の句だが、「人妻」のように俳句の世界では新奇な用語は、対比されるべきものがもう一つの論理文脈を構成し、新しい言語の活性化を生む。「人妻」を「我が妻」と自解して折角の句をつまらなくしたという批判（西村和子、高橋龍）もあったが、一応狩行の自解のように置き換えてみれば、「人妻」vs「我が妻」の対比が生まれ、作者から見れば愛妻であるにもかかわらず、他人から見れば艶めかしい人妻で、携えるスケートの刃さえ官能的な危険さを示すように眼に映る。そこでは妻そのものが何も変わらないのに、見る者の視点で世界が変わるという認識がある。それは、恋人、乙女と置き換えても成り立つ発見である。この句にはこうした対比の基軸が文学要素として導入されているのである。

「摩天楼」の句にしても同じである。この句についても「ほど」が比喩の意味かどうかについて論争があった。しかしそれが厳密な意味での比喩であるかないかより、「西洋料理の皿の中のパセリほどの小ささ」（後藤比奈夫）と感じとった方が句意にかなうはずだ。そう、実はマンハッタン島の中のセントラルパークの新緑が、西洋料理の皿の小さなパセリに対比されているのである。

このように隠された対比は、狩行の斬新さの秘密となっている。例えば、

人妻の爪たてけぶる夏蜜柑
ビーチパラソルの私室に入れて貰ふ
火口湖のアダムに泳ぎ着きしイヴ
イヴのもの一枚落ちて葡萄園
息づきにおくれ息づく薄ごろも
太陽をＯＨ！と迎へて老氷河

妻と（爪を持つ）獣の性、（開放的な）砂浜と私室、地球史と創世記、葡萄園と楽園、生身と着衣、新生と老。一句の中で鮮やかに対比される二つの言葉が暗示され、読者は二つの世界を行き来する

扉の前に立つのである。

2．対に現れる思想性

前の話を受けて余談となるが、R・ヤコブソンに触れておきたい。ヤコブソンは詩学にまで及ぶ広範な対象を研究した二十世紀最大の言語学者だが、彼の最も興味深い成果の一つに失語症研究という意外な分野での成果がある。別に心理学研究の頁ではないので詳細は書かないが、それまで同じように見えた失語症患者の症状が二種類あることを明らかにしているのである。大ざっぱに言えば、〈単語〉は知っているがそれをうまく文法規則に当てはめて使うことができない患者と、〈単語〉そのものをある体系のもとに分類できない（例えば、動物のジャンルで馬、牛、犬などと列挙する作業ができない）患者がいるというのである。

実はこの発見は、精神病理だけでなく一般言語学にも多大の影響を与えた。人間の言語能力から見て、文法配列（統辞関係）と連想配列（範列関係）は全く独立した言語の使い方であり、世界の文学が実はどちらかの傾向を強く出しているというのである。前者の例では叙事詩、写実主義、後者では抒情詩、ロマン主義等々。俳句に立ち返って反省してみると、二句一章といい一句一章といい俳句はどうも統辞的（シンタグマティック）な言葉が強過ぎる。範列的（パラディグマティック）な言葉の関係を初めて意図的に生み出そうとしたのが狩行の功績だとは言えないだろうか。対比は決して修辞上の小さな問題ではない、言葉の彼方には思想がある。

＊　＊

こんな難しいことを言い出すのは、実は冒頭掲げた狩行俳句に関する多くの評者の特徴がほとんど共通する中で、唯一極端と言っていいほど意見が分かれたのが狩行の思想性であったからである。「思想性への無関心さ」（小宮山遠）、「彼はよく思想がないなんてことを言われました」（上田五千石）、「思想性の欠如」（古舘曹人）と言われる一方、「思想性が随所にその露頭を顕わす」（杏田朗平）、「人生を、人間をどう見ているかという見方が繰り返し語られている」（足立幸信）と正反対に評価されているのは興味深いことである。

「狩行評論集『古典と現代』を繙くと、作家論や季題論や定型論に優れた研究がある。しかし、人生とは思想とはという問題や、草間時彦の『伝統の終末』のような憂慮や不安は、どこにも見当たらない。（中略）金子兜太・沢木欣一・飯田龍太・森澄雄・岸田稚魚・草間時彦などの戦後第一期の大正生まれの世代と、鷹羽狩行・原裕・上田五千石・青柳志解樹・岡田日郎・有馬朗人などの戦後第二期の世代の比較は、一に思想性にあるように思われる。むしろ俳壇に限らず昭和日本は、その次の四十歳前後の人材の中から夢と希望が生まれるのかも知れない。大正時代が明治と昭和の谷間と言われるように、戦後第二期の世代は昭和の谷間なのかもしれない。」（「俳句研究」五十六年四月「自立の遍歴」）

古舘曹人の説を引用してみた。しかし多くの人たちが安易に使う「思想性」という言葉が何であったのかを反省すべきかもしれない。古舘説では、思想とは、他の人と同様いかに生きるべきか、人生とは何かということに言い換えているが、思想性とは果たしてそれだけのものであろうか。

（実存哲学以降の現代思想では）私以前の思想、私を括弧に入れて成り立つ思想の可能性を示している。潜在意識と言語構造の分析による主体性の解体こそ新しい思想の力となった。人生をいかに生きるか以前に、私なり文学なりはどのようにして生まれ得るかが関心の的なのである。こんな基礎知識さえ知っていれば、兜太・龍太などの第一世代の「思想」と、狩行などの第二世代以後の「思想」はその範囲を全く異にしていることが分かるはずで、狩行に思想性があるか否かはそのどちらの基準を用いているかを明確にしなくては意味がないと分かる。もちろん、これは二つの「思想」のどちらが優れているかを論じているわけではなく、かつて神を論じた哲学が、その後人間を論じ、社会を論じ、ついに主体性にまで及ぶ範囲論を言っているに過ぎない（言っておくが、現代思想の古典はまだ岩波文庫にさえ入っていないのである）。

いま、狩行に思想がありとすれば、古い思想性ではなくこの新しい思想性、意味をはなれて言語の関係だけから成り立つ「言葉」の思想を踏まえているからなのである。言葉のからくりは単に機知だけですむものではない。秋元不死男の狩行評に「選別、つながり、関係づけ」を指摘しているのは、狩行の根本的な資質を見抜いた卓論と言える。そして〈対の技法〉で見たように、言葉に対する狩行の態度は明らかに思想というべき体系と基準を示してくれる。そこでは、人生に対する詠嘆はないかもしれないが、言葉の襞に隠されていた人間の認識の構造を明確に剔り出す。そのインパクトは、決して前者に劣るものでもないし、狩行のこうした思想的態度はユニークな思想のみが持つ危険性、論理の展開がその出発点（伝統俳句）を粉砕する可能性さえ秘めているのである。その意味で、しばしば狩行が古い思想の側からも批判される理由が分からなくはない。

＊　＊

こんなことを考えてみると、狩行という作家の現代俳句での位置づけも、今までと少し違った見方ができるように思う。

昭和四十三年に「俳句」が行った「特集・現代の作家」シリーズでは飯田龍太を始めとする戦後世代作家が取り上げられている。その総論を狩行が執筆したとき、「秋桜子・誓子・草田男・楸邨・波郷などの世代を第一世代と名づければ、「現代の作家」たちは第二世代に属する。率直に言って、私たち後続世代に絶えない感銘を与えている作品は、いまもって第一世代の作品である」「第二世代に対する私の印象は、どうしたわけか俳句の作品よりも俳句についての饒舌の方が強く記憶に残っている。（中略）評論が先に走って、作品がその後を息せききって追いかけている」と、社会性俳句・前衛俳句に肯定的な作家・否定的な作家も含めて批判している。いま、その第二世代から、古舘を始めかなりの狩行批判が出ていることはその意味で暗示的である（ややこしいが、前の引用の「第一世代」「第二世代」と意味がずれている）。

一方面白いことに、「後続世代に絶えない感銘を与えている」とされた第一世代の作家について、狩行の評論や入門書での作品の引用を調べると、天狼作家に匹敵する頻度で草田男が出てくる。その数は誓子と殆ど同数。不死男や三鬼でもこれにはかなわない。

この草田男と狩行の意外な関係については鍵和田秞子の狩行論の中で、「草田男の流れと誓子の流れは、将来次第に近づき、交わることがあるのではないか」と述べているがなかなか鋭い指摘と思える。

そういえば、いままで余り比較する機会もなかったが、次のような句は、俳句の湧き出る根源において共通する資質があると言えるのではなかろうか。

○万緑の中や吾子の歯生え初むる　草田男
天瓜粉しんじつ吾子は無一物　狩行
○滂沱たる汗のうらなる独り言　草田男
ひとすぢの流るる汗も言葉なり　狩行
○香水の香ぞ鉄壁をなせりける　草田男
寸鉄のヘアピンを挿し炎天へ　狩行
○降る雪や明治は遠くなりにけり　草田男
花南瓜馬車の世馭者の世は遠し　狩行

狩行と草田男の類似関係は、結局のところ右に述べた思想性での共通という点になってゆくであろう。もちろん草田男の生の哲学と、狩行の示す言葉の哲学は似て非なるものだが、余りにも思想と縁のない（あるいは単純に外部の思想の影響を受け、輸入するだけの）伝統俳人の間では主体的に思想に取り組むという点だけでも異色な二人なのであろう。

この他にも、狩行の教養一般について言えば、各種評論からも特に海外の文学や思想に関心をもっていることがうかがえる。伝統俳人でフランス構造主義に言及したのは狩行をもって最初とする。その点でも俳句や日本の古典だけでなく、幅広い教養人であった草田男との類似を感じるのである。

3．新しい伝統手法

このように「思想」の範囲を広げ、狩行の俳句の立脚点を見てみると、確かに「機知の作家」では収まらない、他の作家と決定的に違う主張が見えてくる。例えば「俳句そのものの完成をより重視する」「誰もかつて作ったことのない俳句を詠む」という考え方、「形式が内容を決めて行く」という認識を折にふれ漏らすが、そこには、極めて科学的、関係論的な考え方が見て取れる。これを演繹すれば「俳句は言葉の産物であり言葉で徹底して評価されるもの」「言葉には本質・内容より関係・形式こそが重要」（同旨、高橋悦男）という従来の伝統俳句にはなかった新しい考えが生まれるのである。それは狩行が意図しているかどうかは別として、写生に代わる新しい原理と言える。こんなことから、狩行の特徴的な活動も見えてくる。最後に、本章の趣旨から少し逸れるが、こうした狩行の特徴を示す逸話をいくつかあげておく。

＊　＊

狩行の特徴の一つに徹底した推敲がある。各種の評論でいかに自作が推敲されたかを夥しい例で示すが、それくらいは序の口である。俳壇を驚かしたのは、俳人協会賞を受賞した『誕生』を『定本誕生』にまとめるに当たってあらかた改作するという荒技をやってのけたことである。他人の作品についても容赦なく、すでに『俳句の上達法』などの全巻添削例の著作があるし、現在でも主宰誌「狩」では毎号添削例を示している。最大の逸話は、金子兜太論の中で兜太の代表句「銀行員等朝より螢光す烏賊のごとく」を「銀行員朝から螢光烏賊烏賊烏賊」と添削していることである。これも、余計なお節介とも思えるが、作家という当てにならない個性（金子兜太個人をいうのではなく俳句の一般論である）に依存するのではなく、表現としての俳句そのものの完成を重視するという主張と自信から生まれたものといえるであろう。

また、言葉を明確に見つめるという作業の中から、特定の言葉〈例えば数字とか色とか〉を俳句の用例の中で様々に分類し、合理的に言葉を極め尽くそうとする態度にも通うものである。狩行の評論の中には、言葉について国語学者のような分析を行ったものがある。例えば、「一」という語には①不特定、②最初、③最小限、④強調、⑤特定、⑥全体という意味があると論証しているが、これなどは俳人の枠を越えた仕事ぶりと言ってよいであろう。

実は、言葉をこのように冷徹に見通す合理的な目は、我々が日常で何気なく予断してしまう当たり前の事実さえ大きく揺り動かす。終戦忌・敗戦忌にちなんで狩行はこう言う。〈戦死者のおかげで平和が得られたのではない。敗戦のおかげによってである。戦争に敗けていなければ、まだ戦争は続いただろうからである〉。ヒューマニストぶった人の心肝を寒からしめる恐ろしい言葉である。言葉を冷静に見る目が人間の社会に向いたときの視線を感じずにはいられない。それはイデオロギーとは違った、事実そのものを偏見なく見ることによって見えてくる世界といえるであろう。

こうして見てくると、狩行は決して優等生（西東三鬼評）や「才気の勝った作者」（山本健吉）というだけでは律しきれない、場合によってはかなり挑戦的な俳人だということが分かる。その格好の例は、昭和四十九年の新聞紙上で行った、草間時彦の『伝統の終末』の書評の例だ。そこで狩行は〈草間氏の立場は伝統とともに殉死しようとする立場だが、いつの時代でも前代の文化遺産の上に立ってこそ新しい創造が行われてきたのであり、日本語の変化は伝統の継続をこそ意味してもその終末を意味するものではない〉と批判した。これに対し草間が〈底抜けの楽天主義者と伝統とともに殉死しようとするわたくしとは全く一致しない。わたくしと鷹羽氏との俳句観の間にも何かの断層がある〉と激しく反論したのである。この論争の経過に興味をもち狩行に尋ねたところ、量的にも論争にまで至らなかった感じで、むしろその後の分かる・分からない（金子兜太氏の作品をめぐっての論争）の方が論争になっている、と言われた。

しかしそれでも私は、分かる・分からない論争よりこちらの方が現代俳句にとって意義は大きいと思う。明治中期に子規と虚子が道灌山の茶店で行った論争があった。咲いている夕顔を素材に、俳句の美は花の形状等目前に見る写生的趣味の上にあるのか（子規説）、源氏物語以来の歴史的連想即ち空想的趣味の上にもあるのか（虚子説）という論争である。この論争に結論のないまま近代俳句が開始してしまったのだが、狩行と草間氏の伝統論争はまさにこの点につながっていくように思えたからである。と言って、私は伝統への楽観説と悲観説のどちらに与しようというわけではない。ただこうした論争を欠いたままでは、現代の伝統俳句に貧しさを感じるということを言いたいのである。

いずれにしろ、狩行の伝統は継承する伝統というものでなく積極的に創り出す伝統（それが非伝統だ、という主張も根強いのだが）という点が特徴で、それは前述の言葉の問題をめぐっても明らかである。例えば狩行の季語論は、過去を見るだけの季語論にとどまらない。季題というものが持っていた本意をむしろ根源的季感と置き換え、この季感の範囲内で具体化されて行くのだと言う。だから、夏衣という季題から、夏服・白服・羅・白シャツ・アロハ等々と新季語が生まれて行く正当性も、夏衣の持つ季感に由来すると説く。季語の発生変遷の歴史についてはここでは論じないが、季語の必然性はこれから作り出されるものだとすれば確かに傾聴に値する議論であり、「季語の用法が精妙的確」（飯田龍太）という狩行の特質もここから生まれるのであろう。

第7章　新詩学の誕生――兜太と完市

1．新しい俳句の視点（堀切実の表現史構想）

第2・3・4章で特に初期の金子兜太を眺めてきたが、本章では、戦後俳句史の中での兜太の新しい位置づけを考えてみたいと思う。すなわち、第二芸術、社会性俳句、前衛俳句、伝統俳句への回帰という通説では括りきれない兜太――いや兜太を置くことによって見えてくる戦後俳句史を考えようというのである。

このために最近出された堀切実著『最短詩型表現史の構想』（二〇一三年、岩波書店刊）が一つのきっかけになるので取り上げてみたい。俳文学者の堀切は『構想』のグランドデザインを、「今日とかく細分化して研究が行われがちな俳諧史・俳句史を、巨視的な視点に立ち、表現の流れや様式の継続性としてとらえることを意図し」たものであり、「今日の日本文学研究の行き詰まりを打破するには、こうした大きな視野に立つ検証が欠かせない」と説明しているからだ。

堀切はそうした基本的立場を踏まえて、この『構想』において独自の提案をしている。それは芭蕉門流の論書から発見された①「姿先情後」（支考）②「虚先実後」（支考）③「取合せ」（許六）

の概念において最短詩型表現史をすべてたどり得るだろうと仮定している。「姿先情後」とは支考が「俳諧は姿を先にして心を後にするとなり」（『二十五条』）と述べている考え方であり、先ず姿（視覚的イメージ）が心に優先すると説く。「虚先実後」とはこれも支考が「言語は虚に居て実をおこなふべし」（「陳情の表」）で唱えた理論であり、発想法における虚構の優先を述べたものであった。「姿先情後」と「虚先実後」は同じ支考が唱えた理論であるだけに近いものがあると思う。一方、「取合せ」は許六が芭蕉の言葉として引用している「発句は畢竟取合せ物とおもひ侍るべし。二つ取合て、よくとりはやすを上手と云也」（「自得発明弁」）によるものである。その三つの原理を典型的に示す作品として次のようなものをあげている。

粽結ふ片手にはさむ額髪（①）
荒海や佐渡に横たふ天の河（②）
菊の香や奈良には古き仏達（③）

現代俳句理論で言えば、それぞれ①イメージ論、②虚構論、③配合論に該当するであろう。現代の俳句理論においてもこれらは重要ではあることは間違いないが、堀切の言う「すべてたどり得る」は言いすぎであるようだ。それはさておき、現代俳句における①イメージ論、②虚構論、③配合論が、欧米の詩学や文学論から直輸入されたものであるのに、議論の対象が日本語の詩歌であることからすれば、固有の日本の詩学、芭蕉の詩学との関係に一旦は触れることが必要かもしれない。この意味では堀切の主張は一考の余地があると思うのである。

しかしながらこれは堀切自らが題したように「構想」であり、それが検証されなければ意味はない。堀切は古典を対象とする俳文学者としては珍しく、この理論の昭和の近代・現代俳句への適用を試みている。

まず『構想』の中で、子規、虚子、誓子等に触れる。これなど、殆どの俳文学者が近代、現代俳句に触れない現状では野心的な試みだと考える。さらに次の一歩として、岩波書店の「文学」誌上に、「芭蕉と近代俳人たち─楸邨・波郷・誓子・草田男─」（二〇一三年九・十月）、「芭蕉と現代俳人たち─龍太・澄雄・兜太─」（二〇一四年三・四月）を発表している。現代俳句の場で、堀切構想の検証を求める意欲は高く買いたいが、問題はそれが十分検証されているかどうかである。特に、戦後派作家（龍太・澄雄・兜太）に関してはまさに現代の問題であり厳しい批判が求められる。

確かに、一九七〇年代に飯田龍太・森澄雄らにより戦後俳壇が大きく伝統回帰したとき、二人は芭蕉を高く評価し古典派と称されたから、龍太・澄雄自身の芭蕉に関する多くの言説が残っており、その検証には豊富な材料があると考えられる。ただ、龍太も澄雄も、その発言はいかにも現代作家らしい韜晦に満ちたものが多かったから、堀切が引用した作品と言説（特に文章）だけで比較することは危険で、その点の慎重な吟味は必要であろう。

個人的な感想を言えば、同じ戦後派作家の中でも能村登四郎は一時期、他の誰よりも「虚」に注目しており、登四郎の主宰する「沖」は創刊がその時期と重なるために十年近く「虚実論」として膨大な論文、また、それに基づく実作（多くは擬人法が多用された）が行われ、その意味で、堀切論文との関係でよりふさわしいものがあると思う。ただ、当時「沖」では、芭蕉について言及されることはあっても、支考への言及は少なかったと記憶している。この時代まだ支考の評価は極めて低かったからである。

問題は、金子兜太である。通常芭蕉には最も遠いと思われているだけに、違和感のある人も多いと思う。しかし、兜太の造型俳句論は最終的にイメージ論、メタファー論をもって一応の結論とされているから、検証してみる価値はあると思われる。再度言うが、兜太には、当時芭蕉に関心は少ない、あらゆる詩人がそうであるように、作家は自らを囲む環境に反応する。当時兜太を囲む環境は、虚子、秋桜子、人間探究派、新興俳句、社会性俳句等であり、芭蕉は無縁であった。従って、堀切があげた、①「姿先情後」②「虚先実後」③「取合せ」に関する兜太の考え方は存在しない。しかし、当人は言及しなくても俳句が日本語の詩である以上、兜太の理論の中に芭蕉の言語原理が組み込まれている可能性もある。

2. 金子兜太の俳句史

(1) 兜太の俳句史

しかしその前に兜太と堀切との関係でもっと重要なことは——堀切理論の中で兜太が取り上げられているということよりも——金子兜太自身が実作者の中で最も自覚的に堀切の言う「表現史」に相当するものを論じている作家だということである。もちろん、堀切の言うような芭蕉の三つの言説からのそれではなく、兜太独自のそれである。しかもそれが、堀切が『構想』の中で論拠としてあげた兜太の尖鋭な実作論、「造型俳句」に現れているのである。実際、「創る自分」「造型俳句」という作業は、草田男が批判したように、言うまでもなく多くの作家・先人がすでに実行してきていることである。しかし兜太は、この時、「表現」（自覚的表現）を中心にして俳句史を総覧し、俳句史の図式を作り上げている。堀切に先んじて、表現を中心とした俳句史を提示したともいえるのである（もともと「表現史」という概念は不熟かもしれない。兜太に倣えば、近代俳句には表現史のほかに、それが未来への展望を持つかどうかは別として、「諷詠史」があり得るはずである。兜太の場合には用語としては、表現史よりは俳句史の方がふさわしいかも知れない）。

兜太の俳句史【注1】を目録風に掲げてみれば次の通りである。

［兜太の造型俳句史］

1．諷詠的傾向

①花鳥諷詠（虚子）

②人生諷詠（波郷）

2．表現的傾向

①象徴的傾向＝（楸邨・草田男）

②主体的傾向＝（（誓子、）赤黄男、三鬼）

兜太のいわゆる「造型俳句論」は、都合二回執筆されているが、第一の「俳句の造型について」（「俳句」昭和三十二年二～三月）ではその過程を「創る自分」「造型」と呼んでいた【注2】が、第二の「造型俳句六章」（「俳句」三十六年一～六月）ではこれらの用語を使わず、「表現」として論じられている。この方が兜太の論としてふさわしいのはもちろんである。特に、「諷詠」（非自覚的表現）に対して

「表現」（自覚的表現）に注目することによって俳句史の根拠を明確にしたことが確認できるのである【注3】。しかし、いずれにしても、その俳句史観は変わらない。

＊　　＊

この図式を簡単に紹介しよう。先ず兜太は、子規以後の近代俳句は自己の周囲にあるものを手段として自分の主観を投影してゆく（つまり描写が手段であった）ものであったが、やがて後期の虚子にいたって描写が目的となり、ついに「諷詠」という曖昧な表現を目的化すると述べている。その典型例が、素十の俳句である。

甘草の芽のとびとびの一とならび　素十
一辨の疵つき開く辛夷かな
もちの葉の落ちたる土にうらがへる

しかし諷詠も花鳥諷詠ではとどまらない。「俳句の造型について」では、こうした主観の欠如した花鳥風月の諷詠から、人生への諷詠へ昇華していく例として次のものをあげている。

あえかなる薔薇撰りをれば春の雷　波郷
春の街馬を恍惚と見つつゆけり
長靴に腰埋め野分の老教師　登四郎
羽蟻ふり峡のラジオは悲歌に似て

ここでは感情のニュアンスにまで目を配るために、写生から一歩出て、自然の事象をゆがめ虚構しようとさえするとしている。
しかしいずれにしてもこれらは描写の限界内にとどまる（「人生諷詠」についても、意識以前に、場面への感情傾斜を優先させてしまっているという）。これに対峙するのが、主観—描写の二元関係のうち描写ばかりが君臨してしまった傾向に対して主観の位置を強硬に復活させようとし、その方法として極力技巧を避け、自分の心のあるがままを言葉に移そうとする——実写的、純粋表現に向く象徴的傾向（観念投影）だという。

へうへうと焚火の中の没日かな　楸邨
妻恋し炎天の岩石もて撃ち　草田男

そしてこれが抒情と結びつくことにより抒情に支えられた象徴的傾向の作品が生まれる。

吾妻かの三日月ほどの吾子胎すか　草田男
冬帽を脱ぐや蒼茫たる夜空　楸邨
坂の上たそがれながき五月憂し　波郷

こうした象徴的傾向の持つ「求心過度の脳溢血」（西東三鬼）の状態に対し批判を放つのが構成的傾向（主体的傾向）で（実際は構成的傾向を批判して象徴的傾向が生まれたのであるが）、これは近代俳句が前提とした描写に対し、新しい表現（反復法、倒置法）、新しい素材、新しい構成法（対象としての素材をそのまま直叙することでなく、想像力を加え頭脳によって処理し、作者にとって満足できる表現まで創作すること）による表現様式の革新を目指すことであった。

ピストルがプールの硬き面《も》にひびき
枯園に向ひて硬きカラア嵌む
夏の河赤き鉄鎖のはし浸る　　　　誓子

ここまで来れば一通りの図式が出来たことになり、あとは構成的傾向は手法の構成にすぎず、方法の構成ではないという批判から、作者の内実を問いかける「主体的傾向」の追求となるわけだが、これは兜太のプロパガンダになるので厳密な歴史ではなく、ここでは論じない（間違っているからというわけではなく、歴史学で教えるべき内容ではない、むしろ政治学の内容だということである）。

それでは兜太の俳句史の何が画期的かというと、実は従来の歴史観は後述する「伝統」の名の下に虚子の花鳥諷詠と草田男の人間探究派を括り、「反伝統」の下に新興俳句と前衛俳句を括って対立させていたのであるが（現代俳句協会から俳人協会が分裂した理由はこの理念対立に基づくものと考えられている）、実はそうではない歴史観があるということを提示した点である。反伝統の下に人間探究派も新興俳句も前衛俳句も括って、虚子の花鳥諷詠の伝統に対峙させてしまったということなのである。季語の有無のような枝葉末節の問題ではなく、表現態度（諷詠対表現）で俳句史を描いてみようというまっとうな態度であった。さらにこれは兜太だけの奇異な説ではなく、草田男の揚げ足を取るようだが「伝統陣中の固陋な者達［筑紫注：多分虚子の花鳥諷詠］の場合をのぞけば金子氏の造型操作は、殆んど誰でも［筑紫注：草田男も兜太も］が現に実行していることであって（略）ただあたりまえの事実を述べているだけである。」（草田男「個人と自己」「俳句」三十三年二月）を忠実に俳句史として表現した正論であった。草田男も兜太も俳句史の上では大同小異、近親関係にあったのである。

繰り返しになるが、造型論とは、狭い造型的俳句作法ではなく、表現の歴史的検討を行い、その上で新しい俳句を提案しようという、極めて合理的かつ壮大な構想である。造型俳句に対するこうした解釈は、夥しい造型論の解説の中でも、余り指摘されていなかったことではないかと思う。そして、いろいろ批判されることの多い兜太だが、この俳句史の発見だけは現代俳句史において実に画期的であったと私は思っている。

兜太の造型俳句論における中心は当然のことながらこの史観を踏まえて、現代の最も先端的な俳句の態度である「主体的傾向」をさらに推し進めて新しい俳句の運動、造型俳句とも、前衛俳句とも言われるようになる表現を推し進めようという意図がある。この中でメタファーやイメージを主張し、当時同じ方向を向いた高柳重信と軌をそろえつつ実作に進んだ。このように整理すれば、表現史を議論する舞台は整ったことになる。しかし、その具体的な問題については第4節で触れてみることにして、私はそれを一旦棚上げして、以下では堀切の『構造』と最も対照的な俳句史の見方そのものを点検してみたいと思う。

(2) 拡大した俳句史

実は兜太の俳句史も、昭和三十年代半ばの俳句を前提としているから自ずと限界がある。すなわち兜太の図式は、上は虚子までにとどまり、子規・碧梧桐も芭蕉も言及されていない、また肝心の兜太自身も位置づけられていないことから俳句史の記述としては十分ではない。そこで、兜太の示した俳句史から推測して前後の位置づけを述べることが可能と考え、提示したのが次の私の新しい図式である。

［筑紫による新俳句史］

1．諷詠的傾向＝伝統俳句

①花鳥諷詠＝近代の伝統（虚子）

②人生諷詠＝現代の伝統（波郷）

2．表現的傾向＝反伝統俳句

①写生的傾向＝新俳句（子規）

②写生的傾向＝新傾向俳句（碧梧桐）

③象徴的傾向＝人間探究派（楸邨・草田男）

④主体的傾向＝新興俳句（（誓子、）赤黄男、三鬼）

前衛俳句（兜太）

くどくなるが、これは兜太の認識する俳句史からの類推であって、発案者は兜太、私は改良者に過ぎない。その上で、一応私なりに改良した理由を述べれば次のようになる。

①一九六〇年代は「伝統俳句」を言い出すものは少なく（虚子ぐらいではなかったか）そのため兜太は明示してなかったと思われるが、前衛俳句に対抗して伝統俳句が流行し始めた一九七〇年代からは「前衛俳句（反伝統俳句）」と「伝統俳句」を図式上明示しておくことが戦後俳句史を理

解する上で有意義と思われる、特に人間探究派が「反伝統俳句」であるという認識は重要である。

②兜太の図式は六〇年代までは十分であったが七〇年代以降兜太自身が俳句史を塗りかえたことを考えれば現在では兜太抜きの俳句史はあり得ず兜太を補うべきである。

③また、子規を追加した理由は、虚子的な嘱目諷詠とは違う意志的な配合が晩年の子規の写生の主張にはあって、虚子が承継した写生とは自ずと異なっていたからである。後日、兜太は「子規の「写生」が、手法面に大きく傾いて受け取られてきたことに不満がある。（中略）〈実に執して実を活かす〉詩法、虚を呑みこんだ実を捕える詩法を、「写生」にもとめていた」「子規が究極で求めていたものは〈実景による暗喩〉ではなかったのか」（「子規の「写生」」『正岡子規の世界』〔平成二十二年〕所収）と述べ、「鶏頭の十四五本もありぬべし」にその実現を見て、この句に好意的でなかった虚子との相違を主張していることからも反伝統・反虚子と位置づけることができよう。もちろん、子規は兜太の源流に位置するものという理解であった。

（3）堀切の批判とそれに対する反駁

さて堀切は、「芭蕉と現代俳人たち―龍太・澄雄・兜太―」では、私の掲げた兜太の俳句史そのものについては批判をしていないように見える（俳句史の基準を、芭蕉の俳諧論に置くか、「表現」〈自覚的表現〉に置くかは視点の違いであり、また両者が両立しえないわけでもないかもしれない）。ただ例外は、子規と初期の虚子の表現法については兜太の説に批判的である。これが後述の私への批判にもつながるようである【注4】。

念のため補足すれば、堀切の『構想』の芭蕉の三原理は現代俳句のすべて（龍太・澄雄と兜太に代表される）に適用されると主張するのに対し、兜太は、諷詠的傾向（伝統俳句）を一旦切り捨て、表現的傾向（反伝統俳句。すなわち「現代俳句」）の行く末について焦点を絞っていることである。造型俳句論の実践的性格からいって当然である。

その上で、堀切は私の加えた、特に子規・碧梧桐関係の追加部分については前掲論文で次のように具体的に批判している。

①「写生的傾向」としての子規、碧梧桐を「表現的傾向＝反伝統俳句」の中に組み込んでいることには違和感がある。近代俳句の出発点であった子規、碧梧桐はやはり「諷詠的傾向＝伝統俳句」の項に、虚子に先行して位置づけるべきである。

②理由は、子規・碧梧桐らの「写生」は、兜太が「花鳥諷詠」の伝統派の手法として指摘する「主観と（対象の）描写」、「自己と客体」との二元的関係としては同質であり、姿と情を対立させた蕉風俳論を承継したものであり、かつ虚子にも承継されていったからである。

③子規・碧梧桐らの「写生」は、筑紫の説く「近代の伝統」に対する「反伝統」ではあっても、決して俳諧史・俳句史の流れの中で見た一般的な意味での「反伝統」とは位置づけ難い。

④人間探究派を「反伝統」と位置づけることは納得できても、子規を「反伝統」とすることには理解に苦しむ。芭蕉以来の風雅の伝統は決して〝題詠主義〟一辺倒ではなく、〝実景実情主義〟とのせめぎ合いであったし、〝花鳥諷詠〟のみが俳諧史・俳句史の主流であったともいえない。

そこで堀切への批判を項目に分けて答えてみよう。

A．伝統について（③に対して）

（1）私が言っているのは「伝統」という用語は、虚子を無視して生まれえないことが大前提としてある。伝統の実体が何かではなくて、俳句におけるある主張を「伝統」と名づけ、普及していった功績は虚子にある。

もともとは、大正年間には虚子は新傾向に対して「守旧派」と名告っていた。やがていつの間にか虚子も「伝統」といい、特に反虚子派の人々が、（新傾向俳句や新興俳句、プロレタリア俳句と対比して）「伝統派」と呼び始めたようである。いささか逆説的であるが、反伝統が存在しなくては「伝統」は自己確認できず、生まれもしなかったものなのである。

従って結論として言えば、「伝統」とは、こと俳句に関しては、「近代文学」用語であり（すなわち芭蕉を解説する「近世文学」用語ではない）、新傾向以下の新しい俳句に対比して意識される虚子が作りあげた伝承的・保守的な傾向を言うのである。子規の時代にすら「伝統」は存在していない。

（2）それでは、現在「伝統」という言葉で想定されている伝承的・保守的な傾向は虚子以前には何と呼ばれたのであろうか。「正風」とか「道統」とかがそれに近いかもしれない。しかし、そもそもそういった意識が存在したかどうかさえ不明である。有季とか定型とか切字とかいう発句・俳句の構成要素と、「伝統」は少し意識が違うのである。その意味で、正確には、近代より以前には「伝統」は存在しないというべきなのであろう。

（3）虚子以降、伝統は一つの価値基準となり、特に新興俳句、人間探究派、前衛俳句が登場したころには明確な価値基準として、俳句の守るべき価値となった。これは正しい「伝統」の使用方法である。

だから、我々は、「伝統」が存在しなかった時代に、何が伝統であるかを言及することは本来あり得ないことなのである。繰り返すが、子規も芭蕉も「伝統」から超越している。「伝統」という言葉など知らないから評価しようもなかったはずである。

しかしなお、それを承知した上で（つまり近世においては虚数のように存在しないものだが極めて便利な）この「伝統」という用語を、便宜的に遡って使って悪いというわけではない。ただ、その際には慎重でありたいと思う。

B．子規は反伝統か（①、②に対して）

芭蕉ではさすがに遡りすぎるが、虚子直前の子規を、伝統・反伝統という観点から評価することは、多少難しいが不可能ではない。

（1）子規の主唱した写生論は明治において様々な発展を遂げた。子規と虚子の対立、融和は年代によって微妙に異なるから注意が必要だ。写生も、明治三十四、五年の子規の没する直前においては、子規・碧梧桐の「新規配合説」と虚子の「調和説」の対立の中におかれていた。子規・碧梧桐の新規配合説をやがて碧梧桐は「新傾向」に結実させたわけであるから、晩年の子規と碧梧桐の考え方のこうした一致を思えば、二人をもって虚子の伝統に対立する反伝統（反諷詠）と呼ぶ一つの理由とはなり得るであろう。

（2）具体的に言えば、虚子の写生（客観写生）も厳密な写生なのかどうかも吟味が必要だ（私は、兜太とちがい本来の写生論からいえばむしろアララギリアリズムこそが写生の赴くべき本流であったのではないかと考えている)。

虚子の初期の俳句入門書『俳句の作りやう』において、かなり具体的に写生の手法を論じ、「あるものを取って来て配合する」方法(配合法)と「じっと眺め/案じ入る」方法(調和法)に分けて分析し、自分は後者の手法を得意とすると述べている。俳句の方法として配合法を否定していないものの、虚子自身の俳句手法は調和法であったのであり、これこそ花鳥諷詠の源流であった。私はここに近代「題詠」思想の源流を見ている。

例えば稲畑汀子が「虚子も成熟し、進化しているのであって、晩年は「花鳥諷詠」を実現する方法として「客観写生」に代わり、「存問」を奨めている」(『俳句と生きる——稲畑汀子講演集』)と述べているのは、極めて妥当な考え方だろう。
(3)子規の俳句運動は、前衛俳句—新興俳句—新傾向とさかのぼり「新俳句」(実際そのように子規自身名告っている)と呼ぶことができるほどに既存・周辺の俳諧・俳句に対して革命的であった。従って、この新しい俳句運動たることをもって反伝統に入れる一つの理由として認識しておくことは、無理ではないと思うのである。
堀切は、子規における主観に客観を向かわせる構造の「写生」は、正風俳論以降の伝統につながるものであり、虚子にも承継されていったと見つつ、一方で兜太の詩精神は芭蕉の精神を継いでいたことも肯定している。すなわち、芭蕉を媒介として、子規・碧梧桐・虚子・兜太の四者を一つに結び付けるという考え方だが、これは近・現代俳句史の中では全く主張されたことがない考え方ではないか。実感としても非常に無理があるように思われる。

C. 題詠主義（④に対して）＝芭蕉は反伝統である

ことほどかように「伝統」の遡及適用は難しい。あるいはやっても無意味なことなのかもしれない。その意味では、芭蕉の「伝統」などと言いだすと、とても議論に耐えられるものではないと思う。その上でこれは私の独断と偏見であるが、子規・碧梧桐以前の代表的な「反伝統俳人」は誰であったかと言えば、芭蕉であったと考えている（！）。理由は、堀切が述べているように、芭蕉が「題詠主義」ではなく「実景実情主義」だからである。このように理解すると、私の主張もある程度整合性が維持できそうだ。ただこれは少し皮肉も混じっている。

ただし、題詠と写生の対立を、実景の有無だけで判断してはならないことも言っておきたい。実景に向かった時——実景に存在する季題の句を詠んだとき、これも「題詠主義」となる可能性がある。虚子が日本で初めて興行した大洗吟行（大正四年五月）、千葉吟行（同九月）は確かに吟行句会があったが、この時の句会はそれぞれ「春の水」「秋の海」の題詠で行われていた。リアルな嘱目吟か否かは、吟行の際の句の評価とは関係ないからである。

結局、季題を使う限り、それは「題詠主義」を駆逐することはできない。「実景実情主義」を徹底するためには、明治の短歌のように「題」を放逐するしか方法がないのである。「題」を放逐しかねた現代俳人は、永遠に「題詠主義」にさまよっているのである。とはいえ、「実景実情主義」が文学における真実でないところにさらに一層大きな問題がある。中国にあっては「楽府」以来、日本にあっては万葉集以来の「題」の作りだす豊饒な世界は、現代の「ぐちゃぐちゃなおじや」のような詩や文学に対して、常に痛烈な反撃を与え続けている。

D．まとめ

堀切の表現史の構想は壮観であるが、大きな問題を抱えている。それは比較する二つの時代（芭蕉の時代と戦後の時代）は連続しているように見えながら全く根本を異にしているかもしれないということである。安易にパラダイムの概念を使ってみれば、時代には特有の、集団の成員が共通に持つ問題設定や解法があるとされる。同じ言葉を用いても異なる時代では異なる意味や価値を持つ。まして言葉の共通がない状態ではますます齟齬する可能性があろう。江戸時代の芭蕉が今日の我々のようには「伝統」の用語を用いなかったことはすでに述べた、明治の正岡子規が『俳人蕪村』で使った評価用語「理想的」は現代の我々が使うそれとは違い「観念的」の意味だったようだ。とすれば芭蕉と兜太において、同一の言葉さえ用いないで発想が類似していることを証明するのは至難の業である。私が能村登四郎を推したのも、せめて「虚」という用語だけでも一致していれば、まだしも困難が一つ減るだろうと考えたからである。以上いくつかの例で見てきたように、堀切の表現史構想は実現までまだ多くの道のりが必要であるように思われるのである。

【注1】拙著『伝統の探求』では「兜太の造型俳句史観」と呼んだが、史観の現れが歴史であろうからこう改めた。堀切の「表現史」とならべるバランスのためである。後述の「新俳句史」も同様である。
【注2】「俳句の造型について」の掲載された「俳句」昭和三十二年二月号には、兜太とともに現代俳句協会賞を受賞した能村登四郎の「諷詠論」が掲載されており、まさに造型論と諷詠論は好一対の主張として登場したのである。

【注3】こうした俳句史の図式部分を除外すると、兜太の実践的な造型俳句論が見えてくる。

すなわち、「俳句の造型について」では、造型俳句の七箇条をあげる。①俳句を作るとき感覚が先行する。②感覚の内容を意識で吟味する（それは「創る自分」が表現のために行うもの）。③「創る自分」の作業過程を「造型」と呼ぶ。④作業の後「創る自分」がイメージを獲得する。⑤イメージは暗喩を求める。⑥超現実は作業の一部に過ぎない。⑦従って「造型」とは現実の表現のための方法である。

また「造型俳句六章」では、主体的傾向の技法分析を行い、①感受性、②意識、③イメージを列挙して詳細に論じる。構成法を採用したのは誓子と新興俳句諸派であるが、その中に自ずと方法論の差異があり、①現実を自分の外にあると見る考え方（誓子）、②現実を自分の内にあると見る考え方（赤黄男）、③現実は外にあるものと内にあるものが結合した状態であるという考え方（三鬼・窓秋・昭）に分け、第三の立場こそ主体の表現が完全に充足される道として自分の賛成する立場であると述べている。

これらはまさに実践論であり様々な議論がありえるわけである。そして、これらを造型俳句論の結論として捉えているのが多くの造型論の解釈の通説であり、堀切や後述の川名であろう。しかし私は俳句のあるべき論として兜太の考え方だけが正しいとも思わない。吟味されていない諷詠俳句の可能性も未知である。正しいのは、兜太の俳句史観なのである。

【注4】「私見によれば、子規から初期虚子における表現法が、その作品群と照合してみると、むしろ「姿先情後」そのままであり、（略）その意味では兜太の「主観と描写」にかかわる俳句史観を全面的に受け入れることはできない」と述べている（堀切実・前掲論文）。

3．問題ある表現史

社会性俳句に対する非難

さてここで蛇足を加えておきたい。堀切の「表現史」と似た「表現史」で批評を行っている人物に川名大がいるが、私がいままで連載で執筆してきた金子兜太論と重なる時代についても発言をしている。ここではその中でも、社会性俳句に関する指摘を取り上げてみよう。

「両者（社会性俳句と、いわゆる「社会性俳句」）を峻別して、いわゆる「社会性俳句」の負性は「戦後の民主的、左翼的思潮のパラダイムに乗って、予定調和の左翼的観念を優先させた類型的な実現形式に陥ったことだ」と指摘しておいた。そして、そこに陥った鋳型のサンプルとして、

白蓮白シャツ彼我ひるがえり内灘へ
原爆許すまじ蟹かつかつと瓦礫あゆむ

などを列挙しておいた。今日も、こういう句を良しとする追随者が跡をたたないので、再度指摘しておく。」（「現代俳句史」85「俳句四季」連載）

括弧のつかない〈社会性俳句〉と〈いわゆる「社会性俳句」〉との違いは必ずしも明確ではなく、社会性俳句としての表現の欠如、具体的に言えば重層表現としての詩的メタファーのないことを結

果的に言っているようである。またここで指摘のある「追随者」とは、この句を高く評価した小川軽舟の他に、おそらく私などのことも言っているのだろう。

私はこう思う。おそらくこれほど、明るい風景の中で革命のオプティミズムの響きを高らかに歌い上げた社会性俳句は少ないであろう。太穂のこの句に、川名は類型だとか取合わせの鋳型（後述）だという批判をするが、俳句自身「定型の鋳型」に嵌められているのだからそんなことでは批判にはならない。多くの社会性俳句が苦々しくネガティブであったのに対し、全く違ったいきいきとした色彩感覚があふれている。例えば、新興俳句・前衛俳句で好まれた白ではあっても、ここで詠まれているのは健全で、希望にあふれているまぶしいばかりの白である。「白蓮・白シャツ」「彼我・ひるがえり」の頭韻は日本語の伝統を踏まえていきいきとしたリズムを生み出しており、血の気の失せた難解俳句と違う大衆性・民衆性を保証している。だから戦後の社会性俳句というものは、この一句を生んだことによって十分、報われていると言わねばならないだろう。

もう一つの兜太の句は、太穂の句ほどは熟成していないが、かといって川名にこれほど罵られるほどひどい句ではない。問題があるとすれば、兜太がその実践理論として主張した主体的傾向というよりは象徴的傾向に近い点であるかもしれない。しかし、だからといって戦後俳句史からこの句が消え去った方がいいなどとは毛頭思わないのである。

川名自身はどのような論拠でこんなことを言っているのだろうか。別の回では同じ句に次のように言う。

「肝心の実作は戦時下の聖戦俳句の皇国イデオロギーの合言葉を左翼イデオロギーの合言葉に

替えたにすぎないことを怪しまなかった。即ち、先験的に左翼的観念を先立て、その合言葉としての既成の主題語句（基底部）と従属語句（干渉部）を取り合わせる。それがいわゆる「社会性俳句」の鋳型だった。読み手の意識から言えば、能記（シニフィアン）と所記（シニフィエ）の合一による詩的感動を享受する前に、早々と所記（シニフィエ）による作意ばかりを意識させられてしまう。

原爆許すまじ蟹かつかつと瓦礫あゆむ
白蓮白シャツ彼我ひるがえり内灘へ

両句は代表的なその鋳型。（傍線部は合言葉としての基底部）。」（同前66）

何を言っているのだろう。先の文章もそうだが、皇国イデオロギー、左翼イデオロギー、合言葉等のおどろおどろしい押しつけ。必要もないカント哲学の「先験的」、ソシュール『一般言語学講義』の「シニフィアン」や「シニフィエ」、川本皓嗣『日本詩歌の伝統』の「基底部」「干渉部」などがちりばめられ、太穂や兜太の断罪のために動員されている。少なくとも、私の知る川本さんの概念は俳句を文学の観点から理解しようとするための謙虚な仮説なのであって、このような断罪の手法に使われるとは思ってもいないに違いない。

もちろん、川名同様、兜太も誓子や草田男を批判しているが、川名に比べればはるかに論理的で、批判が批判として成り立っている。批判される側の立場にも斟酌し、その結論は決して不愉快となることはない。すべての論点が挙がっているから、不十分な批判とはならないからである。一つの例を造型俳句論から見てみよう。

「誓子の代表作であり、構成法の花形として提出した、ピストル（ピストルがプールの硬き面《も》にひびき）や、枯園（枯園に向ひて硬きカラア嵌む）、夏の河（夏の河赤き鉄鎖のはし浸る）の句にしても、確かに構成のメカニックなこと、斬新な視角といった、手法上の見事さはありますが、その奥に拭いきれない空白な心意を感じます。これはニヒルな情緒だといえばそうともいえ、そのニヒルなものは、意力のきびしい投入から結果される一種のクライマックスの気分であって、これはいかにも現代人の心情ではないか、といえば、そうともいえますが、反面からいえば、心意の空白に基づく白痴美の姿だともいえましょう。何か、そうした否定的な批評を招来するような、本質性を欠いた——むしろ欠くことによって得られた——ニヒルなムードが漂っているということができる作品だといえると思います。」（「造型俳句六章」②）

素晴らしい文章ではないか。なるほど論旨には異存があるかもしれないが、その周到な気配りに対して、批判された誓子も決して嫌な気分にはならなかったと思う。批判とはかくありたいと思う。私も批評をことする者としていえば、太穂や兜太のこれらの句を否定するような批評が戦後の俳句評論の結実だとしたら、私も含めて全員を地獄に堕としてしまいたい気がする。こんなことに荷担したくない。批評など実は何ほどの力もないのだ。批評に、太穂や兜太の句を裁く権利があると考えること自体が大間違いなのだ。批評より俳句の方が遙かに何層倍も力強いのである。

その意味では、堀切や兜太の表現論については、俳句全体を見わたした「表現史」という言葉（冒頭述べたようにあまりこの言葉は好きでない、諷詠も立派な俳句であるからである）は一応使えるだろうが、川名のような主張は「新興俳句表現史」として自己完結はするだろうが、虚子の花鳥諷詠、人間探究派俳句、社会性俳句などを公平な目で通覧した「俳句史」を論ずるには適切ではない。

批評は如何にあるべきか

川名のような批評が生まれる理由を川名の批評文から構造分析してみよう。川名は「海程」で「戦後俳句の検証」という連載をしている中で社会性俳句の批判を展開している（⑥〜⑦）。この短い文章の中で上述した川名の特色が遺憾なく現れている。私は川名の文章を分析して、批評の中に次のような文言が溢れていることを発見し驚愕する。

【否定的形容】

散文と韻文の特性に盲目のまま・現代俳句の表現の高みに盲目・最初から破綻した蛮勇・当初から決着が着いていた・論理的欺瞞・隠蔽工作・論理的破綻を繕った・限定的な言説・偏狭な限定・ドグマ・屋上屋を架すつけたり・意図的とも思えるような論調・俳句論としては破綻・当初から決着済み・世迷い言・肉化されず・具体的な成果は不十分・蛮勇作品群・ヒロイックな言挙げに誑かされた・社会的素材や意味イデオロギーに囚われた散文的作品に陥った・社会性俳句の負の遺産・鑑賞力が何よりも欠如・詩的完成に甘い・自己矛盾・自縄自縛・負のサンプル・最大の負性・予定調和の作為が露出・負性の後遺症・技法のレベル・表現史に盲いている・持論の変奏にすぎない・放恣な散文的表現・全く機能しなかった・「第二芸術」を反転させた発想言説・俳壇

の退廃現象の埋もれた衆愚俳人たち・手前味噌の総括・放恣に流れ・大仰で放恣な表現ポーズに誑かされた・表現の負性を許容・予定調和の思考観念の表現・仕掛けられた表現意図にまんまと嵌って予定調和になっていることに盲目・表現レベルでの検証が疎か・先験的に是認・後押しする予定調和の符牒・表現方法や表現レベルの検証が不十分　等々

【肯定的形容】

俳句の構造や表現の独自の特質に言及した本質論・盲目を突いた俳句論としての正論・俳句表現の固有性からの正当な反論・文学的な正論・俳句の構造や表現の独自の特質に言及した優れた論考・重層表現による韻文としての完成度・完成度を評価軸とする鑑賞力・俳句固有の構造的な力やそこから発せられる言葉の象徴的な力・文学論として正面から向き合った正論・実証的論理的にその概念やドグマから解き放った画期的論考・詩性によって普遍的な世界を表現・俳句の本質的な構造論が特に画期的・時代を浮上させた重層的表現・社会性俳句の負性を突いた・表現レベルで詩的結晶が具現された　等々

読者も驚くだろう、論理の前に評価が先立っているのである。この評価を受け入れない限り、川名の論理は開示されない。そしてこの形容が着くのは、特定の人物に限られる。否定的形容であれば桑原武夫、草田男、兜太、坪内稔典、仁平勝であり、肯定的形容が着くのは、重信、高屋窓秋、赤黄男である。極めて党派的な評価が行われている。もちろん、重信、窓秋、赤黄男が党派的だとは言うつもりは全くない、川名の評価が党派的だというだけである。

私はこれらの修辞を排除してみたが、その結果、残部から出てくる論理は極めて貧困であるような気がしてならなかった。少なくとも兜太が誓子を批判した、たゆとうような巧緻な論理はついに発見できなかったのである。

こうして贅言のない論理に立ち返ったとき、川名の述べる文学の価値が何かよく分からないが、少なくとも、社会性俳句を批評した部分で出てくる基準としては、〈符牒的比喩・寓意表現を否定し、重層的表現としてのメタファー（暗喩）を採用する〉ということのようである。しかし、俳句とはそれだけの単純なものではないだろう。符牒的比喩や寓意表現だとていいではないか。俳句という形式の秘密は、実は我々には永遠に分からない、だからささやかな仮説を組み立てつつ、一歩一歩真実に近づき得た満足を感じる、しかしそれはまた新しい考えによって否定され修正され克服されてゆく、そうした宿命にあると考えたい。少なくともそれくらい謙虚であるべきだ。

おそらく川名の最大の問題は、「表現史」の名前にこだわったあまり（本来、花鳥諷詠や雑俳までをふくめ、定型詩という）俳句の本質に「盲いている」ことではないか。ボードレールやマラルメの詩法（暗喩）を導入したところでそれは輸入にすぎない。明治時代にチェンバレンが欧米の文法を直輸入して日本最初の文法書を書いたが、結局それは日本語の本質に「盲いた」ものであり、山田孝雄・橋本進吉・時枝誠記の深い洞察を待たなければ日本語文法は完成しなかった。堀切が、ことさら芭蕉の表現に現代俳句の由来を探る――川名に倣えば「蛮勇を奮おうとする」――ことに我々が危惧しながらもなお共感するのは、こうした過去の過ちを知っているからなのである。

改めて言えば、俳句はある理論に適っているから価値があるというのではなく、俳句一句一句を率直に眺めることによってある瞬間、我々の価値観が転換し、今までの自分の俳句理論を撤回しなければならない事態に立ち至ることさえある、そうした危うさをもつからこそ俳句評論の信頼性、健全性があるのだろうと思っている。

私が堀切・兜太の歴史探究の方法を科学的方法論として一応是とするが（結論を是としている訳ではない）、前述のような川名の方法は疑問とする理由である。川名の批判に対して、殆どの伝統俳人が論争の面倒さを厭うて反論しないが、それではそれがそのまま言説として肯定されたことにもなりかねないので、あえて憎まれ役をかって私が批判してみた。

4．難解からのアプローチ

戦後俳句史を探求するに当たって、私は、従来とは少し違った方法、「難解（前衛）俳句」からアプローチしてみたいと思う。従来の俳句の方法論は、伝統俳句の詩法を十分学んで、そこから（より革新的な）反伝統俳句（難解俳句）の詩法も理解して行こうとするものである（ただし川名のような、輸入された欧米の詩法をそのまま適用する方法は、この際論外と考えておく）。堀切が芭蕉の三つの手法を学んで、現代俳句にすべてこれが適用できると論証しようとした方法論はまさにこうした考え方に基づく正統的なものであった。

これに対して、私が提案する方法は、反伝統俳句（難解俳句・前衛俳句）の尖端的手法・原理を究明して、それを伝統俳句へ遡及適用し検証してみようというものである。これは、既存の伝統俳句の詩法から新しい反伝統俳句が生まれるはずはない、反伝統俳句を究明することにより、伝統俳句に帰納することが出来るものと、とても伝統俳句に帰納することが出来ないものとがはっきり分かれてくるだろうと考えるからである。当然その背景には、伝統俳句に帰納することが出来るものは日本の文化遺産であるが、伝統俳句に帰納することが出来ないものも「新しい」日本の文化遺産たりえると認めて行こうという考え方があるわけだ。さらに期待していることがある、それはこうした現代の俳句理論が、意外に、反伝統から伝統の新しさを再認識する方法論となるかも知れないということだ。

一例をあげてみよう。大岡信がかつて「折々のうた」で飯田龍太の俳句を取り上げて解説していたことがある。こんな俳句と鑑賞である。

裏富士の月夜の空を黄金虫

「何の奇もてらわずに、裏富士の月夜の空を黄金虫がゆくと詠む。作者の住む山梨県側が裏富士に当るが、「裏富士」の語が呼び起こす力強い影は、「月夜の空」の明るさと四つに組み合い、虫は黒い命の塊となってその中央を翔ぶ。澄み切った大景が、ごく自然に虫の後から立ちあがる。」（昭和五十四年五月）

「裏富士の月夜の空を黄金虫がゆくと詠む」、これでは何も俳句の解釈をしたことにならない。大岡信を煩わすような鑑賞ではなく、誰でも同じことが言えるのだ。「「裏富士」の語が呼び起こす力強い影は、「月夜の空」の明るさと四つに組み合い、虫は黒い命の塊となってその中央を翔ぶ。」であっても大差ない。龍太の俳句を鑑賞するときにはこのように俳句をそのまま引用せざるを得ない

——つまり読者が読んだ以上に付け加えるべき何ものをも持たず、鑑賞すら必要ないということになってしまう。従来の鑑賞法の問題をまざまざと示していることである。なぜなのだろうか、これは俳句解釈の方法論が間違っているからなのだ。これらは、分かりきった句でありすぎて従来の伝統俳句理論では説明しきれないのである。実はこのような句が、とりわけ伝統俳句の名句と言われるものには多いのである。こうした句は、伝統俳句の在来の鑑賞法では十分ではなく、反伝統俳句からのアプローチがあって初めてその深みも理解できるのだ。

鶏頭の十四五本もありぬべし　子規
帚木に影といふものありにけり　虚子
一月の川一月の谷の中　龍太

ただ何度も言うように、反伝統俳句（難解俳句・前衛俳句）の尖端的手法や原理を究明して、それを伝統俳句へ適用して検証するには、前述の川名のように、直接輸入された欧米の詩法をそのまま適用してはならない。日本語に即した独特の究明を行う必要があるのである。

ついでながら言えば、こうしたやり方は——つまり難解からの日本語的アプローチは——長大な詩篇で構成される現代詩と違って、短小な俳句という詩でこそ探りやすいともいえるのである。なぜなら、方法論の明らかな間違いを発見しやすいからである。こうした例は、実は俳句以前に短歌で提案されたと記憶している。

＊　＊

一つの例が、菱川善夫（一九二九〜二〇〇七）の「実感的前衛短歌論——「辞」の変革をめぐって――」であり、ここでは塚本邦雄と岡井隆の前衛短歌を「辞」の視点から捉えているのである（厳密に言えば、笠原伸夫の指摘した塚本の歌における「辞の規定力」のなさ、辞の曖昧さに対し、「辞の断絶」という技法を発見したということになる〔誤解をしないように言えば、両者とも辞の存在は前提となっているのである〕）。本論は、その後の短歌論でも大きな影響を与えている。

しかしもちろん、これをそのまま俳句に導入することはできないであろう。そもそもその前に、菱川が提案した「辞の断絶」をよく理解しなければならない。

「辞」は時枝誠記がそのユニークな文法体系で使用したことで知られる「詞と辞」という二項対立的用語なのである。もっとも、江戸時代以来、日本語の特色として詞と辞は常に注目を浴びてきたのも事実である。詞と辞自身、論者によって様々な説があるが、ここではとりあえず、詞は名詞、動詞、形容詞、副詞であり、辞は助詞、助動詞である、ぐらいの説明をしておくにとどめよう。時枝は日本語の特徴を辞においているが、確かに日本語を理解するには的確な指標ということができた【注1】。

繰り返しになるが、菱川の主張を全面的に俳句に導入しようというのではない。例えば菱川が「辞」だけを取り上げたのは果たして適切であったか。「詞と辞」と対比してこそ日本語の統辞として意味が生まれるのではないか。とはいえ妙な西欧の詩学を導入するのではなく、日本語の特質を、長い歴史を持つ文法、それも「詞」と「辞」で解決しようとすることは合理的な考え方であるかもしれない。

例えば、この意味で見るとき、前衛俳句が盛んに論じられたときよく対比された二人の作家で比較すれば、高柳重信は辞（断絶の辞の技法）の観点から論じるのが適切な作家ということができそうだが、金子兜太はこれにはなじまない。極めて乱暴に、高柳を「辞」の作家とすれば、兜太は「詞」の作家と対比してみたいと思うのだ。もちろんそうした考えに固執するのではなく、「詞」と「辞」の分かりやすい例として挙げてみただけである。ただそうであっても、兜太の方は明らかに、「辞」の作家ではなく、「詞」の作家であったことははっきりしている。

骨の鮭鴉もダケカンバも骨だ　『早春展墓』

私はこの句に原初的な前衛性を発見する。ただしここには、辞はない、というよりは辞の拒絶（言っておくが、「断絶の辞」ではない）がこの前衛性のスタートなのだ。兜太の句に対する技法はあまり論じられないが、前衛に技法の意識がないはずがない。ただ、我々に技法として意識されて来なかっただけなのである。

改めて言おう、私はここに現れた技法に「前衛」の原初のもう一つの技法を発見する、――それは、「辞」（助詞、助動詞など）を排除するということだ。それはとりもなおさず、その俳句にあっては、①名詞を配列するだけとする、②動詞を活用させない、③形容詞を廃止する、④副詞を廃止する、⑤名詞は接続詞なしで続ける、⑥句読法を廃止する、という「詞の技法」となる。これは「辞の断絶」（これは断絶といいつつなお「辞の技法」となるであろう）ではない、「辞」そのものを拒絶する意味で革命的なのである。そもそも、辞そのものを存在させないのであるから断絶も何もない。そしてこの技法はおのずと、内容にまで至る技法を提供する、⑦紋切り型のイメージ、色あせた隠喩を廃止する、⑧イメージに等級を付けない、⑨対象が喚起する類推の連鎖により凝縮し本質的な言葉に集中する、⑩最大限無秩序に配置することによりイメージを編成する、⑪（疲れはてた）

人間の心理を物質の叙情的妄執と取り換える、というところまで及ぶであろうか【注2】。兜太の俳句はこうした観点から読み直してみることが必要なのではないか。もちろんすべての句をこの基準で解釈できるとは思わないが、これの幾つかを用いることにより兜太の特質はよく現されると思う。そしてこのように分析することにより、山口誓子には近似するが、高柳重信にはほど遠い技法であることも明らかとなるのである。

こうした前衛的技法を、先ほどの「辞」の前衛と対比して、「詞」の前衛と言ってみたいと思う。時枝の説に従って「辞」が日本語の特質に執するものだとすれば、「詞」は日本語を超えた普遍性を求めている。右にあげた基準は、英語でも、イタリア語でも、フランス語でも可能となるからである。次のような兜太の代表句を眺めれば共感できるであろう。

きよお！と喚いてこの汽車はゆく新緑の夜中　『少年』
果樹園がシヤツ一枚の俺の孤島　『金子兜太句集』
朝はじまる海へ突込む鷗の死
彎曲し火傷し爆心地のマラソン
暗黒や関東平野に火事一つ　『暗緑地誌』
梅咲いて庭中に青鮫が来ている　『遊牧集』
おおかみに螢が一つ付いていた　『東国抄』

これらの句は辞の巧みさにこだわらない、むしろとんでもない名詞と動詞の連続、イメージの衝突がこれらの句の命だ。

やや主観的な解釈が続いたが、要は「詞」の前衛を解釈するのに、「辞」の前衛として解釈するのは徒労であるということである。前者にあっては表現は「詞」の接合、思想であるのに対し、後者にあっては「辞」の接合、修辞ということになる【注3】。

さてこうした、辞と詞の対立を理論的に究明するには、高柳と兜太を対比する以上に適切な対比例がある。それは、阿部完市と金子兜太なのである。同じ「海程」という結社に属しながら、これほど対照的な存在はなかった。と同時に同じ結社内に、完全に対立する言語理論を持つ作者のいたことが、前衛の進化、そして「海程」の多様さを産みだしているとも考えられるのである。戦後前衛俳句理論——それはまた伝統派も含めた全俳句理論でもあるのだが——の橋梁として、本章の前段では金子兜太の造型俳句論（正確にはその中の「諷詠」対「表現」という近・現代俳句史観）を取り上げたのだが、後段ではもう一つの重要な支柱として阿部完市の詩学をあげることとしたい。

【注1】江戸時代における文法体系の草分けは、阿部完市が強く影響を受けた富士谷成章（一七三八〜一七七九）であり、彼は、品詞として、①名（な）［名詞］、②装（よそひ）［動詞・形容動詞・形容詞］、③挿頭（かざし）［代名詞・副詞・接続詞・感動詞・接頭語］、④脚結（あゆひ）［助詞・助動詞・接尾語］に分類した。この説を受けた鈴木朖（一七六四〜一八三七）は、①体ノ詞、②テニヲハ、③形状ノ詞、④作用ノ詞に分類、富樫広蔭（一七九三〜一八七三）はさらに、①言（こと）［名詞］、②詞（ことば）［動詞・形容詞］、③辞（テニヲハ）［助動詞・助詞］に集約し、最終的には権田直助（一八〇九〜一八八七）により①詞（ことば）［名詞・動詞・形容詞］、②辞（テニヲハ）［助詞・助動詞］にまとめられた。

明治となってからは、西洋の文法を取り入れた洋式実用文典も出たが、やがて松下大三郎（一八七八〜一九三五）の①完辞（体言・用言）、②助辞（助辞・接辞）、③不熟辞という独創的な分類、山田孝雄《よしお》（一八七三〜一九五八）の①体言、②用言、③副詞、④助詞の分類を経て、橋本進吉（一八八二〜一九四五）が「文節」を提案し、文節を①辞（独立し得ぬ語）、②詞（独立し得る語）に分解した。時枝誠記《もとき》（一九〇〇〜一九六七）が文を「詞」と「辞」の結合としたことはすでに述べた通りであるが、橋本進吉の「文節」においても辞と詞が明白に位置づけられていることは注目してよいことだ。

【注2】種明かしをしておく。私はこの部分をマリネッティ「未来派文学の技術的宣言」及び「構文の破壊、脈絡のない想像、自由勝手な言葉」から借用した。彼はいう、「わたしはマラルメの装飾的で貴重な美学と戦う。また珍貴な言葉や、取り換えられない唯一の、優雅な、主観的な、洗練された形容詞についての彼の探求と戦う。わたしは、伝統主義的な優雅さや気取りでもってある観念や感覚を示唆したいとは思わない。わたしはむしろそれらを乱暴に捉えたいし、それらを読者の胸に投げつけたい。」

【注3】岡井隆・金子兜太著『短詩型文学論』（一九六三年刊）で岡井と兜太の最大の相違点は、岡井が韻律を終始一貫して述べているのに対し、兜太は韻律論は少なく、というよりは定型（五七五）の必然性を論ずることで終わっている点である。これも、岡井が「辞」の原理を述べ、兜太が「詞」の原理を述べていると理解することによって解決がつきそうである。もちろんこんな乱暴な言い方をしてはいけないが、ある程度雰囲気は伝わってくると思う。

5. 阿部詩学の再発見

阿部完市は作品と評論で戦後俳壇に大きな成果をあげたにもかかわらず、現在、正当な評価を受けていない不幸な作家である。評論家としては山本健吉を超えた発想をもったにもかかわらず、十分な理論体系までを完成できなかったのは惜しまれる。が、その発想は、山本健吉が近代俳句評論の枠の中でしか思考できなかったのにくらべ、現代俳句評論の分水嶺を越えている。

さてその阿部完市の評論は多くあるが、初期の『俳句幻形』(一九七五年刊)『俳句心景』(一九八一年刊)よりは、後期の『絶対本質の俳句論』(一九九七年刊)以後の評論の方が体系化され完成されているようであるので本論ではこれを用いることとする。具体的文献名は次の通りである。特に①の体系を阿部の最終的な回答として考えたい。

【阿部完市参照文献一覧】

①「俳句へ――言葉」(「海程」二〇〇七年六月～二〇〇八年五月)〔未刊〕

②「あべかんの定型論」(「海程」一九九三年一月～十二月)〔『絶対本質の俳句論』(邑書林刊)・定型論として収録〕

③「あべかんの難解俳句入門」(「俳句」一九九〇年一月～十二月)〔同書・音韻論として収録〕

④「私の俳句」(「海程」一九八四年一月～一九八六年五月)〔同書・時間論として収録〕

阿部完市の俳句論は難解である。俳句理論一般の共通の枠組み（季語や切字の使い方など）がなく、独自かまたは俳句では余り論じられない難しい内容（定型や韻律そのもの）である――もっともこれは当時の前衛的な俳句作家・評論家に共通していることかも知れないが。さらに、阿部の手法が、論理的というよりは印象と知識を連鎖させる方法をとっている(柳田國男の語りに似ている)、分析をたどることに意味があり結論らしい結論が見えにくく、また直接的な応用がない、等が問題となってこよう。特に、資料①「俳句へ――言葉」に到っては、多くの引用をつづり合わせたものが大半で、阿部自身の主張がなかなか見えてこない欠点もある。しかしそれは読者側の問題であり、阿部の理論そのものの欠点ではない。

私が思うところ、阿部完市の俳句論は次の三つの柱から成り立っている。もちろん、それが波及するところは広範であるが、この三つに注目して読み進むのが当面はよいのではないかと思う。

(1)定型詩学の体系化
［詩歌（上代歌謡・和歌・梁塵秘抄・神楽・小歌・琴歌譜・謡曲・琉歌・オモロ、古代朝鮮の郷歌・時調、中国の詩経・離騒・垓下歌、イスラムの朗唱）の音数論・再分節（切れ）］

(2)（定型詩学を補正する）韻律要素の探求
［広義の「辞」（意味、隠喩、表記に関係したものも含む）の特徴］

(3)古い「意味の詩学」から新しい「意識の詩学」への転換
［意味、直感、気分、拍子、意識、難解等の吟味］

これらをもう少し具体的に述べてみることにしよう。

(1)の「定型詩学」とは、私が仮に名づけたものだが、詩歌の諸様式・形式を比較——特にその音数・再分節(切れ)等を比較して様式・形式の特質・共通性・発生プロセスを分析する方法論である。和歌の57577、連歌の発句の575と付句の77、俳句の575は最も分かりやすい比較であり実際の発生もこの順番に行われているが、日本語の歌謡にはもっと膨大な様式・形式が存在している。またこの方法論は、中国の詩歌、朝鮮の詩歌、アイヌの詩歌にも適用可能である。阿部がその詩学で掲げているものの定型的特徴(特に音数律)を掲げれば次の通りである【注1】。

①上代歌謡=[57×n](nは無限反復を示す)を基本としつつ様々なバリエーションがある。字余り字足らずが顕著である。

②和歌=短歌(57577)と長歌([57×n]+77)を基本とする。連歌は短歌から派生し、俳句は連歌の発句から派生した。

③梁塵秘抄=同名書に収録される歌で二句神歌(57577)と四句神歌(今様とも言う。75757575)を基本とする。

④神楽=短歌(57577)を基本としつつ様々なバリエーションがある。

⑤小歌=中世小歌(7575)、近世小歌(7775)を基本とするが、同様の長さで様々なバリエーションがある。

⑥琴歌譜=上代歌謡・神楽等による歌詞を奏する琴の譜。他のものに比べ様式の名称ではない。

⑦謡曲=能楽における楽曲のついた長編歌詞であり、短歌(57577)や和讃(75×n)を基

本としつつ、様々な歌謡歌詞を含んだため、七五調以外の4音、6音、自由律などの歌詞もある。
⑧琉歌＝琉球歌謡で886を基本とする。
⑨オモロ＝琉球歌謡で定数律を構成しない反復定型である。
⑩郷歌（ひゃんが）＝新羅の歌謡で、一句短・長で構成されたという四句体、八句体、十句体が残されている。
⑪時調（しじょ）＝高麗末期発生の定型詩で、第一章（3444）、第二章（3444）、第三章（3543）の三章からなる。
⑫詩経＝中国の宮廷儀式や民謡で詠われた四言で構成された古代詩（北方のものが多い）集成。
⑬離騒＝「○○○兮○○○」の定型反復で作られる古代中国南方（楚地域）の詩集成。
⑭垓下歌＝離騒の形式で覇王項羽と虞美人の別れを詠んだ有名な漢詩。「力抜山兮気蓋世。時不利兮騅不逝。騅不逝兮可奈何。虞兮虞兮奈若何」

これを踏まえて阿部は次のように言う。この点、どの資料（前述の資料①〜④）を見ても同じ論理が繰り返され、阿部の「定型詩学」は一応の完成を見ているようである。

【定型詩学の原理】
●俳句、に於ける〈音〉とは何なのか。私には、俳句に於ける音は、時にはその一句に於ける〈意味〉以上の一つの実体感、あるいはそれ以上の一実体として在る、在り得る。（「俳句へ——言葉」1）
●日本の五音・七音、七音五音に否応なしに影響を与えつづけた、朝鮮、中国、あるいは琉球のそれぞれの詩、歌。〈音〉の歴史――さらに謂えば、音の数のことを考える。この事への考察を除いては、日本の詩歌の内容を把握することはあり得ないからである。(「俳句へ――言葉」1)

＊　＊

しかし、定型から直接に生のリズムが生まれるわけではない。(2)では、定型を基盤にして生まれる真のリズムを述べる。が、右の定型詩学に比べて、この部分の阿部の詩学は揺れているし引用が多い。阿部の詩学の評価が定まらない所以でもあろう。

まず阿部は、定型の詩学から更なる揺れるリズムを『短詩型文学論』の岡井の理論を導入して語る。ポイントは「意味のリズム」である。「意味のリズムという概念で、単に、『意味がそれに乗って展開されていくリズム』を指すものでないことは明らかであろう。意味が、拍による等時的リズムに干渉し、その等時性をみだす。その時に生ずる音の線の流れを、意味のリズムと呼ぶのである。したがって、拍を単位とする等時リズムを原型とみるならば、意味の干渉をうけて生まれる意味のリズムは、そのヴァリエーションである。」「意味のリズムが、原型から隔たれば隔たるほど、詩のリズムとしての価値は高まるのではないかということが、予想される。逆に、原型のリズムにちかづけばちかづくほど、単調になり、そのリズムの表現力は弱まるのではないか」(岡井隆)という言葉に賛同する(「俳句へ――言葉」6)【注2】。

つまり定型がジャンルのリズムであるとすれば、一つの作品ごとのリズムを作り出すのは、その作品と言葉が持つ意味、発声も含めた特異性だというのである。

【韻律の拡大】

●一句一句それぞれに、五七五・十七音の俳句定型という音・律を、わが心中にして読み、唱えるならば、これを字余りという特別の律にあらぬ、定型十七音の一句として、心中に立ち上らせ、静かに存在せしめる事が可能となる。そう直感し、そう納得する。(「俳句へ――言葉」6)

●俳句の〈音〉、さらには一句の朗誦などへの省察が行われ、深められている現在［筑紫注：すなわち阿部詩学の究明が行われた現在］、一句の十七音であるという短かさを超えて、その音・律は、より広く思われ、更に深められねばならぬ。(「俳句へ――言葉」3)

しかしこれにとどまらない。阿部はさらに仮名遣い（旧仮名遣い、空白、漢字・平仮名・片仮名書き、分ち書き、多行形式、行またがりなど）の視覚的形式、音の配合なども加え微妙なリズムの発生を考える。(「俳句へ――言葉」4)

一方で、阿部は、芭蕉の「行春や鳥啼魚の目は泪」の句をあげては、隠喩の働きを掲げる。しかし、隠喩とは音を超えたイメージであり、阿部の言葉の詩学とは合致しないはずだ。実際ここで阿部が試みているのは、隠喩そのものではなくて、「は」(助辞)の隠喩機能の究明なのである。(「俳句へ――言葉」5)

いささか、阿部の前線は拡散しきってしまっているようだ。しかしよくみると、阿部のこの部分の本質は、これらの分かりにくい記述よりは最晩年の句集『地動説』(平成十六年)の跋文でむしろ的確に語られている。阿部は自分の俳句を、「とくに名詞という意味のかたまり、助詞、助動詞、副詞、接続詞、切字などの本性――言葉というものと自己というものとの関わりを思って作句した。」

と語る。ここでいう「名詞という意味のかたまり」は名詞そのものではないはずだ、実体に関心があるなら動詞も出てくるはずだからである。阿部が関心を持った「名詞という意味のかたまり」には、序詞・掛詞・縁語・枕詞があった（『絶対本質の俳句論』・定型論）。阿部は実体を持った言葉（詞）の周辺に関心を持っていたのである。まさにそれは広義の「辞」といってよいであろう。

以上を見ても分かるように、阿部は「辞」に関心を持ちながらも、「意味」（しかし意味そのものに関心があるのではなく、意味そのものが作り出すリズムの方だ）、「隠喩」（これも隠喩そのものに関心があるのではなく、隠喩を作り出す「辞」の機能の方に関心がある）、「表記」（視覚が作り出すリズム）などと、雑多に生ずるすべての周辺要素を包含しようとしていたのである。阿部の詩学は確固たる体系ができていない、（資料①〜④の）記述のたびに揺れている詩学であると言われる所以である。しかしだからこそ、揺れている現代の詩歌にふさわしい詩学であるとも言えたのである。この阿部の詩学の読み解きは、後代の読者にゆだねられることになる。

割り切って言ってしまえば、本来「定型」（あるいはその構造）と「辞」こそがリズムを作り出すはずであろうが、阿部の「生成する詩学」は（川名の「書ききった表現史」と違い）近代主義的な独断を嫌うのである。我々は阿部の詩学に寛容であるべきだ。

＊　　＊

こうした大前提を踏まえて、⑶では、リズムを持った言葉から、意味ではない、意識が生まれると考える。ここから先はむしろ阿部の選んだ言語の可能性である。自由律に近い阿部の俳句がこうして生まれるという独断的な、しかし美しい宣言である。すでに阿部は、『絶対本質の俳句論』で、「俳句は一塊の詩である」「俳句は一口に噛みこむ噛み下すことができる最長・一行の詩だ」または「俳句はゲシュタルトを態とする詩である」などと述べた（音韻論一八四頁）。「最長の詩」とは逆説的だが、長い論理を必要としない、瞬時に分かる直感を持つ最長の「言葉」は俳句であるという。短歌ではもう不可能だというのだ。つまり、阿部の詩学は、俳句から「意味」を消去することを言う。この点について阿部は、実に雄弁である。

【意味の消去】

●一行あるいはほぼ一行の短かさゆえに、一瞬に、一定の思い、直感を私の内側に出現させ得る——即ち、それが俳句なのだと思う。（「俳句へ——言葉」7）

●五・七・五の音・律に乗ってその律調に興じてみての詩の立ち姿——俳句である。（「俳句へ——言葉」7）

●意味ということ、「わかる」というその事をこえて、直感する、「何かある」という心の、心自らの心への了解、充足の感——それをあるいは〈俳句〉〈一句〉と言い、それをわが〈現代俳句〉と言う。（「俳句へ——言葉」7）

●物事を述べ、読者の理解を期待する、言ってみれば落語に於ける落ちのような一句一句。私は、真の俳句というものは、このような「理解」への俳句に非ざる、一句一句を謂うと断定する。（「俳句へ——言葉」7）

●一句を私が詠みはじめ詠み下す時、私の心の在り様によって、句を、言葉をわが思いに従ってよみ下すはずである。（「俳句へ——言葉」7）

●意味、筋のあるお話を我から我に拒否して、ある気分の一定のリズム、一定の拍子——それが、自己の内側から自己自身に、今の自己そのものを伝えようとした。〈何か〉が、今、われの中に、確かに在る——それを自己に示す。(「俳句へ——言葉」7)

●〔筑紫補足:俳句は〕何よりもまず「五七五」という一塊《ひとかたまり》としての存在であり且つ「五七五」感・定型感に拠る。直感的に言って、たとえば短歌は一息に嚥みこみ得ない。短歌は、視覚的にあるいは音誦的に期待するイメージが打坐即刻に眼前しない。しかし俳句は、視て読誦して、つねに一塊・一定の感、一握し得た直感を即座に得、直ちに何ものかを想い得る。(『絶対本質の俳句論』・音韻論一八四頁)

●理解ということにあらぬ、一定の状態の意識の作動を直感する。即ち〈無意識〉を〈意識〉する、ムイシキを直感する——一定の〈何か〉の存在を、われがわれに直感・一として与え得たと思いこむ。ムイシキを意識する、また〈何か〉というムイシキを、実存、実在、在ると直感する——というこの矛盾、を一句に作した。(「俳句へ——言葉」8)

●人間の〈意識〉の代表として、認知機能の一——〈記憶〉というものの様態について考えてみる。記憶の内容は、意味そのものである。(中略)しかし、その記憶が、ふと意識の表面に出現しなくなった時。しかし、何かあったという一つの実、そのものは脳中に残り「何か」を残存せしめる。(「俳句へ——言葉」8)

これらの言葉の根底にある信念は、畢竟次の言葉に要約されるであろう。名言である。

●今、私は〈俳句〉は意識であるという想いにとらわれている。(「俳句へ——言葉」8)

いささか難解であるこれらの考え方をまとめれば、阿部完市の俳句論の結論が浮かび上がるであろう。それはまさしく、「言葉」の詩学であり、さらには意味や解釈を消去した意識の詩学となるべきであった。くどくなるが繰り返してみよう。

【阿部詩学の結論】

①俳句の詩学にあっては、日本語固有の言葉（音声・表記等）のみから生じる言語原理と気分の関係が主役となる。

②従って、（欧米から輸入した）「意味」や、言葉ではない「イメージ」や「隠喩」のような中間媒体を排除することになる（ただし、欧米輸入思想による「触発」を否定はしていない）。

③結論として、俳句芸術の本質が、〈「意味」の理解から解放し「意識」に昇華することにある〉ことを認める。これは即ち今までの前衛俳句理論の画期的な転換を意味している。――形而下的に言えば、「海程」同人でありながら、兜太と大きく異なる前衛の方法を持ち、それにもかかわらず、意味派の兜太とせめぎ合って、閉鎖的にならない前衛俳句理論を生み出すことが可能となったということである。

例えば阿部完市の俳句論に基づけば、高浜虚子の句に極めて高い評価を与える。阿部の詩学が、前衛の枠組みを超えて真の俳句理論となることの一つの証拠となるものである。

「鶏頭の十四五本もありぬべし　子規
　帚木に影といふものありにけり　虚子

鶏頭の十四五本もあるだろう、程の意味。また、帚木に影というものがある、程の意味であろう。意味としてはいわば当然・当たり前、である。しかしこの二句からほとんど無限と言ってよい感動の与えられるその理由は、よくよく思われなければならない。鶏頭の句が、私にとって名句であるとする理由に二つある。一は、その語調・音韻・音律の一気さであり、二は、五七五一塊の一気に存在するその焦点そのもののごとき有様である――一気であり、その一塊・いわば一つのまとまり・総体・ゲシュタルトとしての快感・直感である。この句の意味の当然さ・当たり前を完全にのり超えて、いわば〈音韻〉そのものだけの意味、〈音律（意味を消去してのちの）のいわば純粋意味〉を示しているからであると私は考えている。また、「帚木」の句についても、この単純な意味を構成している言葉――その音の連なり、そのものの私への直感形成の力によって、私は確かにひとつの感動を与えられている。それだけ・その音・韻律・音の連なり自体の力によって、私はこの句に従いこの句によってつき動かされる。

「帚木に影」という意味を、「といふものありにけり」という音の綴りによって、その意味を超えるひとつの直感という形の理解・共感を示すことになる。

本来意味を生じる「言葉」の音の連なりが、その連なりだけをより浮遊化して、より純粋な音の綴りそのものだけからの直感・共感を実現するということである。」（『絶対本質の俳句論』・音韻論一一六〜一一七頁）

子規と虚子の句は阿部の詩学で再三引用されているが、特にこの二句を等価におくところが従来の新興俳句にも前衛俳句にもない阿部の詩学の卓越がある（従来の前衛の理論は子規は評価しても虚子を評価しなかった）。もちろん、阿部の論理はまだ揺れており、例えば初期の評論で「帚木に」の句に、「諸諸の「帚木」歌伝説、諸説によって、さらに読めばさらに深く広く物思わされるけれども」と言っている（『絶対本質の俳句論』・時間論三三頁）のは余計なことで、山本健吉の解釈学に引きずられたものであろう、なぜならこの句のどこにもそのような由緒ある伝説を想定などしている根拠は認められないからである。現代の日本人はこの句を読んで「帚木」伝説を決して思い浮かべない。これは阿部の筆の滑りであり、その後段で「それよりもさらに一歩も二歩もさきに「直感」が、一句からの「いきなり」のよろこびを私にもたらす」（同前）と言っていることからも、本質的な間違いでないと解釈すべきである。

私はすでに『伝統の探求〈題詠文学論〉』で伝統俳句の本質は題詠にあることを述べたが、そうした題詠俳句の中で名作が生まれる所以は（つまり何を傑作とするかの基準は）、その体系の中のみでは生まれない、自己完結した論理はまだなかったと考える。その意味では、題詠文学といえども、阿部の示したような詩学の評価を最後は必要とするのである。

かくして、意味から解放された「意識の詩学」は、伝統派の名句にも豊かな価値を与えることとなる。もちろんこの詩学は多種多様な援用の仕方があるわけであり、川名のような決定論的な詩学と違い、決して唯一の正解を示しはしない。しかし、そうした揺れる解釈を重ねることにより、人間存在や詩、俳句の不思議な本質に接近することができるのである。

【注1】阿部の文献で不足の部分は拙著『定型詩学の原理』（二〇〇一年）で補った。
【注2】阿部は以上の岡井の説を皮切りに、例えば小高賢の説を引く。「高槻のこずゑにありて頬白のさへづる春となりにけるかも（島木赤彦）」を「[た]かつき(の)[こ]ずゑに[あ](り)て [ほ]おじろ(の) [さ]へづる[は]る(と) [な]りに[け]るか(も)（島木赤彦）」と読み、その□を強いアクセントが置かれるところとし、特に四三、三四と切れる最初の音であるとし、それに沿っているのが○という音。それぞれの位置の□にはA音が多く、○にはO音が多い、こういったことを基にして母音律や子音律を想定することができると小高はいう。阿部は、さらに、アクセント、母音、さらには子音、句切れなどがリズムに干渉するのだと述べるが、微細にわたるのでここではその概要だけを紹介して省くこととする。（「俳句へ――言葉」6）

6．兜太はどのように批評されるか

それでは原理を異にする阿部と金子の関係を、金子の作品に対する阿部の鑑賞を通じて眺めてみよう。

人体冷えて東北白い花盛り　　金子兜太

阿部はこの句について面白いことを言っている。「東北」を兜太は「とうほく」と読み、阿部は「とうぼく」と読んだのだ。謡曲・能に詳しい阿部らしい読みだが（能の「東北（とうぼく）」は、東北院（とうぼくいん）を舞台に、和泉式部を主人公とした優美な三番能である）、この句の解釈で「「トウホク」と「トウボク」とでは、この「人体冷えて」一句への思いは、全く異なる」と言いつつ、兜太にこの花は季語としての花・桜かと質問し、「この一句に於ての花、それは桜に限定するのではない、すべての花々なのだ、と私に言い、それは私にもよく同感できた」というのである。お互い理解がかみ合わないにもかかわらず、突然同感するのである。

「一般的には一句への先ず〈解釈し、そして、わかって、理解して感動するか、しないかを自らに許可する――そんな手続きののちに一句鑑賞としている。しかし、筆者は、一句へのより〈直感〉的な、もっと直接、もっといきなりの感動の存否、発現によって、その一句へのわが一身がふるえ、一心のそれへのめりこみ。俳句という一つの詩への態度として、この直感をわが必然とし、思いこんでいる。「人体冷えて……花盛り」と読みきって、間なく間断することなく、わが全身のこの一句への対応を直感する。「直感」である。意味を追うのではなく、一読、一度誦して、その直後の一瞬間にその句への直感――現瞬間、同感。そのことを、私はわが俳句鑑賞と思いこんでいる。あれこれ思わず、考えるということ、そんな時間を一挙に飛びこえて、「よし」という感――それを、わが俳句鑑賞としている。」（「俳句へ――言葉」９）

〈意味〉〈解釈〉というものを乗り越え、〈意味〉というものを自らに絶対に拒絶せしめることが阿部完市の解釈であった。

暗黒や関東平野に火事一つ　金子兜太

「東北から関東平野に入りつつあった兜太という人の、他のものは、ほとんど存在していない意識、その心の中に、ぽつんと見えはじめ、出現した一つのもの——火事、そして、その一瞬間に作され、そして完結したのがこの一句である。この〈一瞬間〉を思って、私にもこの〈一瞬のこと〉がよく理解できた。そして、この時の兜太という、この一句の作者には、あれこれ意識し、ああ書こう、こう書こうと思って作り上げた一句にはあらぬ、一挙一瞬に作し得たこの一句。その時の瞬間に、自ら、自らへの一句としてこう書かれ切ったのである。その〈現瞬間〉一句、私にもよく納得し得た。」（「俳句へ——言葉」9）

この解説はよく分かる。阿部の論理には二つの要素が対立しているからだ。いずれが重要と考えているかは見た瞬間に分かるはずである。ここで言えば、それは、①「あれこれ意識し、ああ書こう、こう書こうと思って作り上げた一句」と②「他のものは、ほとんど存在していない意識、その心の中に、ぽつんと見えはじめ、出現した一つのもの」「その一瞬間に作され、そして完結したのがこの一句」「一挙一瞬に作し得たこの一句」「その時の瞬間に、自ら、自らへの一句としてこう書かれ切った」「その〈現瞬間〉一句、私にもよく納得し得た」句である。

阿部は、頭で考えるのではなくて、一瞬で直感するものに価値を発見している。そしてこれは、さらに方法論的に言えば、定型とか助辞の存在が、論理を超えて一瞬にして了知させることを指摘していることになるだろう。定型とか助辞（韻律）を見てあれこれ考える人はいないからだ。それらは印象しか生み出さない。

ただこの文章の中で阿部はこの句について「切字「や」が強力に作用して一句（をなしている）」と言ってしまっているがこれは余計なことではないかと思う。厳密に言えば、阿部の論旨にはそぐわない。「や」は無意味な「や」でよいはずだ。「切字「や」」と言った瞬間に強力な意味作用が働き始めてしまうからである。

梅咲いて庭中に青鮫が来ている　　金子兜太

従ってこの句についても明確に阿部は語る。

「「いいですね」と、この一句を示されて、私はすぐにこう言った。ウンと兜太はうなずき満足そうだった。青鮫という大きな軟骨魚が、梅咲く庭に……という常識的なためらいも、ふとあった。しかしそんな理屈、解釈、常識的反省など、この一句の前には、全く存在し得なくなる。」（「俳句へ――言葉」9）

むしろこれは逆説的な意味を持っている。意味が俳句の解釈を決定するのではなくて直感が決定するとすれば、俳句がつまらない意味を持っていても直感はそれを是とすることもあるということだ。山本健吉などの近代俳句評論家が、つまらない、月並みであるとする俳句の中にも、阿部完市の詩学に従えば傑出した作品として鑑賞が可能である作品もあり得るわけである。

もちろんこうした考え方はおそらく兜太の意図したものともずいぶん違うはずだ。兜太は、ある部分意味の人であり、イメージの人であるからだ。しかしこうした誤解はよくあることである。高浜虚子も花鳥諷詠・客観写生の観点から、金子兜太や古沢太穂を評価していたが、だからといってそれが間違っているということではない。作品には様々な価値評価があり得るということであり、逆に様々な評価に耐えうるということは名作のひとつの要件であるかもしれない。作品は作者を裏切るのだ。阿部から見れば、評論家は作者を信用していない。

＊　＊

金子兜太に枠組みを設定され、阿部完市により精緻かつ大胆に理論づけられた二十一世紀の新しい詩学は、高浜虚子も戦後派の金子兜太も――つまり前衛俳句作家もその対極にある伝統俳句作家も――、その作品次第で肯定的に評価する手段を手に入れたのである。

そしてこれから、今までにない多種多様な俳句作品がこの詩学により支持されることになるだろう。これは決して、俳句にはたったひとつの「表現史」の道しかないなどということを言いはしない。作家それぞれが、果敢に、多種多様な新しい可能性に挑戦することこそが必要であると主張するのだ。それが表現の高みにいたっているかなどと（現時点で）問う必要などさらさらない。特にこうしたことを述べる批評家が、あたかも自分が「高み」にいるというような言い方自身がおかしいのである【注1】。すべてはまず新しさである、その先にそれを評価する、さらにさらに新しい詩学が生まれてくるであろう。詩学は作品を追いかけるものであり、作品を評価断罪したり、作家の方向を設定するものであってはならない。二十一世紀の評論は作品に対してはもっと謙虚であるべきだ。自分たちが作品を主導すると考えていた二十世紀の古い批評はもはや退場していいのである。そして、こうした考え方を肯定することによってこそ、初めて俳句の未来は拓かれるのである（余計なことを言えば、阿部の詩学は、大筋として間違ってはいないが、断じて完全ではない。これから生まれる新しい発見、新しい俳句に常に席を残している。逆に言えばそれこそが阿部の詩学の魅力なのである)。

話題を戻して、このような金子の作品と蜜月を持ち得る現代の「辞」の詩学が阿部の詩学であった。虚子から兜太まで、しかも、その時に、「詞」の作家である兜太までを包含することによって、阿部の詩学の俳句史における正当性は確認されるとともに、逆に、阿部の詩学の正当性の証明によって（つまり対自的に）「詞」の前衛の金子兜太の俳句の芭蕉の伝統（？）に連なる正統性も保障されることとなるのである【注2】。

【注1】昭和俳句の表現史の総括として、『挑発する俳句　癒す俳句』『俳句に新風が吹くとき』で川名は表現の高みにある作家として新興俳句作家多数を含む三十六作家を挙げているが、その中には高浜虚子、飯田蛇笏はもとより、日野草城、杉田久女、水原秋桜子、阿波野青畝、高野素十、富安風生、川端茅舎、松本たかし、加藤楸邨、石田波郷、秋元不死男、星野立子、戦後でも、細見綾子、能村登四郎、藤田湘子、沢木欣一、古沢太穂、草間時彦、波多野爽波、中村苑子、上田五千石、飯島晴子はいない。これが、川名の高みの基準であるらしい。川名の趣味の基準は分かるが、客観的な批評の基準ではない。——よしんば百歩譲って「表現史」があったとして、掲出の（いささか疑問のある基準に基づく）表現史を「川名表現史」と名づければ、根本的に異なる表現史もあるはずである。事実晩年の虚子は「虚子表現史」というべきものを持っていた（筑紫磐井「虚子による戦後俳句史①」／「夏潮」別冊『虚子研究号Ⅳ』平成

二十六年八月)。これは新興俳句作家も、川名がことさら排除した秋桜子・楸邨・波郷その他の戦後俳句作家も含めたはるかに広い視点を持って語られていたと私は考えている。

【注2】最後に付記すれば、阿部完市と高柳重信の関係は興味深いものがある。同じ「辞」の志向を持っていたと思われる二人が同じ道をたどらず、阿部が兜太の「海程」に参加した理由は何だったのであろう。阿部に対して高柳は好意を持ちいろいろな指導もした。特に後の阿部の詩学に大きい影響を与える江戸時代の国学者富士谷御杖については阿部は高柳から教えられたというが、阿部自身は高柳の言葉の知識は実用にはなるが言葉の芯のところで不満を感じていたと述懐する(『第一句集を語る』より)。結局、阿部は独自の道を取るようになる。

第8章　阿部詩学の拡大——兜太・龍太・狩行

1．阿部詩学の展開

前章では阿部の発言に沿ってその詩学を記述してみたが、阿部の言葉に忠実に従って書いたことにより却って分かりにくくなったところも多い。この章では、私なりの割り切った阿部詩学の解釈をしてみたい。まず、前述した阿部詩学の三つの考え方を批判的に眺めてみることにしよう。

⑴定型詩学の原理：

阿部は、俳句が他の詩型に比較して卓越した定型というわけではないことを提示している。ここから、①日本の短歌、俳句だけが代表的定型詩ではなく多くの定型詩があること、②東洋を見ても多くの定型詩があったこと等が明らかにされ、相対的な視点から俳句の特徴をとらえる必要があることを意図している。阿部の詩学は、従来の絶対的定型論と異なる相対的定型論なのだ。これは問題ない。

⑵韻律要素（辞・視覚・意味↓思想）：

定型詩というだけでは俳句固有の韻律は説明しきれない。そしてこの要素を阿部は一部「辞」として提示したが、まだ提示されていない要素やその体系化が山ほどあるのである。いやむしろそれを探求することによって阿部の詩学自身が本質的に変わるかもしれない可能性を秘めている。本章ではこの点についてもっぱら考えてみたい。

(3)ゲシュタルトとしての俳句（古い「意味の詩学」から新しい「意識の詩学」へ）：
定型と韻律から生まれた詩が持つものは、意味ではなくて、意識とする。例えば、龍太の「一月の川一月の谷の中」の俳句が持つものは、「一月の川が一月の谷の中にある」という意味（論理）ではなくて（これは従来の鑑賞法だ）、「一月の」「川」「一月の」「谷」「の中」で構成された総合的な風景であり、それを受容する意識である（これが阿部の新しい鑑賞法だ）。そしてさらに言い加えれば、こうした意識を、定型と韻律が奏でるＢＧＭの中で評価することでもある。これは(2)と違って、個別の俳句ごとに確認されるものであり、理論として一括して処理できるものではなさそうである。その意味で、本章ではそうした各論に触れることは原則として避けたい。それはすでに、龍太、狩行について部分的ではあるが、第５章、第６章で述べているはずである。

これを要約すれば、しばらく冒頭の山本健吉の「挨拶と滑稽」の挨拶・滑稽・即興を揶揄して次のように言ってもいいかもしれない（十七頁参照）。

一、俳句は（東洋の詩歌の中で相対的にみられるべき）定型である。
一、俳句は辞である。
一、俳句は意識である。

「挨拶と滑稽」と違ってこれは立派な現代俳句理論であり、伝統俳句とも共存できる理論だ。もちろんこれにも批判があるであろう。例えばその最たる人が金子兜太であり、〈俳句は五七五である〉〈俳句は詞である〉〈俳句はイメージである〉と反論されそうである（これに対する私の回答は後述する）が、むしろ「海程」の中でそうした対立と緊張感をもっていたからこそ、揺れる詩学としての阿部詩学も価値があるのである。

以上の考え方に従えば、阿部詩学の最も難しいのは（また未完成なのは）(2)の部分であり、またここここそ詳しく考察すべき原理であると思う。ここでは私の解釈に当てはめて再度その考え方を整理してみよう。

(1)「辞の詩学」の吟味

(1)辞の空白機能

阿部詩学は基本的には「辞の詩学」である。定型だけでは韻律は生み出されない、詩（韻文）の相貌を決定するものは「辞」である。

ここから、辞そのものの韻律における機能を考えてみたい。辞がなぜ韻律を生むのか、それは辞の後には必ず空白が予想されるからである（橋本進吉の文節の考え方からいって当然である）。これが韻律の原因である。阿部は、視覚的な効果も辞に入れている。改行である。これは阿部のひとつのひらめきである。しかし、厳密な意味では、改行が直接リズムを生むのではないだろう。辞の後には必ず空白が予想されるから、その空白が改行を生むのである。

だから、音の意味がリズムを作る（岡井隆・小高）というが、「意味が韻律を作ろうとする」は、分かりにくい。意味を解読するに当たっては、詞と辞を判別せねばならず、辞の後には必ず空白が予想され、詞の前にも空白が生まれるから、結局これは詞と辞の複合によって空白が、そして韻律が生まれるということを意味しているのである。だから意味の解読の前に辞の空白の発生メカニズムを見ておくべきだ。その最も適例を、新傾向後の河東碧梧桐句集『八年間』に見てみたい。この句集は、碧梧桐が新傾向の直後に編んだ句集であり、自由律と定型の過渡を示している。特に注目されるのはその冒頭であり、大正四年七月、長谷川如是閑らと日本アルプスを縦走したときの記録が俳句で詠まれているのである。(余談になるが、おそらく日本で最初の本格的山岳俳句であった。)

山夕立つを見し語るひまもなき
橋板に羽鳴らす蟬ならん飛ぶ
水踏みをればいづこ草がくれ呼子吹く
イワナ一尾一尾包む虎杖の葉重ねて
火焚き捨てしさめざめな野営跡となり
雪田をすべり来る全き旭となれり
高瀬河原狭霧晴れ行く縞作る
砂瀧の殺ぎなす刃夏木滴れり
雷鳥を追ふ谺日の真上より
綱下ろすを待つ間汗ひくしづ心
国境風の吹き渡る涼しさに声を呑む

あらはなる肌まざと雪水にうつりぬ
偃松みどりの畳めるに白砂流れかな

佶屈な俳句のように見えるが、文節で切れ、文節がひとまとまりの連文節となり、実験的な文体となっているのである。それが文学的に成功しているかどうかは別として、作者の主観を記述するための一回性の定型、一回限りの韻律を誕生させようと意図しており、実際、様々な韻律が俳句の中にあっては生まれることを知るのである。

といっても以上にあげた一行の句で読むだけでは分かりにくい。これらの句を先ず、文節ごとに切断し空白を入れ、文節がある程度まとまって連文節となったときの切断を／（スラッシュ）で示す。この空白と／が韻律を作るのである。空白は小さな切断を、／は大きな切断を感じさせ、強弱のリズムを生む。各句ごとに構造が生まれる。これこそが意味の作り出す韻律の本来である。そして、その拠って来る所以が、詞の間にはさまれた辞の効果なのである。

山／夕立つを　見し／語る　ひまも　なき
橋板に　羽　鳴らす　蟬ならん／飛ぶ
水　踏みをれば／いづこ　草がくれ／呼子　吹く
イワナ　一尾一尾／包む／虎杖の　葉　重ねて
火　焚き捨てし／さめざめな　野営跡と　なり
雪田を　すべり来る／全き　旭と　なれり

高瀬河原／狭霧　晴れ行く／縞　作る
砂瀧の　殺ぎなす　刃／夏木　滴れり
雷鳥を　追ふ　谺／日の　真上より
綱　下ろすを　待つ　間／汗　ひく／しづ心
国境／風の　吹き渡る　涼しさに　声を　呑む
あらはなる　肌まざと　雪／水に　うつりぬ
偃松／みどりの　畳めるに／白砂　流れかな

今までの俳句にはなかった新しい韻律が生まれ、ちょっと読み方を変えるだけであるにもかかわらず目の覚めるイメージが生まれてくる。碧梧桐もやはりこの文学の革新者の一人なのであった（単なる自由律俳句と違うのは文語を使っていることである）。

これを極限例とし、従来伝統的と思われた俳句にもこうした野心的な韻律の試みがあったことが確認されるのである。句またがりや字余りと呼ばれる変則は、こうした辞の詩学の生み出す必然なのであった。前章で述べた「意味のリズム（分節による韻律）が、原型から隔たれば隔たるほど、詩のリズムとしての価値は高まるのではないかということが、予想される。逆に、原型のリズム（定型）にちかづけばちかづくほど、単調になり、そのリズムの表現力は弱まるのではないか」（岡井隆）はここで間違いなく適用できるのである。

以下、その後の俳句で私の行う分節例を示す。

月の　道／子の　言葉／掌に　置くごとし　　飯田龍太
一月の　川／一月の　谷　の中
雪の　日暮れは　いくたびも　読む　文の　ごとし
摩天楼より／新緑が　パセリほど　　鷹羽狩行
畦を　違へて／虹の　根に　行けざりし
落椿／われならば　急流へ　落つ
鶯の　こゑ／前方に　後円に

(2)辞の文法機能

阿部は辞に注目しつつもその究明を十分に行っていない。阿部の辞の詩学の完成を完璧に行うのは、現代詩人であり、源氏物語や琉球歌謡研究などで著名な国文学者である藤井貞和の『日本語と時間――〈時の文法〉をたどる』と『文法的詩学』である。藤井は、物語、詩歌を読むに当たっての文法を重視する。まず、『日本語と時間』は文法における時制を〈き・けり・ぬ・つ・たり（た）・り・けむ・あり〉に見て行くがこれは過渡的な議論であろう。最終的には、『文法的詩学』で〈は・あり・り・なり・き・けり・ぬ・つ・たり（た）・む・けむ・らむ・まし・なり・めり・べし・まじ・らし〉に展開する。しかし、藤井が文法と言っているものは、以上の例を見ても明らかなようにいずれも助辞（助詞・助動詞）なのである。『文法的詩学』は「辞の詩学」の全体構造を体系化した労作であり、おそらく詩歌（文学）と文法を結びつけた詩学として初めて書かれたものであろう。辞の詩学はここに完成するように見える。

にもかかわらず、本論で『文法的詩学』を余り引用できないのは、藤井の著作が膨大な資料（古事記、日本書紀、万葉集、古今集、土佐日記、源氏物語、明治の新聞記事にいたるまで）を踏まえながらそこに殆ど俳句の例示を見ないからである。これは藤井の得意とする文学ジャンルが、古代から中古にかけての文学だからというだけではなく、「俳句」というジャンルだけは、藤井の『文法的詩学』にとって始末に負えない性格を持っているからではないかと思われる。富士谷御杖の大著『俳諧天爾波抄』は俳諧七部集で利用される助詞の類を悉皆列挙し例句を添えて解説したもので、藤井が利用するに当たり格好の文献と思われるにもかかわらず、藤井はあえてそれに言及していない（あるいは御杖が、悪名高い「音義説」者であったせいかもしれない）。しかしそれにしても、「俳句」というジャンルにおいて、誰に聞いても決定的に重要な辞と答える「切字」、——その全体が重要とは言わないが、これだけは欠かせない「や」「かな」「けり」に言及していないのは、俳句関係者としては残念である（「や」の代わりに係り結びが論じられ、「けり」についてはもっぱら時制について〔つまり切字の本質である詠嘆については避ける〕論じているが）。

藤井が『日本語と時間』で唯一俳句の解釈として、あげているのは次の句である。

奈 良 七 重 七 堂 伽 藍 八 重 桜　　芭蕉

先ずここには、辞が存在しない、すべて名詞だけである。しかもこれが芭蕉のこの句だけ特別異常であるというわけではなく、しばしば俳句表現にあっては取られることが多い表現なのである。次に、藤井はこの句に、省略はないと言いつつ、完全な文と言い返すことにも躊躇する、表現の不足はない、意味をくらませる多義性もないにもかかわらず、である。結局藤井は最後に、小林好日の考えを引いて、文には常に主語述語があり、判断のかたちを取ると思うのが偏見なのだと述べる。つまり、辞の分析以前に俳句という構造体が文法学の前提を否定していることを認めているようなのだ。これでは辞の研究に利用しにくいことはよく分かる（御杖も、和歌の助辞について豊富な事例をあげた『脚結抄』の項目目次に照らして『俳諧天爾波抄』を執筆している、だからすべての助辞をあげているのだが、その中には実例のない項目も多い。各項目には「集中例見えず」と書いているものもあるし、「歌にては、「らんか」「てか」「とか」「かと」など様々に他のてにはを継ぎてもつかふ也、俳諧にてはその変化少なし」と和歌と俳諧の違いを明白に指摘しているものもある。）。

一方で、阿部完市はほとんど個別の助辞について論じたことがないにもかかわらず、

行春や鳥啼魚の目は泪　芭蕉

の句の助詞だけは詳細に論じている。阿部は、最後の下五の「は」の機能を力説し、それが「に」（目に泪が浮かんでいる）ではない理由を究明しようとする。

「「目に泪」は嘆きという一定のわが思い、情念の、いわば説明である。（中略）「目は泪」は、――情のそのものの説明にあらぬ、一つの直喩にあらぬ一つの隠喩である。「は」はこの一句を一隠喩の句にするのである。隠喩とは、はじめまったく感覚的なものしか意味しない語が、精神的な次元に移転されるそのことから生まれる。把握するとか、理解するとか、知に関係づけられる多くの語は一般に、本来の中に自らを存在せしめる。やがてそれは放棄されて、精神的な意味に取って代わられるようになる。即ち、第一の意味は直覚的で、第二は精神的に、である。わた

しは、このように「目は泪」を、隠喩と断じ、「行春や」の句を、隠喩の一句と断じている。」

このように俳句の助辞に関しては、阿部と藤井の態度が違う。しかし、ここで述べている阿部の論理も心許ないものがある。藤井はこの論理に納得しないであろう。

私は、藤井が「日本語の助詞・助動詞を機能語であって意味をもたない語である」という主張に共感している。そもそも隠喩は、認識や概念の問題であって、言語の問題ではない。言語の存在していない世界でも、鳩と平和、ライオンと勇気は関係づけられている。助詞に隠喩との関係を期待することは間違っているのだ。

では、阿部の問題とした「目は泪」の「は」はどういう機能を負っているのか。これは、私なりに考えれば、〈主体との関係で〉過剰な意味を持ちすぎた「目に泪」の「に」、「目の泪」の「の」〈ではない〉ということだけを示しているのではないかと思う。積極的に意味を取ったのではなく、消極的な態度として「に」「の」を排除するためだけに取られた助詞であったのだと思う。こうした中途半端な意味が、助詞にはまだまだ見られると思う。余り論理で推し量ってはいけない世界なのだ。

その意味では、辞の空白機能は単純であるが、俳句における文法機能はまだまだ考察が進んでいないと言うしかないと思う。中途半端な結論であるが、俳句の辞はそれが使われる空間が極小であるだけに、文法そのものを拒絶するところがある。阿部の言葉を借りて言えば、俳句はあまりに短いがゆえに、ゲシュタルトとして受け取られ、リニアな情報としての論理的分析を許さないところがあるということになるのだ。

(3) 辞の拡大

辞の空白機能を阿部は自覚的に深めなかったようである。阿部が進めようとしたのはむしろ「辞」の拡大であった。辞の拡大（辞の世界）とは何であったかと言えば、助詞・助動詞から始まり、接頭語・接尾語、活用部分、縁語と拡大していく、実体以外の部分の展開である。例をあげてみる。

かくとだにえやはいぶきのさしもぐささしも知らじな燃ゆる思ひを（後拾遺集）

この歌にあっては、辞は「とだに・やは・の・しも・じな・を」であり、詞は「かく・え・いぶき・さしもぐさ・さ・知ら・燃ゆる・思ひ」となるであろうが、真実の実体部分（意味を持つ部分）は「知らじ／燃ゆる思い」であるから、「かくとだにえやはいぶきのさしもぐささしも」は実体と無関係な、虚の世界である。これらを、辞の拡大と見たいのである。もちろん、枕詞、掛詞、縁語などの和歌の技術として自覚されてきているが、これらの本質は辞的機能にあると認識して、すべてを括って「辞の世界」と考えることにしたい。それはメッセージではなく修辞の世界だからである。辞の詩学はこうした部分にまで及ぶと見てよいのである。

その意味では、意味を超越することも辞の特徴である。実体そのものが存在しないにもかかわらず、虚の世界だけで成り立つ詩歌がある。

よき人のよしとよく見てよしと言ひしよしよし野よく見よよき人よく見つ（万葉集）

「よ」もしくは「よし」の活用体の反復だけで成り立つ諧謔句は正統的な和歌とは言わないが、和歌史の中で早くから注目されてきていたことは重要である。「辞の世界」はこうした遊戯によっても拡大されるのである（たくさんある「よし」の変奏は辞の世界であり、この歌の実体部分を指摘するとすれば「吉野見よ」と言うしかないであろう）。

こうして、定型の後に様々な韻律の可能性が引き出される。まだまだ、辞は拡大するであろう。阿部はこうした可能性を示したのである。

（2）「詞の詩学」の可能性と統合

辞の詩学を考えるには、辞と詞を常に対比しながら眺める必要がある。しかし、阿部は詞の詩学に言及していない。また、従来（菱川や阿部のような）「辞の詩学」はあったが、「詞の詩学」はなかったようだ。私も、得々と述べるほどの知見は持ち合わせていないが、辞の詩学を語るために必要な、詞の詩学の最低限の輪郭はここで明らかにしておきたい。

通常の詩学は辞と詞を混合しているから詞の詩学を知るには、先ず、辞の詞からの明白な分離が必要である。詞とは明らかにメッセージであり、これに対比すれば辞はレトリックである。そこでこうした辞をもっぱら排除した純粋な詞だけの詩学が、詞の詩学ということになる。

さて、前述のように「辞の詩学」では辞を拡大していく傾向があった。助詞・助動詞↓接頭語・接尾語↓活用部分↓縁語↓その他一切の実体を含まない虚の部分、である。その意味では、詞の詩学では、純粋な詞を先ず設定し限定・後退しなければならない。不純な詞を排除して典型の詞の詩学を浮き彫りにしたい。
私は詞の詩学の範囲を次のようなものと定めたい。

【詞の詩学のカテゴリー】

①詞の詩学の対象を名詞と動詞のみとする。副詞と形容詞は排除したい。ついでながら言えば、名詞・動詞とは対比可能な体系（イメージ・絵画）を作る概念ということである。例えば、「犬」と「狼」。「笑う」と「泣く」。もうすこし考察すれば、「犬」と「犬以外」を対比させ、「以外」という補助的介在項を入れつつ対比することにより対比の体系を検討することができる。「犬以外」と「猫」を総合的に結び付けることにより、次第に科学的・実用的分類が完成して行く。こうしたものを対比図化と呼んでみたい。

②我々は、「が」と「は」（助詞）を対比図化できない。学校では文法の授業で、「が」と「は」の違いを詳細に教えるが、実はこれは実生活で適用できない知識である。概念化できないものは対比し得ないからである。以下同様である。

③我々は、「れる」と「せる」（助動詞）を対比図化できない。

④我々は、「しかし」と「そして」（接続詞）を対比図化できない。

⑤あるいは「堂々と」とそれに対比される副詞、「美しい」とそれに対比される形容詞も実は体系図化できない。これらはすべて主観のありように関係するからである。美しいと醜いは対比可能というべきだろうか。しかしそれらは客観化されない。

⑥結論として、対比図化できるのは、名詞・動詞のみである。より厳密に言えば、動詞は動詞の状

態を名詞化することによって視覚化して対比図化するから対比図化できるといっているのであり、直接、純粋に対比図化できるのは名詞だけである。対比できるのではない、しかし対比を前提に（特に）名詞は決まるからである。

すでに②③④は辞の詩学で述べた。そして、①の原理を確定するとともに、②③④の延長として⑤も類推される。結局、⑥の結論が導出されるのである。

このように、詞の詩学をしばらく名詞の詩学と考えれば、科学的な分類学、隠喩、直喩、換喩、寓意、符牒、暗号、象徴や列挙・列序、対比などの関係が詞の詩学の領域に入ることは明らかである。文学の一種である詩学を超えてしまうところもあるが、広義の詩学と言えばよい。

一例を見てみよう。

骨の鮭　鴉もダケカンバも骨だ　『早春展墓』
おおかみに螢が一つ　付いていた　『東国抄』

鮭・鴉・ダケカンバ（木の名）・骨・おおかみ・螢・一つという名詞で構成されている。詞の詩学では助詞（の・も・に・が）も助動詞（だ）も本質的ではない。「付いていた」ですら、私は、本質的ではないと考える。

この名詞の相互の関係こそが、新しい詩学となるのである。あるいはその配合こそが新しい詩学となるのである。もちろん科学的な分類以外の隠喩、直喩、換喩、寓意、符牒、暗号、象徴などはそこに現れていない隠された意味（象徴としての「鳩」であれば「平和」）も関係の解読が求められるが、それは当事者がふえるだけの違いでしかない。名詞の相互の関係という原理に変更はない。

これが「辞の詩学」と違うのは、それが認識に伴う詩学だということである。科学的な分類が入っているように、文学や美学の範疇を超える判断がそこには含まれている。特に「隠喩」と「対比」は新しい発見をし、文学を超えた価値を生むことがあり得るのである（理由は、配合の例の中で、「隠喩」と「対比」は予め予定されているものではない、発見を生むからである）。あるいは、対比図化とは差別化であるから、我々の内心にある差別基準を暴露することさえあるかも知れない。このように詞の詩学は、辞の詩学と全く違うところで詩の未来に架橋することとなるのである。

さてこのようにある程度浮かび上がる詞の詩学と辞の詩学がどのように統合されるかは阿部完市の詩学には宿題として残されている。私自身もここですべてを書ききる自信はない。詞の詩学と辞の詩学を個別の作品ごとに適用しながら、鑑賞を進めることが必要になる。その上で、統合された新しい詩学が見えてくるであろう。以下の節では、戦後の代表的な二人の俳句作家を取り上げながら、詞の詩学と辞の詩学の変奏を確認することとしたい。これが新しい戦後なのである。

いや正確に言っておこう。「詞」の詩学はまだ生まれたばかりであって完成していない。これから様々な「詞」の詩学は生成され、発展するはずである。その意味で、少し展望の見えている「辞」の詩学と、このような「詞」の詩学の統合はまだ遠い先のことである。しかし黎明の見えていることもある。ソシュールは詩を、シニフィアンとシニフィエの戯れといった。しかし、それ以前に詩は「辞」と「詞」の戯れということは自明の理である。「辞」の詩学と、「詞」の詩学の先に詩があるのである。

だから極めて無責任に兜太と阿部完市を並べてしまえば、先に山本健吉の「挨拶と滑稽」の挨拶・滑稽・即興を揶揄して、阿部完市の詩学を定型・辞・意識と呼んだが、今ここに至れば、兜太の詩学も含めて、(五七五を内包した) 相対的定型・(詞を内包する) 拡大された辞・(イメージを内包した) 超感覚的意識と述べることで解決しそうにも思うのである【注】。

＊　＊

阿部詩学の三原理はもちろん前衛俳句を救済する。「定型」は自由律、自由な韻律まで視野を広げる。「辞」は、詩歌は言葉（韻律）であること、意味ではないことを許容する。「意識」は、論理で否定されるもの（すなわち難解）を救済する。

しかしまた、阿部詩学の三原理は伝統俳句に新しい可能性を付与する。「前衛俳句」という政治的な存在として、決してそのままでは伝統俳句が受け取れなかったものを、そのエッセンスを受け取るようにできる。伝統俳句においてどこまで定型は自由か（すでに草田男や楸邨や狩行は自由に踏み出していた）、意味を離れた俳句はどこまで許容されるか（虚子には意味を解ききれない俳句が多い）。在来の伝統俳句理論では出てこない、響きを究明もする。

【注】なぜ、「海程」という場で兜太と阿部が協力したのか。これは推測に過ぎないのだが、第一に難解俳句の問題があろう。阿部の詩学は、難解俳句（前衛俳句である必要はない）がなければ誕生しない。阿部の詩学の一部は「難解俳句入門」として執筆されたものであるくらいそれが不可欠である。難解俳句の場で吟味された詩学が俳句一般の場で普遍性を得て行くのである。その難解俳句（少なくとも阿部の詩学の前提となる難解俳句）を作り上げたのは金子兜太

であった。

第二は、兜太が「詞の詩学」の成果の具体的提供者だったからである。阿部が究明したのは「辞の詩学」であり、本来は「詞の詩学」と融和統合されるべきものであったが、まだ「辞の詩学」の発達途上にあった阿部は「詞の詩学」に手を付けかねていた。その未踏の「詞の詩学」の最大の提供者が金子だったからだ。兜太は「詞の詩学」を提唱しているわけではなかったが、明らかにその作品では「詞の詩学」を具現していた。

第三は、阿部も一種の天才であった。見てきたように支離滅裂とも思われる論理から的確な詩学の核心を摘出した。天才が自由に才能を発揮するためには自由な環境が必要であり、統制は敵だった。兜太は少なくともこうした理論的考察にあっては党派性を示すことはなかった。詩学とはとかくエキセントリックになりがちだが、阿部はここで自由な発言が可能だった。

2. 飯田龍太の詩学

阿部の詩学の構造の中で、阿部が揺れるままにしておいた条件を様々に変動させれば、新たな詩学が生成発展する可能性がある。前節までは、阿部の詩学と金子兜太の作品・俳句史観を主に述べたが、ここからはこうした新しい可能性を述べてみることとしたい。

再び、議論を阿部完市の詩学に戻そう。阿部にあっては、「辞」そのものの探求は体系的に行われているわけではない。例えば、私は、阿部の論理的帰結として、本来「定型」（あるいはその構造）と「辞」こそがリズムを作り出すと類推してみた。特に実用的に言えば、俳句のような超短詩型においては、短歌における岡井や小高の複雑な要素以上に、「辞」を変化させることで韻律を発生させていると言ってよいのではないかと思っている。俳人が古くから「テニヲハ」にこだわってきた理由である。しかし、阿部はこの点について全体的な仮説を提示していない。もちろん、私もここでそれを十分にできるとは思っていないが、現代俳句における典型的な例をあげてその一端を紹介しておきたいと思う。

特に、阿部完市がその詩学の確立に当たり大きな衝撃を受けた考え方に、江戸時代の国学者富士谷御杖（一七六八〜一八二四）の『和歌いれひも』という書に示された枠組みがある（『富士谷御杖全集』第五巻所収）【注1】。一例を示せば、古歌を引いて作られた

〇〇〇て〇〇〇し〇〇の〇〇〇を〇〇〇〇〇〇の〇〇や〇〇らん
〇〇〇〇に〇〇て〇〇〇の〇〇〇せば〇〇の〇〇〇〇は〇〇〇からまし

等という和歌の枠組みである。これは、助辞（脚結ひ）を骨子として填字による和歌の制作法を示している詩法（稽古法）なのである（掲出した枠組みに当たる代表的な和歌を探れば、いずれも古今和歌集の、前者は「そでひちて　むすびし　みづの　こほれるを　春立つ今日の　かぜや　解くらん」、後者は「世のなかに　絶えて　さくらの　なかりせば　はるの　こころは　のどけからまし」となるであろう）。阿部の詩学はここから始まっており、その核心をなすものがこの『和歌いれひも』であった。俳句は韻律であり、意識であり、意味を喪失する所以はここに始まる。しかしだからといって、阿部はこの「和歌いれひも」――定型の範型化のヒントを普遍化するには至らなかっ

た。惜しまれる所以である。

富士谷御杖はこの本で和歌の「助辞填字法」を示したのだが、もし俳諧について助辞填字法を示していれば、その中の半数近くは切字の活用となるはずである。言いかえれば短詩型においては填字的制作法（稽古）が有効でありその際は助辞が中心となるのだが、特に俳諧にあってはそれが切字として表れてくるということである。

「切字」は俳句固有の辞であるが、一般的に言えば、季語と違ってなぜ諷詠の際、必ず使わなければならないのかはあまり説得力のある説明が従来成されていない（実際、季語と違って、必ず使わなければならないものでもない）。それでも切字を使うことによって俳句らしさが間違いなく生まれる。その秘密が、「和歌いれひも」に学ぶことにより浮かび上がるのである。

＊

その前になぜ「切字」が発生したかを考察してみる。もともと、俳句（俳諧の発句）は和歌（57577）から発生した連歌（575／77）に由来するから、上句と下句を切断しなければならない。それは単に理論的問題ではなく、実践的にも、俳句が短歌の切れっ端ではなく、独立した文学であるためにはすっきりと切れている必要がある。このための句末（五七五の末尾）の切れを保証するための装置として切字が発生したものである（川本皓嗣「切字論」〔「游星24号」二〇〇〇年〕、仁平勝「季語と切字」〔『秋の暮』（二〇〇五年）所収〕など）。従って、切字の「切れ」とは五七五の句末の切れ、上句がずるずると下句に繋がってしまわないための「切れ」であり、初期の切字は「かな」のようなはっきり切断する助辞（助詞・助動詞）か名詞であった。

雪ながら山元かすむ夕べかな
行く水遠く梅匂ふ里

古い連歌の伝書を眺めてみよう。確かに、初期には代表的な切字及び文末の切れの方式として挙がっているのはこのような例ばかりである。

①かな・べし／春霞・秋の風など体（名詞）にすべし〔順徳院・八雲御抄〕
②かな・けり・なし・けれ（再出）・なれ・らん〔二条良基・連理秘抄〕
③かな・けり・や・ぞ・な・し／なにとも申し候はで五文字にて切れ候ふ（名詞止め）発句〔宗砌・密伝抄〕

これらを眺めれば、初期にあっては、文末に置かれる助辞と名詞に限られていた。特に「かな」が代表的切字であったことは配列順からも窺われる。そして、宗砌（～一四五五）のころからやっと「や」が挙げ始められたのだ。

もちろんそれ以前の発句に「や」が用いられていなかったということではない。意味するところは、①「や」が切字として意識されていなかった、②「や」を使う発句は名詞止めが多いから、そのような句は切字「や」が使われたから切れるのではなく、名詞止めで切れるという風に理解されていたものと思われる。つまり、「や」は文末の名詞止めを予想させ、効果的ならしめるための、言ってみれば「不完全な切字」であり、それが正式の切字に昇格したものなのである。決して「や」の後で切れているから切字としたわけではない。

古池や蛙飛び込む水の音　　芭蕉

『専順法眼之詞秘之事』以来、時代を追って切字は増えているが、文末の助辞以外（つまり文中に置かれるもの）は、このように「や」に準じて文末を拘束する疑問副詞（いかに）や係助詞（か・ぞ）がほとんどなのである。

しかし注意しなければならないのは、切字のこうした機能に注目すればするほど、助辞や切字が格段の意味を持つものとは言えなくなることである。修辞という言葉を使いがちだが、実際修辞的な意味を持つものではなく、むしろ韻律的な意味を持つに過ぎないのである。

だから「和歌いれひも」に代わる「俳諧いれひも」を作った場合、ほとんどそれは切字要覧――切字の一覧と、「や」などの切字と結び（名詞止め）の関係など、俳人が常識で知っている知識に尽きてしまうと言ってもよいかもしれない。積極的に「俳諧いれひも」を作る人がいなかった理由である。だからここでは、こうした俳句の構造を活用して新しい俳句の原理を探求することの方が生産的であろうと思う。

＊

さて話を戻して、御杖の「和歌いれひも」に倣って「俳諧いれひも」を作った場合、切字がその大半を示すだろうことは間違いないが、切字以外の助辞を発見・創造することも可能である。実は龍太が行った「俳諧いれひも」の実践が、第５章で述べた類型化であった。再度龍太が頻繁に使用した文末語の類を挙げてみよう。

①「――の中」「――の声」「――の上」「――の音」「――の色」「――のこと」（の＋名詞）
②「――とき」「――ひとつ（ひとり）」「――まま」「――景色」「――明り」（名詞接尾語）
③「――静か」（形容動詞語幹）
④「――も」「――また」「――のみ」「――ばかり」「――より」「――まで」（助詞）
⑤「――のごと（ごとし）」「すなり」（助動詞）

これらが、「和歌いれひも」ならぬ「龍太いれひも」となっていることがよく分かるであろう。切字に似ているのは、本来の意味を少し薄れさせ、単に記号化してきているからである。一方、「和歌いれひも」と違うのは、「和歌いれひも」が歌人共通の枠組みとなっているのに対し、右に掲げたものは龍太だけの枠組みとなっていることである。その意味で龍太の独自性と言えた。これらは確かに類型化ではあったが、こうした挑戦をした他の作家はいなかったから、独創的表現方法と言わねばならない（切字を類型的表現として非難している俳文学者はいないようであるし、作家に至っては切字は伝統の要件としている）。そしてなおかつ、この枠組みの中で昭和の名句というべき作品がたくさん詠まれていることはだれしも認めなければならなかった。

阿部の韻律論に戻って言えば、これら、一語、二語、三語を組み合わせることにより、様々な形式的リズムを生み出すことが可能という点が着目される。龍太の辞を導入することにより、阿部の詩学は毫末の乱れがないばかりでなく、より説得力を増すものとなる。

一月の川一月の谷の中　　龍太

見ても分かるように、ここには龍太の住んだ甲斐の山は実存しない。いかなるディテールも描いていないからである。その代わり「ことば」がある。しかもその言葉は完璧な、「一塊の詩」「ゲシュタルトを態とする詩」として我々の前に控える。

このように、作家とは、身を削って類例のない作品、独創的な作品を作ることもその使命であるが、こうした自分だけの独特の枠組みを作り、そのなかで優れた作品を再現してみることも活動の一つの方法だと思う。よほど、能や歌舞伎などの芸の世界に近いかもしれない。

いずれにしろこのように、龍太の作品は、その分析に当たっても阿部の詩学は適切な修正を施せば十分有効と考えられるのである。

【注1】ふじたにみつえ。名は成寿《なりのぶ》・成元《なりはる》。国学者富士谷成章《なりあきら》の長子で、国学者の父から文法学（特に品詞論・助詞論）や歌学を受け継ぎつつ、言霊倒語論等の独自の説を主張し本居宣長と対立した。特に助辞研究では、『和歌いれひも』に相応する「俳諧いれひも」は著さなかったが、芭蕉七部集で使用される助詞を詳細に分析した大部の『俳諧天爾波抄』を刊行した。こうした御杖の主張に対し、阿部は、「私は右の彼の歌作りの論を、「音韻」が句作の歌作りの、あるいは言葉そのものに通じていると考えることの一つの証・根拠と考える。（中略）三十一音・五七五七七形式、脚結の語の弾みなどを利して、歌の「意味」を超えて、存在の真実への直線的接近を希った。」（『絶対本質の俳句論』音韻論・一八二～一八三頁）と述べる。

3．鷹羽狩行の詩学

阿部の詩学の中で、「意味」は二重の評価軸を持っている。阿部は過剰な意味を消去しようとする一方で、意味の作り出す韻律に注目していることはすでに述べた通りである。阿部が引用した、岡井や小高の説には確かに魅力的なものがある。韻律はここまで個別にディテールを見なければその美しさは発見できないということだ。しかし、最も意味性の高いものは、実は思想ではないのかと思う。阿部の書きもらした詩学の範囲の中に、思想の記述の可能性をたずねてみたいと思う。

本論の冒頭で、社会性俳句について触れたが、当時取り上げられた（つまり主に第2章第1節で取り上げた）社会性俳句については、スローガンや標語に過ぎないと批判を受けたことは述べた通りである。この点についての川名大の批判がすべて間違っているわけではない。いやむしろ、九〇％の作品はこうした批判にさらされてやむを得ない水準であったと言うべきだろう。私は残りの一〇％を救済したいと思っただけである。

一方で、こうした（九〇％の）社会性俳句を作る人々から思想性がないと批判を受けたのが、第6章で述べた鷹羽狩行の作品であった。しかし、批判した社会性俳句より、よほど鷹羽の俳句の方に、思想性が富んでいたことはすでに述べた通りである。問題はこうした思想性を含意した俳句の表現が、対比構造を常に持っていたことだ。私は、前章で鷹羽の作品が思想性を持っていたことは認めたが、思想性があるから優れた作品だとは言っていない、そう言ってしまっては、川名に批判された社会性俳句と同じ穴のむじなになってしまうからだ。私は、鷹羽が思想性を表現するために使った対比構造こそが、新しい詩法として評価されるべきであろうと思っているのである。

対比構造が、実は詩の本質をなすことは、私はいくつかの著書で述べておいた（『定型詩学の原理』『詩の起源』等）。古代以来、日本の詩歌にも、世界の詩歌にも共通して現れている原理である。古代歌謡や万葉集の初期歌謡などは、ほとんど繰り返しの連続であり、独創性などはほとんど見えないといってよい、民族の詩歌というものはそういうものなのである。そして、現在の詩歌（定型詩であると自由詩であるとを問わず）にも、それは現れないではおかない原理である。ことさら忌避しても、詩歌のクライマックスには作者は特異な構造を使わずにはいられない。もっともその反復、対比の構造はよほど巧緻になっているが、そうした構造が本質的にあることは否定できない。

俳句に戻り、現代の作品を眺めても、意識しないでもこうした対比構造を持つ句が山ほど生産されている。ところで鷹羽の特徴は、こうした対比構造を明白に意識して、技法として使用していることであろう。特に、そこに盛られた思想が、思想であるにもかかわらずレトリックとして使われている点にある。

＊　＊

思想があって、その後レトリックがあると多くの人は思っている。成程ある思想的態度がなければ思想は生まれない、それは確かだろう。しかしその生成プロセスは、まず思想があって、その結果修辞が生まれるというそんな単純なものであろうか。修辞に力が生まれるのは、修辞が思想を引っ張って行くからこそ生まれるのである。修辞によって先ずとんでもない思想の契機が生まれ、それを反芻した結果意外なことに自らその言葉を否定できないことに気付く、そして自らの思想としてそれをよしと認める。短詩型の思想とはそうあるものではなかろうか。本人が不承不承使った言葉が、かえって本人を挑発し納得させる。言葉が暴走し、世界を覆すような思想を生むと言う方が詩の真実に近いような気がする。

そしてしばしばこうした逆説的な思想の背景には対比というレトリックが不可欠となっているのである。隠喩以上に、対比は思想的価値を持つ。おそらく隠喩はそれが消極的すぎ、対比のように挑発的かつ明瞭でないからであろう。どちらが勝れているとは言わないが、着弾した時の破壊力は隠喩の数層倍のそれを対比は持っているのである。

阿部の詩学と全く関係ないが、少なくとも東洋の思想は対比というレトリック抜きに存在しえないという伝統を持つように思う。そうした独特の思想の構造に似たものを、鷹羽は如実に再現しているわけである。最もドライに見える鷹羽の俳句が、最も伝統的要素を持っているというのは皮肉である。

最後に思想が対比のレトリックであるという例を挙げる。座興としてご覧いただきたい。

［老子］

●天下、皆、美の美為《た》るを知る、斯《こ》れ、悪なるのみ。

（世間は美が美であると思っている、実はこれは醜悪なのである）

●天地は仁あらず、聖人は仁あらず。

（天地にいつくしみはない、聖人にいつくしみはない。藁の犬のように見なすのみだ。）

●大道廃れて仁義有り、知恵出でて大偽有り。

六親和せずして孝慈有り、国家昏乱して忠臣有り。
(道がなくなったからこそ仁義が生まれる、知恵があればこそ偽りが発生する。
親子が争うからこそ孝行が云われ、国家が混乱する機会に忠臣が登場する)
●佳き兵とは、不祥の器なり。
(よい軍隊とは、不吉な道具である)
●信言は美ならず、美言は信ならず。
(真実の言葉は美しくない、美しい言葉に真実はない)
[仏教]
●五逆即ちこれ菩提にして、菩提と五逆と二相なし。(智顗『摩訶止観』)
(天下の大罪も悟りである、犯罪と悟りに違いはない)
●諸の悪も、悪に非ず、みなこれ実相なりと達すれば、すなわち非道を行じて仏道に通達す。(智顗『摩訶止観』)
(悪も、悪ではない、仏の真実と悟れば、道に背きながら仏道に達する)
●善人なおもて往生を遂ぐ、いかに況や悪人をや。(親鸞『歎異抄』)
(善人が往生できるのである、まして悪人が出来ないわけがない)
●迷を大悟するは諸仏なり、悟りに大迷なるは衆生なり。(道元『正法眼蔵現成公案』)
(迷に悟るのが仏であり、悟りに迷うのが衆生である)
●忍辱なること羅云の如くなる持戒の聖人も、富楼那の如くなる智者も、日蓮に値ひぬれば悪口を吐く。……忠仁公の如くなる賢者も、日蓮を見ては、理を曲げて非と行ふ。況や世間の常の人々は、犬の猿を見たるが如く、漁師が鹿をこめたるに似たり。日本国の中に一人として故こそあるらめといふ人もなし。（日蓮『報恩抄』）

（聖人も、智者も、賢者も日蓮を罵る。日本国中に認める人は誰一人いない）

●（紫雲降華を疑う者に）「華のことは華に問へ、紫雲のことは紫雲に問へ、一遍は知らず。」（『一遍上人語録』）

（疑問があるなら、（瑞兆の降）華のことは華に、（紫）雲のことは雲に尋ねよ。一遍は一切知らない）

【附録】

角川『俳句』60年を読む

戦後俳句の歴史をたどるには商業ジャーナリズムによる雑誌は欠かせない。現在そうした雑誌としては、角川書店「俳句」（昭和二十七年創刊）、東京四季出版「俳句四季」（昭和五十九年創刊）、本阿弥書店「俳壇」（昭和五十九年創刊）、「俳句界」（平成七年創刊。※北溟社、文学の森と移転。）、ウエップ「WEP俳句通信」（平成十二年創刊）、毎日新聞社「俳句あるふぁ」（平成五年創刊）が刊行されている。また、すでに終刊している雑誌も資料としては貴重である。「俳句研究」（昭和九年～平成二十三年。※改造社、目黒書店、俳句研究社（のち新社）、富士見書房、角川SSコミュニケーションズと移転。）、「俳句空間」（昭和六十一年～平成五年。※書肆麒麟、弘栄堂書店と移転。）、牧羊社「俳句とエッセイ」（昭和四十八年～平成六年）、朝日新聞社「俳句朝日」（平成七年～平成十九年）等である。

本論で戦後俳句の通史を執筆するに当たってはこれらの資料にお世話になったが、附録として通史を知るために、刊行期間も長く、その間中断もなく、影響力の大きかった角川書店「俳句」を眺めておくことは取りあえず有意義であろうと考える。以下、創刊から平成二十四年迄の記事を元にその変遷をたどってみる。（以下の記事は「俳句」平成二十四年五～七月号に連載したものである。）

＊　＊

角川書店の創業者、角川源義は、昭和二十年に角川書店を設立。二十四年に、角川文庫を発刊、昭和初期に次ぐ第二次文庫ブームを起こして大成功を収めた。また二十七年には『昭和文学全集』を発刊しベストセラーとなり、戦後の全集ブームを牽引して文芸出版社としての角川書店の地歩を確立した。

俳句、短歌関係の出版は、「角川新書」「角川文庫」によって実現する。二十六年に角川新書で山本健吉『現代俳句・上』を出版、二十七年に新書で山本健吉『現代俳句・下』、加藤楸邨『芭蕉秀句・上』、角川文庫で『飯田蛇笏句集』、『水原秋桜子句集』、『山口誓子句集』、『中村草田男句集』、『加藤楸邨句集』、『石田波郷句集』、『富安風生句集』を刊行する。こうした中で、二十七年六月に角川書店としては初めての短詩型文学雑誌として「俳句」を創刊する。兄弟誌「短歌」に先立つこと二年である。

1．問題提起と俳壇秩序

ジャーナリスティックな問題提起

「俳句」の編集体制は、当初は専門俳人によって行われ、角川源義（初期は石川桂郎が編集に参与したと言われている）、大野林火、西東三鬼、角川源義（再登板）と続いた。それ以後は社内からの編集長が続いている。

この俳句雑誌は、まず読者の再生産（読者はすべて作者であるという短歌・俳句特有の読者構成がある）と、ジャーナリスティックな運動の創成の二つが動機となっていた。まず、目につきやすい後者から紹介して行く。

創刊されたばかりの二十七年六月号に「俳句は滅亡する」(風巻景次郎)と「俳句は亡びない」(平畑静塔)の二編を据えたのは、創刊号としては順当なところだが、既に桑原武夫の「第二芸術」(昭和二十一年十一月「世界」)発表から時間も経っており、鮮度から言っても目新しさはなかった。

中村草田男・山本健吉対談「現代俳句の底流」(二十七年八月)、平畑静塔・西東三鬼対談「根源俳句の立場」(同年十月)などのジャーナリスティックな話題を模索する企画が行われているが、「俳句」自身でそれを昇華させる企画には至らなかったようである。これらのテーマは山本健吉「純粋ラッキョウ」(二十八年五月)のような個人的独白により終末を迎えようとしていた。

＊　＊

角川から大野に編集が変わったばかりの号で、大野が満を持して行った特集は、「「俳句と社会性」の吟味」(二十八年十一月)であった。大野は、「社会性のある素材が一七字の中で詠はれてゐるといふだけで終ることでない(中略)。当然それが俳句として生かされてゐるか、どうかにつながつてゐる」(編集後記)と述べているが、このとき特集に参加したのは五人で、沢木欣一「草田男の場合」、能村登四郎「俳句の非社会性」、原子公平「狭い視野の中から」、田川飛旅子「実作を中心として」、細谷源二「俳句の社会性の吟味」を執筆した。さらに一年後に「俳句」は、社会性俳句と密接に関連する特集を企画する。「揺れる日本――戦後俳句二千句集」(二十九年十一月)で、戦後の政治社会風俗を項目分けして各誌に掲載された例句二千を集大成したもので、個々の作品の価値はさておき、時代を強烈に写した俳句はインパクトがあった。編纂は、楠本憲吉、松崎鉄之介、森澄雄が行っているが、これを受けて、三人と石原八束、沢木欣一の座談会「戦後俳句二千句を前にして」(二十九年十二月)が行われた。

これに呼応し、当時現代俳句協会の若手作家を網羅していた金沢の同人誌「風」が、十一月号で同人二十四人にアンケート「俳句と社会性」を行い、特集に参加した金子兜太が「社会性は作者の態度の問題である」と発言して以後、社会性問題は大きく広がっていった。実作でも、大野が作品(三十五句)を依頼した沢木欣一「能登塩田」と能村登四郎「合掌部落」(三十年十月)が社会性俳句を代表する作品として論ぜられることとなった。

塩田に百日筋目つけ通し　沢木欣一
塩田夫陽焼け極まり青ざめぬ
白川村夕霧すでに湖底めく　能村登四郎
暁紅に露の藁屋根合掌す

一方で、社会性俳句の対立軸を次々に提供したのも大野であった。絶妙なバランス感覚を維持し、叙情や即物や風土、ものといった新しい主張を選んでおり、それらは今日読んでも興味深いものがある。このとき、「俳句ともの」特集では、秋元不死男の「俳句と「もの」」が大きな反響を呼んだ(二十九年七月)。

大野最後の企画は、「特輯新興俳句」(三十一年十一月)と銘打った、一六〇頁近い大特集で、新興俳句に関わる最初の特集として資料価値は高い。林火最後の企画であるが、社会性俳句をもって始まり、新興俳句をもって終わる林火の編集感覚は絶妙であった。

次の三鬼編集長時代の企画としては金子兜太の「造型論」がある。実はこの論は、「造型と諷詠」特集の一部であり、前年現代俳句協会賞を二人で受賞した金子兜太と能村登四郎に論文を執筆させたのであった。このような協会賞受賞者をペアで取り上げる企画は、翌年、鈴木六林男と飯田龍太でも行われている。この時の評論が、兜太の「俳句の造型について」と登四郎の「諷詠論」（三十二年二月）であったが、専ら関心を寄せられたのは兜太の論であった。兜太は引き続き次号で「俳句の造型について（続）」を書く機会を得、更に「造型俳句六章」（三十六年一～六月）で独自の造型論を完成させるに至る。

二つの造型論のさなか、三十四年二月、「難解俳句とは何か」が特集された。戦前の新興俳句の流れや、社会性俳句・造型俳句の流れで登場してきた作家たちの特色を難解俳句ととらえたのだが、難解俳句の用語から分かるように、戦前の「俳句研究」がプロデュースした「人間探究派」、別名「難解派」を想定していたようだ。しかし、翌三月の「時評」を担当した寺山修司は「前衛俳句批判」として、この難解俳句運動を前衛短歌と対比される前衛俳句と定義したことにより一気に目標が明確化し「前衛俳句」は時代を画する用語となった。寺山は前衛俳句とは、「意識世界のオートマチックな記述を視覚を通してこころみたもの」、「イメージを構成して一つの思考を形象化したもの」と述べている。

以後の新聞や雑誌の前衛俳句に対する関心は止まるところを知らず、当時唯一の俳人の協会であった現代俳句協会の戦後派俳人は殆ど何らかの意味で前衛俳句の影響を受けないではいなかった。「難解俳句とは何か」の「前衛作家一〇人集」から引こう。

水のテーマに滅びた国の軍艦浮く　　林田紀音夫
事務器でなく火の弦となりささくれよう　　堀　葦男

ジャズで汚れた聖樹の雪に詰め込む密語　稲葉　直
えっえっ啼く木のテーブルに生えた乳房　島津　亮
ちびた鐘のまわり跳ねては骨となる魚　赤尾兜子

こうした前衛俳句の隆盛の中で、突然、三十六年十二月号の「俳句」に「俳人協会清記」が掲載され、俳人協会の発足が告知された（会長 中村草田男）。久しく前衛俳句の代表金子兜太と前の世代の中村草田男との間の確執が生じていた後の新協会の発足であった。「俳句」はいち早く兜太・草田男の往復書簡「現代俳句の問題」（三十七年一月）を載せるとともに、赤城さかえ（二月）、田川飛旅子（三月）などの論評を載せ、ジャーナリズムらしい反応を取ったが、以後は両協会をジャーナリスティックに取り上げることはしていない。

大きな運動が俳壇を通じて展開される時代はここでひとまず区切りを迎える。著名俳人編集長時代が終わったこと、政治的な対立の時代を迎え大きな運動をプロデュースすることは次第に難しくなっていったようだ。

＊　＊

現代俳句史においては、角川の「俳句」は、社会性俳句、造型俳句、前衛俳句をプロデュースしたとされるが、それは必ずしも一方的なプロデュースではなかった。編集部が関与しながら発展し得なかったテーマとして、俳句滅亡論、根源俳句、叙情・写生（もの）・風土、（造型に対する）諷詠、リズムなどがあるし、社会性俳句が紆余曲折の中で進展したり、前衛俳句もそのネーミングと展開は必ずしも単純なものでなかったことは既に述べたとおりである。ジャーナリズムは単純に作者や評論家をリードするものではなく、読者・作者と玉の投げ合いを繰り返しながら内容を深めていったのである。逆に言えば、「俳句」の初期の編集に当たっては、社会性と抒情、造型と諷詠、前衛（難解）とリズムなどをセットで提示しながらその関心を読者と模索して探してきた。それはジャーナリズムが新しい俳句を作ったというだけではなく、読者も新しい俳句に参画する余地があったということであった。

戦後派の可視化

「俳句」創刊にあたり「登山する健脚なれど心せよ」の虚子の祝句を頂いたものの虚子及びホトトギスの支援のない「俳句」とならざるを得なかった。いきおい「俳句」は、水原秋桜子、山口誓子、飯田蛇笏、石田波郷、加藤楸邨、中村草田男（富安風生、日野草城が加わる）らを中心とした戦後俳壇の新秩序の形成に貢献してゆく。これらの顔ぶれは、角川文庫の句集のシリーズ（二十七～二十九年）の登場人物でもあるし、また「俳句」の初期特集が、「高濱虚子特集」（二十七年七月）ののち、「水原秋桜子特集」（二十七年九月）、「飯田蛇笏特集」（二十七年十一月）、「山口誓子特集」（二十八年二月）と続いてゆくのと軌を一にしている。

①戦後派世代

角川「俳句」が戦前の改造社「俳句研究」と違うところは、既成の俳壇大家を中心としつつも、次の世代の新人を計画的に発掘養成しようとしたところであった。これについては次節で述べたいと思うが、さらにそうして発掘された新人たちが世代更新を果たして行くことにより、４Ｓ世代、人間探究派・新興俳句作家たちに続く「戦後派」の秩序が生まれるようになったことである。「俳句」が発掘した戦後派の新人たちが俳壇の中枢を占めるのは前衛俳句運動の一服する昭和四十年代からであった。そして「俳句」では、彼らを中心とした秩序化を示すようになる。顕著な例が、「現代の作家シリーズ」（四十三年一月〜十二月）、「現代の風狂シリーズ」（四十六年二月〜十二月）と続く連載作家論であった。

昭和四十三年の「現代の作家」シリーズは、飯田龍太、野見山朱鳥、能村登四郎、森澄雄、香西照雄、沢木欣一、石原八束、角川源義、上村占魚、金子兜太、清崎敏郎、波多野爽波、佐藤鬼房、桂信子、野沢節子の十五人が取り上げられている。近詠二十句と多くの作家論が同時掲載された。

大寒の赤子動かぬ家の中　飯田龍太
氷りたる時のごとくに銀河凍つ　野見山朱鳥
やはらかな時間にをりて藁を焼く　能村登四郎
雪国に子を生んでこの深《ふか》瞳《まな》差《ざし》　森　澄雄
繰り返すのみの洗心薫風過ぐ　香西照雄
桃の花みちのくほとけ眉長し　沢木欣一
はらからの花の仏となる虚ろ　石原八束
めまとひや邪馬台の水人《あま》の船溜り　角川源義
夏やせか恋に命をかけゐるか　上村占魚
みどりの奥は流失ばかり愛のはじめ　金子兜太

蠅一つげんのしようこの花にゐし　清崎敏郎
矢の如く速達が来て石榴の家　波多野爽波
沼ぐらし翁に榧の実をもらう　佐藤鬼房
秋蚊まとうは女臥るそのあたり　桂　信子
鵜飼一生水の匂ひを陸に曳き　野沢節子

更に、昭和四十六年「現代の風狂」シリーズでは、龍太、八束、石川桂郎、源義、節子、澄雄、照雄、兜太、爽波、欣一、登四郎の十一人が取り上げられている。ここでは近作五十句に視点を変えた複数の作家論、作者自身による評論が掲載され見応えのある特集となっている。

一月の川一月の谷の中　飯田龍太
浅草は橋の風花月夜かな　石原八束
山茶花や椿を待たで波郷死す　石川桂郎
薔薇大輪稚《わか》ければ神召されしや　角川源義
春着の娘妙《たへ》と呼ばれて振り向くも　野沢節子
初夢に見し踊子をつつしめり　森　澄雄
遍照光家《や》陰に霜の銀を敷き　香西照雄
暗黒や関東平野に火事一つ　金子兜太
蜜柑山真赤なものを着て映ゆる　波多野爽波

白波の三国湊の崖すみれ　沢木欣一
泳ぎ来し人の熱気とすれちがふ　能村登四郎

戦後を代表する名句がならんでいるのを見ることができるであろう。余談となるがこれに呼応して、「現代俳句十五人集」（牧羊社）が企画された。その顔ぶれは龍太、桂郎、八束、稲垣きくの、加倉井秋を、源義、兜太、照雄、欣一、鈴木真砂女、津田清子、節子、登四郎、藤田湘子、澄雄であり、この顔ぶれの中から、龍太、節子、澄雄と続々と読売文学賞受賞俳人が生まれた。これで戦後派の陣容がほぼ確定したと見ることが出来た。こうした盤石の秩序化は、最終的には『現代俳句大系』十二巻（四十七～四十八年）であり、取り上げた作家・句集は、秋桜子・誓子を頂点に、現代俳句の美しい伝統派体系を完成していた（当時の事情から、新興俳句・前衛俳句作家は十三巻～十五巻の増補の巻から登場している）。

「俳句」ライバル誌の「俳句研究」においてもこうした作家たちの大特集・読本が刊行され、立場の違いはあるものの結果的に戦後派を中心とした現代俳句史の定説化がマスコミによって完成したと言うことができるだろう。

②ポスト戦後派世代

「俳句」におけるこうした秩序化は戦後派世代の後続（次節で述べる「第四世代」に相当する作家たちである）においても試みられる。昭和四十八年の「期待する作家」シリーズ（四十八年一月～十二月）が、同じ企画で行われ、草間時彦、福田甲子雄・古賀まり子、清崎敏郎・林徹、阿部完市・

木附沢麦青、鷹羽狩行・宇佐美魚目、成田千空・桜井博道、森田峠・草村素子、宮津昭彦・鷲谷七菜子、広瀬直人・赤松蕙子、川崎展宏・山田みづえ、三好潤子、中山純子が取り上げられた。ここではその一部の作家を紹介する。

白湯一椀しみじみと冬来たりけり　草間時彦
粉雪舞ふ谷の奥から木挽歌　福田甲子雄
寒鯉の朱《あけ》の斑を置き真白なる　清崎敏郎
うさぎがはこぶわが名草の名きれいなり　阿部完市
美しき五月の汗を拭はずに　鷹羽狩行
人ごゑにかたちくだけて桐一葉　宇佐美魚目
生地死地松ぼつくりの濃きみどり　成田千空
そよりともせぬ幕のうち壬生舞台　森田　峠
いつせいに桑解いてまた村しづか　鷲谷七菜子
土地を売るうはさのどこも炎暑かな　広瀬直人
百千鳥とおもふ目蓋を閉ぢしまま　川崎展宏
空と海のいろ二本どり毛絲編む　山田みづえ

ここにはなるほど戦後派世代と遜色のない作家も混じっていたが、マス（塊り）としての存在感はやはり戦後派世代にはかなわなかったようである。

この「期待される作家」シリーズの続編が昭和五十四年一〜十二月号で「現代の俳人」シリー

ズとして特集されている。毎月二人が紹介され、「期待される作家」二十一人と重複しない少し年代の下る原裕・福永耕二・上田五千石・岡井省二・有馬朗人・加藤三七子・岡田日郎・辻田克己・大串章・河原枇杷男・磯貝碧蹄館・友岡子郷・鍵和田秞子・杉本雷造・青柳志解樹・山上樹実雄・竹本健司・山崎ひさを・中戸川朝人・矢島渚男・宮岡計次・村田脩・大峯あきら・河野多希女の二十四人が取り上げられている。ここでは名前だけを掲げておく。

そして、これ以降の世代（つまり、私を含む戦後生まれ以後）になると、これほど懇切な特集はとうとう組まれることもなかった。それは、戦後生まれが、ここに取り上げた二つの世代ほど圧倒的な存在感を示す作家集団ではなかったことを示してもいるのかもしれない。

2. 新人の歴史

戦後新人自選五十人集

「俳句」が戦前の「俳句研究」と大きく異なるところは、既成の俳壇大家を中心としつつも、次の世代の新人を計画的に発掘・養成しようとしたところである。結社で生まれた新人については、創刊早々から、「新人作品」（二十七年十二月）、「新鋭八人集」（二十八年十一月）、「新風三十六人集」（二十九年四月）、新人が新人を論ずる「作家論」特集（三十年四月）等を毎年続け、戦後派の新人を登場させていった。

こうした特集の総集編として組まれた「戦後新人自選五十人集」（三十一年四月）は主要結社の新人を網羅し五十句を掲載した戦後派世代の一大鳥瞰図となっている。ここでは五十人全員の代表句を掲げることにする【注1】。

【戦後新人自選五十人集（全員）】

〈ホトトギス系〉

干足袋の天駆けらんとしてゐたり　上野　泰 38
日を擲ひつつ朴の葉の落ち来る　上村占魚 36★
かなかなのかなかなかなと夕かな　清崎敏郎 34★
犬ふぐりどこにも咲くさみしいから　高田風人子 30
火を投げし如くに雲や朴の花　野見山朱鳥 39★
金魚玉とり落しなば鋪道の花　波多野爽波 33★
金魚また留守の心に浮いてをり　深見けん二 34

〈雲母系〉

春すでに高嶺未婚のつばくらめ　飯田龍太 36★
血を喀いて眼玉の乾く油照り　石原八束 37★

〈馬酔木系〉

山の日に焼けてつとめのあすがまた　大島民郎 35
春愁のおのがゆあみの瀧音す　殿村菟絲子 48
日本海青田千枚の裾あらふ　能村登四郎 45★
愛されずして沖遠く泳ぐなり　藤田湘子 30★

夜蛙や高嶺をめざす人に会ふ　堀口星眠　33

〈鶴系〉

茄子の花得三文の小往診　川畑火川　44

夕野分禱るかたちの木を残す　鬼頭文子　36

初泣きやしんしんとして真暗がり　小坂順子　38

妻の行水音ひそめをりかなしきや　小林康治　44

〈寒雷系〉

レーニンの伏字無き書に五月の風　赤城さかえ　48

峰朝焼力は登りつつ溜める　加藤知世子　47

原爆許すまじ蟹かつかつと瓦礫あゆむ　金子兜太　37★

夏草や看板の字は逆から書く　田川飛旅子　42

死に近き子が水欲るや枯木星　富永寒四郎　40

白蓮白シャツ彼我ひるがえり内灘へ　古沢太穂　43

除夜の妻白鳥のごと湯浴みをり　森　澄雄　37★

メーデー後も埃り同じに火の職場　和知喜八　43

〈麦系〉

鶏頭淡しひとの家に幸こもるかに　井沢子光　45

〈浜系〉

春昼の指とどまれば琴も止む　野沢節子　36★

音立てて雪渓解けてゐたりけり　松崎鉄之介　38
狂へるは世かはたわれか雪無限　目迫秩父　39

〈天狼系〉

プールを出ず勝者敗者と手とりあふ　小川双々子　34
真処女や西瓜を喰めば鋼の香　津田清子　36★
既に芳紀息にぎやかに授業始まる　堀内　薫　53

〈万緑系〉

ありあまるゆゑにくづをる薔薇と詩人　香西照雄　39★
日輪に嶮はしけれども春の雲　貞弘　衛　50

〈風系〉

水浸く稲陰《ほと》まで浸し農婦刈る　沢木欣一　37★
切株があり愚直の斧があり　佐藤鬼房　37★
かなしきかな性病院の煙突《けむりだし》　鈴木六林男　37
戦後の空へ青蔦死木の丈に充つ　原子公平　37
鶏頭を三尺はなれもの思ふ　細見綾子　49

〈青玄系〉

瀕死の犬いま炎天の水を舐む　伊丹三樹彦　36
窓の雪女体にて湯をあふれしむ　桂　信子　42★
汝が胸の谷間の汗や巴里祭　楠本憲吉　34

〈石楠系〉
片蔭をうなだれてゆくたのしさあり　西垣　脩　37
茶の花やしづかなる日と吾が垢と　油布五線　48
〈春燈系〉
黒穂ぬけばあたりの麦のかなしめり　木下夕爾　42
男憎しされども恋し柳散る　鈴木真砂女　50★
〈季節系〉
ロダンの首泰山木は花得たり　角川源義　39★
〈氷原帯系〉
税吏去り鉋叩けば刃がとび出る　北　光星　33
〈薔薇系〉
身をそらす虹の／絶巓／処刑台　高柳重信　33

これらを眺めれば、じつに錚々たる作家たちがいたことが確認できるし、戦後俳句史に残る俳句の存在も確認できる。新人たちに競争的な環境の下で自選を強制するという大野林火編集長のアイデアは、まことに秀抜なものであった。名前の下の数字は特集時点での年齢、また★は前節の「戦後派の可視化　①戦後派世代」で紹介した作家である。これら新人の中から戦後派のオーソリティ（権威）が形成されていくプロセスがよく分かるであろう。「俳句」はそうした機能を果たしてきていたのだ。

【注1】五十人の配列は元はあいうえお順であるが、楠本憲吉は『戦後の俳句』で結社別に分類しており、確かにこのほうが見やすいのでこれに従ってみた。

現代新人自選五十人集

後続する新人を更に押し出そうとする特集は、新人六十一人に二十句を発表させる「新人作品集」(三十二年十一月)、三十三人に三十句と発言を発表させる「第四世代特集」(三十七年四月)と続くが、「戦後新人自選五十人集」に匹敵する大特集は、ちょうどそれから十年後に企画された「現代新人自選五十人集」（四十一年五月)であった。前と同様五十句を発表させている。五十人から一部の代表句を掲げる。名前の下の数字は年齢、★は前と同じく「戦後派の可視化 ②ポスト戦後派世代」で紹介した作家である。

【現代新人自選五十人集(一部)】

誰も病まず春の三日月隙ほどに　加畑吉男 40
さかんに湯気たててさみしさ増す夜なり　菖蒲あや 42
泉での言葉しづかにおびただし　古舘曹人 46
大白菜かがやく芯に刃を入るる　村田脩 38★
鶏の眼も雪のふりこむ瀬も暁けし　宇佐美魚目 40★
雪渓の水汲みに出る星の中　岡田日郎 34★

野生馬の天や竜胆よりも澄む　神尾季羊　45
雪に向き白瞑目の障子の家　大井雅人　34
何か蒔くしづかな父に桃ひらく　広瀬直人　37★
炭負へり力いつぱいに生きてをり　千代田葛彦　49
秋風の和紙の軽さを身にも欲し　林　翔　52
冷し馬貌くらくしてゆき違ふ　岸田稚魚　48
冷房の下着売場の白世界　草間時彦　46★
日の鷹が飛ぶ骨片となるまでとぶ　寺田京子　41
くらき沖身は陽炎と化しきれず　鷲谷七菜子　43★
暗き坂林檎売る燈のなかなかなし　宮津昭彦　37★
さくらんぼ笑で補ふ語学力　橋本美代子　41
万緑や死は一弾を以て足る　上田五千石　33★
「いろはにこんぺえと」地を跳べ地が父冬日が母　磯貝碧蹄館　42★
小鳥死に枯野よく透く籠のこる　飴山　實　40
水飢饉手が屋根に出て薪つかむ　林　徹　40★
月のもの代わる代わるに梅雨家族　草村素子　47★
柩が瞰るげんげ田の果の一生家　吉田鴻司　48
虚子の二字眼前にかまくらは夏　原　裕　36★
春光のステンドグラス天使舞ふ　森田　峠　42★

満月や　しづかに老いて火を待つ芝　中村苑子 53
音楽漂う岸侵しゆく蛇の飢　赤尾兜子 41
生きものの地上の夜を悲しむ灯　林田紀音夫 42

この「現代新人自選五十人集」の直後から追加の新人企画は始まり、四十五人に十句を発表させる「新しい世代・新人四十五人集」（四十二年十一月）が行われた。興味深いのは、「現代新人自選五十人集」から五年後に、特別企画「二十代の作家」「三十代の作家」「女流新人作家」のシリーズが行われている（四十六年七〜九月）ことで、「自選五十人集」の補足といえよう。二十代作家十三人と三十歳以上の女流新人作家十二人には新作二十句と秀句三十句、三十代作家十七人には新作二十句と自選五十句が掲載された。この時の二十代作家には大石雄介、金子青銅、島谷征良、鈴木太郎、三十代作家には大串章、折笠美秋、品川鈴子、竹中宏、福永耕二、女流新人作家には櫛原希伊子、小檜山繁子、長谷川久々子などがいた。

戦後派世代と異なりこれらの特集の特徴は、世代の境目が見えにくくなっていることである。この結果、新人特集で注目されない作家たちが、その後大家級の「期待する作家シリーズ」等にたくさん登場する。とりわけその結果、最大の問題が生じる。この世代を代表する鷹羽狩行がいずれの新人特集にも登場していないのである。四十一年度に俳人協会賞を受賞した新人中の新人と言うべき鷹羽は、新世代論の中で別格となっていた。同時期に発表された句を掲げておく（四十一年四月）。

楽器函ほど早春の水車小屋　鷹羽狩行★

戦後生まれの発掘と評価

「二十代の作家」「三十代の作家」等の特集から十年後の新人特集はすっかり戦後生まれに更新される。特集「俳句を明日につなぐために」が行われ（五十六年一月）、赤松湘子、小澤實、片山由美子、鎌倉佐弓、島田牙城、田中裕明、対馬康子、中岡毅雄、夏石番矢、野中亮介、長谷川櫂、正木ゆう子、三村純也、山下知津子、四ッ谷龍、和田耕三郎など七十九人に五句の発表の場が与えられている。さらに二月号では、金子兜太を囲んで、若い世代の鎌倉（沖）、岸野光恵（春嶺）、清水みどり（杉）、夏石（未定）、久松洋一（野の会）、三村（ホトトギス）、四ッ谷（鷹）、和田（蘭）が座談会を行っている。兜太は座談会の最後で「三十年後にこのメンバーで、また座談会をやりましょう、オレは墓の下かもしれないけれどね」と約束しているが、皮肉なことに兜太が圧倒的に元気だ。

「俳句」が発掘したこの戦後世代は、昭和五十九年から始まる牧羊社の『精鋭句集』・『処女句集』シリーズ（若い人向けの廉価版句集）の大量刊行に吸収され、新しい時代を形成した。これは一雑誌「俳句」の立場を離れて、全俳壇的に見てもよいことであったと思われる。

ただ残念なことは、この世代の新人特集を評価・検証する、戦後派における「現代の作家シリーズ」、昭和世代における「期待する作家シリーズ」などに相当する本格的特集が組まれていないことである。同世代によって常に評価されていない作家の価値は、真実の価値ではないのではないか。その意味で新人として生み出されながらも、現在までのところこの世代の評価は定まっていない。これを補うのが総合誌の役割であるだろう。
さらにそうしている内に、新しい世代が登場してきている。佐藤文香、山口優夢、神野紗季、御中虫、関悦史などは別の媒体から登場し、新人に加わり始めている。総合誌、あるいは雑誌のあり方はこれら新人をどのように迎えるかに関わってくるのである。

角川俳句賞の意義

俳句における新人発掘の貢献として是非とも語らねばならないものは昭和三十年の角川俳句賞の新設である。第一回受賞者は鬼頭文子、第二回は沖田佐久子と確かに新しい顔ぶれではあった（末尾数字は受賞年齢）。

水売のかすかに来たりしより目覚む　鬼頭文子　34
田植終へ夫婦腐りしごと寝落つ　沖田佐久子　46

しかし受賞年齢からすると新人というにはやや年齢が高いところにある。新人顕彰の意味をこめて発足した角川俳句賞であるがその役割は何であったろうか。本当に新人らしい新人をあげるとすれば次のような作家たちだが必ずしも数は多くはない。角川短歌賞の花々しさと比較して地味な感じがするのは、俳句では年齢的な意味の新人を発掘することは難しいからだ。俳句固有の表現法を習得する過程で既に新人ではなくなっている可能性が高いからだ。だから、受賞者には、最年長で明治三十二年生まれの黒木野雨（七十六歳）がいたのである。

まだ封を切らぬ手紙を探梅に　田中裕明 22
投函のたびにポストへ光入る　山口優夢 24
貯炭場に蒼木枯の一ツ星　柴崎左田男 27
校長の机の上の夏帽子　岩田由美 27
荒星に遠泳ぐことをせずなりぬ　秋山卓三 31
大人一枚と言ひて切符や炎天に　相子智恵 33
春水にゐてみぢんこもその他も　依光陽子 34

むしろ、角川俳句賞と切り離せないものに、「風土俳句」がある。風土俳句とは、昭和三十四年の角川俳句賞で村上しゆらが受賞した「北辺有情」を契機に生まれた俳句の傾向で、北辺在住の作家による土地固有の自然と人間の生活をテーマにした俳句をいう。村上しゆらは八戸俳句会「北鈴」に属し、以降二十年間に「北鈴」からは木附沢麦青、山崎和賀流、加藤憲曠と角川賞受賞作家を輩出することとなった。

蝦夷近き夜を烏賊釣火ちりばめて　村上しゆら 39
炭負ひの立つときに雪握りしめ　木附沢麦青 30
降る雪に昼夜失ひ鶏鳴きぬ　山崎和賀流 34
湯の里の舞ふ雪縫ひて燕来る　米田一穂 64
地吹雪や燈台守の厚眼鏡　加藤憲曠 58

もちろん風土という概念は以前からあった（第三回受賞者の岸田稚魚もそれに入ろう）が、村上の受賞によって俳句に新しい時代が訪れたと言ってよい。「俳句」では「日本の風土」（三十八年二月）の特集を行い座談会や二十五人の作家特集を組んだ。注意すべきは、そこで取り上げたのは風土一般ではなく、青森、岩手の風土に限定されていたことだ。実は前節で述べたように、新しい俳句運動は編集者の卓抜な企画によることが多かったが、こと風土俳句に関しては、これら応募者たちの力によって運動が形成されていった珍しい例なのである。北辺の風土俳句を拡大すればさらに次のような作家たちも数えられる。香西照雄に「観光俳句に変質した」と総括されつつも（「俳句」六十年十一月「ヒューマニズムの消失」）、風土俳句は戦後俳句の一隅を今も照らし出しているのである。

滝冥く瀧屋は庇かたぶけぬ　松林朝蒼　31
月山の火雲へたたむ稲架の陣　佐藤南山寺　55
軍鶏駈けて崖より落つる雪げむり　横溝養三　52
凍て谷に谺馳せたる葬り鉦　宮田正和　42
昼寝覚め珊瑚の沖を見てゐたり　小熊一人　49

これからも分かるように角川俳句賞は、新人もさることながら新しい俳句を生み出す個性に着目している。これが他の賞と違う特色なのである。次のような作家こそ角川俳句賞を代表しているといえよう。

冬かもめ枷なきものは切に翔く　川辺きぬ子44
檻鳴らし夫放ちけり罌粟若葉　大内登志子41
天地雪の中なる指をもみさます　村越化石35
南瓜煮てやろ泣く子へ父の拳やろ　磯貝碧蹄館36
山彦は男なりけり青芒　山田みづえ42
萩すすき狐はひよつと振り向くもの　鈴木栄子43
花桃や李白は一斗詩百篇　大石悦子46

このように、ただ若い作家を発見するだけでなく、その個性の開花を予測しつつ「新しい俳句をイメージすること」が出来るか否かに角川俳句賞の成否はかかっている。加藤楸邨、中村草田男、石田波郷、山口誓子、松本たかし（後に大野林火、西東三鬼、秋元不死男、平畑静塔に一部交代したが）が初期の十五年間の選者を続けた重みを角川俳句賞は持っているのである。

3．伝統俳句と結社の時代

伝統俳句と大人の文芸

昭和三十五年以降が前衛俳句ブームに沸いたとすれば、昭和四十五年以降は伝統俳句ブームに沸いた時代ではなかったか。不思議なことに、伝統俳句という言葉は昔からあったのだが、そのあり方が盛んに論じられるようになったのはこの時期からであった。契機は「俳句」の特集「我が主張・

我が俳論」(四十五年一月〜四十六年一月)に掲載された草間時彦「伝統の黄昏」(四十五年四月)、能村登四郎「伝統の流れの端に立って」(同年十二月)等により伝統俳句の概念が積極的に評価されたことによるだろう。草間の「伝統の黄昏」は決して明るい未来を示してはおらず、悲壮感を湛えた論であったが、伝統を真摯に尋ねる態度に多くの共感が寄せられた。直後、『伝統の終末』(永田書房、四十八年刊)として刊行され、この時期以降、「伝統俳句」と銘打った特集が目立って増えるようになる。

伝統俳句ブームは、結局、俳句が大人の文芸として認知されることを意味する。それは例えば、「現代俳句」に対する批判として伝統をとらえた飯田龍太・森澄雄対談「得たもの失ったもの」(四十八年十一月)や草間時彦・川崎展宏往復書簡「遊びの論理」(同年十二月)あたりから始まり、飯田龍太・金子兜太・森澄雄座談会「俳句の古さ新しさ」(五十二年一月)、川崎展宏・森澄雄・山本健吉座談会「俳句の軽みと遊びと虚構と」(同年五月)へと続く軽み論への流れとなっている。軽みを論ずるには、どういうわけか鼎談・座談がふさわしいようだ。

もちろん特集においても、「花鳥諷詠是非」(四十九年九月)、「境涯俳句是非」(同年十月)、「韻文精神吟味」(同年十一月)、「写生について」(五十年四月)、「俳句の芸について」(同年五月)、「俳句性について」(同年七月)、「定型について」(五十一年十月)等から始まり、「特集・高浜虚子」(五十四年四月)、「俳句にとって歳時記とは何か」(五十五年十一月)など古典的、復古的な特集がひときわ目を引く。これらは示唆に富む優れた論文を読ませてくれたことは間違いないが、一方で、戦後一貫して続いた「現代俳句」をともすれば否定するところがあるようである。

そしてこの時期、示唆的な事件が起こる。昭和五十八年の中村草田男と昭和六十三年の山本健吉の死である。戦前から戦後まで俳句を導いた二人の死については、「俳句」では「中村草田男追悼特集」（五十八年十一月）、「山本健吉の世界」（六十三年八月）の追悼特集が組まれている。特に俳句における文学性に最後まで固執した草田男と、晩年まで軽み論で俳壇を刺戟し続けた山本健吉の二人は追悼を超えてさまざまに論じられ、この時代の終焉にふさわしい象徴的な役割を果たして逝ったのである。

さて、話題は遡るが、四十九年九月から五十年十二月まで異色の連載対談が組まれている。丸谷才一・大岡信「唱和と即興」に始まり、そのメンバーは、井上靖・山本健吉、丸谷才一・島津忠夫、中西進・森澄雄、安東次男・飯田龍太、庄野潤三・福原麟太郎、大野林火・和歌森太郎、小川環樹・川崎寿彦、丸谷才一・樋口芳麻呂、金子兜太・田村隆一、ケネス レクスロス・角川源義、西脇順三郎・目崎徳衛、小野十三郎・富士正晴、野尻抱影・福田蓼汀という驚くほど重厚なものであった。従来の俳句雑誌では見られない企画と言うことができたが、これも大人の文芸の一つのあかしといえよう。

しかしこうした大人の文芸の特集が進む一方で、カルチャー俳句や結社の新設、一方での高齢化など俳壇の構造を揺るがす事態も進行する。やがてそれが「結社の時代」に突入せざるを得ない状況をつくり出して行くのである。

結社の時代

「結社の時代」とは厳密にいえば、平成二年七月「俳句」が創刊五〇〇号記念特別号を迎えるにあたり俳句編集部（秋山みのる編集長）が名づけたキャッチフレーズである。以後平成六年七月まで、このフレーズを使って「俳句」の企画が展開される。言っておくがこの第一弾は、グラビアの結社紹介（一頁一誌、四十五誌を紹介）のタイトルにすぎなかった。このテーマで長大な論文や座談会が用意されていたわけではなかった。

実は結社の時代の開始される前（六十三年）から、秋山編集長が担当して以来見られる特徴的な編集がある。それが実用的入門特集である。

現代俳句の基礎と実用法　［昭和六十三・二］
現代俳句季語の置き方選び方　［昭和六十三・三］
現代俳句を上手に作る方法　［昭和六十三・四］
入門現代俳句の地名歳時記　［昭和六十三・五］
現代俳句の基礎と魅力の上達編　［昭和六十三・七］
現代俳句基本季語の使用法　［昭和六十三・十］
写生と吟行の上達法　［昭和六十三・十一］
入門　旅と食の俳句歳時記　［昭和六十三・十二］
現代俳句最新重要季語の新しい詠み方　［平成元・一］
ここまでできる俳句実作の上達法　［平成元・二］
新時代の俳句上達法　［平成元・三］
身につく上手な俳句の作り方　［平成元・四］
…

〈中略〉

…

自分らしさを巧く出せる俳句実作上達法［平成五・十］
いまの俳句が巧くなる実作改造法［平成五・十一］
これ以上ない実作俳句開眼の特別決定版［平成五・十二］
俳句自由俳句上達［平成六・一］
自分の俳句を見つけ早く俳句が上達する講座［平成六・二］
俳句が上達する八つの最善の方法［平成六・三］
今日の俳句実作にもっとも有効な季語の手引き［平成六・四］
秀れた吟行句と価値ある投句の方法［平成六・五］
上達をはばむ作句上の危険な間違い［平成六・六］
はじめて公開される面白く写生された吟行句の正しい作り方［平成六・七］

〈上達〉〈魅力的〉〈上手くなる〉〈実力俳人〉〈実作者〉や〈入門〉〈方法〉〈作り方〉〈詠み方〉〈選び方〉に充ち満ちているのがよく分かる。言えることは昭和六十三年春ごろから「上達法」に代表される実用的入門特集が倦むことなく繰り返され、やがて「結社の時代」と結合していくということである。その意味では、「結社の時代」の内実が「上達法」であったと考えられるのである。実際興味深いのは、この時代の表紙に掲げられたキャッチフレーズで、「俳句の時代」（昭和六十二年から）、「結社の時代」（平成二年七月から）、「俳句元年／俳句開眼」（平成五年）、「俳句自由／俳句上達」（平成六年）

と推移している。「俳句元年」以降は「結社の時代」の副題と見るべきかもしれないが、より本質に即していたのは「結社の時代」よりも「俳句開眼」「俳句上達」であった。昭和六十三年から平成六年まで、九十七の特集（緊急特集を除く）が企画され、そのうちじつに七十九（八一％）は私が見るところ上達法特集であったのである。

だから「結社の時代」を宣言した平成二年七月号が「結社の時代」第一弾とされているが、第二弾は、「特別企画 結社の時代」としてグラビア頁が設けられる一方、「結社の時代の俳句上達法」という大特集（吟行句、句会、季語、植物季語、動物季語、地理季語、天文時候季語、生活季語、行事季語の詠み方を結社主宰者たちが書いている）を組んだ十月号だという。これは「結社の時代」と「上達法」が結びついた姿をよく示している。

おそらくこうした頂点が平成四年八月号で、「俳句」創刊四十周年を記念した特別企画の阿波野青畝・加藤楸邨のＢＩＧ対談「俳句・愛情・結社」と「現代結社探訪――結社三〇〇」（「結社の時代」に賛同した結社が掲載を依頼した結社名一覧で三〇〇に及ぶというのがすごい）であったろうと思う。青畝・楸邨という当時存命している現代俳句の頂点の二人が「結社の時代」に呼応した座談会に出席したこの号こそ「結社の時代」の地上天国のような特集であった。

しかし、この同じ時期に俳壇に激震が走る。飯田龍太の「雲母」終刊の決定である。既に知られるように、龍太は「雲母」終刊を決意し、平成四年八月号をもって終刊する。終刊の辞の中で龍太は、結社の在り方に厳しい批判を向けており、一見するとこれは結社の時代の終焉を告げているようにも見えた。

これを受けて、「俳句」では「結社の時代」の見直し緊急特別特集を開始する。

緊急企画「どうなる〝結社の時代〟」［平成四・八］
飯田龍太「雲母」終刊を考える――現代俳句と結社の行方（座談会）［平成四・十］
緊急特別企画「［結社の時代］から〈綜合誌の時代〉へ」［平成四・十二］
緊急特集「〝結社の時代〟の俳句姿勢を問う」（座談会）［平成五・十二］
特別企画「細分化する結社の時代」［平成六・五］
特別企画「どこへゆく〝結社の時代〟」［平成六・七］

こうした緊急特集が継続しているさなかに、「結社の時代」は閉幕する。

戦後俳句の見直し

結社の時代が終わったあと、再び俳句史の検証が始まるが、特徴的なのは昭和四十年代に行われた戦後俳句の秩序が見直されたことであろうか。すでに、角川源義没後の『現代俳句大系』増補版（昭和五十七年）では、伝統と前衛、有季と無季とを峻別することなく融和の中で見直しが進んでいたが、「結社の時代」後には「俳句」の誌上でもそうした潮流に沿った企画がつぎつぎ行われるようになった。Ⓐ黒田杏子インタビューによる「証言・昭和の俳句」（平成十一年一月～十二年六月）［以下ではⒶを付した］、Ⓑ長谷川櫂や片山由美子などの中堅作家による評伝「12の現代俳人論」（平成十五年三月～十七年二月）［以下ではⒷを付した］、Ⓒ島田牙城・櫂未知子インタビューによる「第一句集を語る」（平成十六年三月～十二月）［以下ではⒸを付した］などの連載企画である。

今そこに登場した作家を世代別に分類すると次のようになる。戦後派世代以降で傍線を付した名前は、「1．問題提起と俳壇秩序　①戦後派世代、②ポスト戦後派世代」に紹介した昭和四十年代の特集に登場しなかった作家であり、これらの作家の復帰・登場から戦後俳句史が大きく見直されていることが分かる。

○4S・4T・人間探究派世代
水原秋桜子Ⓑ・山口青邨Ⓑ・星野立子Ⓑ・橋本多佳子Ⓑ・加藤楸邨Ⓑ・中村草田男Ⓑ
○戦後派世代
能村登四郎Ⓑ・波多野爽波Ⓑ・佐藤鬼房ⒷⒶ・石原八束Ⓑ・古沢太穂Ⓐ・中村苑子Ⓐ・桂信子Ⓐ・鈴木六林男Ⓐ・金子兜太Ⓐ・沢木欣一Ⓐ・三橋敏雄Ⓐ
○ポスト戦後派・大正生まれ世代
飯島晴子Ⓑ・草間時彦Ⓐ・古舘曹人Ⓐ・津田清子Ⓐ・成田千空Ⓐ・深見けん二Ⓐ
○ポスト戦後派・昭和一桁生まれ世代
川崎展宏Ⓒ・岡本眸Ⓒ・阿部完市Ⓒ・広瀬直人Ⓒ・鷹羽狩行Ⓒ・有馬朗人Ⓒ・稲畑汀子Ⓒ・鍵和田秞子Ⓒ
○昭和二桁・戦後生まれ世代
宇多喜代子Ⓒ・黒田杏子Ⓒ・攝津幸彦Ⓑ

このような新しい見直しによって登場した戦後派、ポスト戦後派の作家たち（つまり傍線を付した作家）の作品を掲げておく。

ロシヤ映画みてきて冬のにんじん太し　古沢太穂
春の日やあの世この世と馬車を駆り　中村苑子
天上も淋しからんに燕子花　鈴木六林男
あやまちはくりかへします秋の暮　三橋敏雄
寒晴やあはれ舞妓の背の高き　飯島晴子
繍線菊《しもつけ》やあの世へ詫びにゆくつもり　古舘曹人
無方無時無距離砂漠の夜が明けて　津田清子
花持てば花咲けば来る虚子忌かな　深見けん二
夫愛すはうれん草の紅愛す　岡本　眸
春らしき色といふより好きな色　稲畑汀子
横文字の如き午睡のお姉さん　宇多喜代子
磨崖佛おほむらさきを放ちけり　黒田杏子
露地裏を夜汽車と思ふ金魚かな　攝津幸彦

なお「俳句」では、一作家丸ごと特集の「読本」「世界」という大部の増刊特集号を刊行しているが、人間探究派や新興俳句の三鬼などに続いて、龍太、澄雄、晴子、源義、真砂女、眸、狩行、重信、兜太などの戦後派、ポスト戦後派までを含めたことからも戦後俳句史の再構築がこうして着々と進んでいることが分かる。

夏帯や一途といふは美しく　鈴木真砂女

「月光」旅館／開けても開けてもドアがある　高柳重信

「戦後派の可視化」にこれらの人々を加えれば、現在の万遍ない鳥瞰図が浮かび上がる。

＊　＊

我々が、そして「俳句」が抱えている問題は何であろうか。以上見てきたところに従えば、①伝統俳句ブームがもたらした俳句性の再発見（大人の文芸としての俳句）、②「結社の時代」がもたらした俳句上達の潮流（俳句の大衆化）、③戦後俳句の見直し（文学の方向性）、④戦後生まれ世代の評価の必要と二十代・三十代の新世代の爆発的噴出（世代論）、この四つの要素が総括されないままに渾然となって渦巻いているのが現代俳句の課題ではなかろうか。

もちろん、文学の方向性から、詩や短歌、川柳などの分野を超えた共感を求める方向もあるであろうが、雑誌媒体では遅々として進まないのが現状である。

振り返れば、「俳句とエッセイ」「俳句朝日」「俳句研究」と現代俳句史をいろどった商業系俳句雑誌も終刊を迎え、俳句ジャーナリズムの様相は大きく変わってきている。従来のままのあり方でいいとは思われない。その意味で、歴史を教師とするならば、「俳句」の実質的な初代編集長であった大野林火に学ぶところは大きいように思う。それは「「俳句と社会性」の吟味」に止まらない。「揺れる日本――戦後俳句二千句集」は昭和二十年代の日本をありのままに活写している、いまどきのレトロな「三丁目の夕日」などと違うなまなましいものだ。また、殆ど触れる人のいない「特輯新興俳句」は戦前俳句の検証のさきがけであった。特に戦後派俳人五十人に五十句の提出をさせた「戦後新人自選五十人集」は、現代のいかなる句集や選集を読むよりも価値の高い句集であるといえよう。今再読しても、学ぶところ、発見するところが多い。今回の寄稿に当たって再読したのだが、忘れ去られようとしている戦後派作家の中に刮目する作家がまだまだ混じっていることに恥ずかしながら気付いた。のみならず、作家個人個人でなく、戦後派という集団から立ち上ってくる熱気が息苦しくなるほどであった。俳句ジャーナリズムが元気にならざるを得ないわけである。これらを見ながら、作家と、読者と、ジャーナリズムと、そのあり方を初心に立ち返って考えるべきであるかも知れない。

＊

最後になるが、執筆に当たっては、阿部誠文「『俳句』六〇〇冊――総合雑誌に刻まれた戦後俳句史①～⑩」(平成十年三月～十二月)、片山由美子「角川俳句賞に見る不易流行」(平成十六年十月)などを参考にさせていただいた。感謝申し上げる。

あとがき

本書で、「辞の詩学と詞の詩学」として掲げた新しい詩学は、これからの俳句の根拠となってよいと思っている。若い世代を含む新しい俳句には、新しい詩学が望ましいというのが私の考えである。

副題で、兜太、龍太、狩行を取りあげたのは、二つの詩学との関係で次のような構成を考えたからである（たまたま成井氏の著書と名称が合致したが内容は異なるものである）。

〇辞の詩学：阿部完市と飯田龍太　その他

〇詞の詩学：金子兜太と鷹羽狩行　その他

辞の詩学を導入するために、実際はかなりの分量が金子兜太論となっている。とはいえそれは結果論である。私自身が、「WEP俳句通信」で「金子兜太の彼方へ」の連載をすることにより新しい詩学のヒントを得たからである。その意味で本書執筆に先立って、安西篤『金子兜太』、酒井弘司『金子兜太の100句を読む』、塩野谷仁『兜太往還』、成井惠子『龍太・兜太・狩行』、牧ひでを『金子兜太論』、角川学芸出版『金子兜太の世界』などの多くの著書のお世話になった。感謝申し上げる。

資料への謝辞に合わせて付記したいことがある。例えば、牧ひでを『金子兜太論』は社会性俳句以来の同志として兜太の思想遍歴を熱っぽく語り、現在でも必見不可欠の資料であるが、結局私はその論旨には殆ど従っていない。それは内部にいた人々の言説であるからだ。外部にいた人間（現在の俳人は大半がそういう扱いになる）がそうしたロジックに共感しなければならない謂れはない。

あらゆる（「前衛」を含めての）目的は、（特に定型詩にあっては）日本語をどのように改造するかではないか。もし「前衛」がそれを達成できなかったのであれば、新しい詩学が達成すればよいと思っている。だから表現史と呼ばれるものに不満なのは日本語を所与とし日本語を変えるダイナミズムに欠けることだ。秋桜子も、誓子も、草田男も赤黄男もささやかながら日本語の改造に貢献してきた。それを説明できるものにしたい。もちろんそのようなことばかりがこの詩学の出来ることではないし、そのようなことをこの詩学に期待していない人もいるから断言はしないが、可能性は信じたいと考える。

逆に言えば、俳句は思想を表現しなければならないわけではない、思想を表現しても悪くはないが、俳句の視野はもう少し広い。（思想も含めて）表現できる日本語を期待したいのだ。そろそろ「現代俳句のテーゼ」をもう一度考え直す時期に来ているようだ（もちろん俳句上達法の時代であっても困るが）。

本書は『伝統の探求』の姉妹編として、ウエップで刊行させていただいた。二つを組み合わせてご覧頂ければ、伝統と前衛、伝統と現代の図式がご理解いただけると思う。大崎紀夫氏、土田由佳さんを始め関係した方々に深く感謝申し上げる。

そして最後の最後に、この無謀な書に是非とも推薦をお願いしたいと思ったのは金子兜太氏自身であった。『短詩型文学論』の著者。これほど相応しい人はないからだ。希望を容れて氏から快諾を頂いた。まことに幸運な本となった、厚く御礼を申し上げたい。

平成二十六年十二月十一日

筑紫磐井

主要参考文献（本文中で引用したもの以外）

塩野谷仁『兜太往還』 邑書林 平成十九年
酒井弘司『金子兜太の100句を読む』 飯塚書店 平成十六年
安西篤『金子兜太』 海程新社 平成十三年
成井惠子『龍太・兜太・狩行』 北溟社 平成十二年
牧ひでを『金子兜太論』 永田書房 昭和五十年
角川学芸出版『金子兜太の世界』（「俳句」臨時増刊号） 平成二十一年
筑紫磐井・仲寒蟬・中西夕紀・原雅子・深谷義紀編『相馬遷子 佐久の星』 邑書林 平成二十三年

各章出典

第1章　「沖」200号・250号 「『第二芸術』四十年」（昭和六十二年五月）・「「挨拶」から「滑稽」へ」（平成三年七月）
第2～4章　「WEP俳句通信」74～78号 「金子兜太の彼方へ1～5」（平成二十五年六月～二十六年二月）
第5章　「WEP俳句通信」49号 「龍太の類型と虚子の類想」（平成二十一年四月）
第6章　「俳句研究」「〈狩行の思想〉を読む」（平成六年七月）
第7章　「WEP俳句通信」80～81号 「金子兜太の彼方へ6～7」（平成二十六年六～八月）
第8章　（書き下ろし）
附　録　「俳句」「『俳句』60年を読む」（平成二十四年五～七月） 角川学芸出版

著者略歴

筑紫磐井（つくし・ばんせい）

昭和25年1月14日、東京都に生まれる。

俳誌「沖」を経て、「豈」同人。現在、「豈」発行人。

句集に『野干』（平成元年、東京四季出版）、『婆伽梵』（平成4年、弘栄堂書店）、『花鳥諷詠』（『筑紫磐井集』〈平成15年、邑書林〉に収録）、『我が時代：2004-2013——筑紫磐井句集』（平成26年、実業公報社）。

評論集に『飯田龍太の彼方へ』（平成6年、深夜叢書社）（第9回俳人協会評論新人賞）、『標語誕生！——大衆を動かす力』（平成18年、角川学芸出版）、『21世紀俳句時評』（平成25年、東京四季出版）。

詩論に『定型詩学の原理——詩・歌・俳句はいかに生れたか』（平成13年、ふらんす堂）（正岡子規国際俳句賞特別賞）、『近代定型の論理——標語、そして虚子の時代』（平成16年、豈の会）、『詩の起源』（平成18年、角川学芸出版）、『女帝たちの万葉集』（平成22年、角川学芸出版）、『伝統の探求〈題詠文学論〉——俳句で季語はなぜ必要か』（平成24年、ウエップ）（第27回俳人協会評論賞）。

共編著に『相馬遷子——佐久の星』（平成23年、邑書林）、『俳句教養講座』全三巻（平成21年、角川学芸出版）、『新撰21』『超新撰21』（平成21・22年、邑書林）、『現代一〇〇名句集』全一〇巻（平成16～17年、東京四季出版）、『攝津幸彦全句集』（平成9年、沖積舎）他。

俳人協会評議員　日本文藝家協会会員

現住所　〒167-0021　東京都杉並区井草 5-10-29　国谷方

戦後俳句の探求〈辞の詩学と詞の詩学〉
——兜太・龍太・狩行の彼方へ

2015年1月14日　初版第1刷発行

著　者　筑紫磐井
発行者　池田友之
発行所　株式会社　ウエップ
〒160-0022　東京都新宿区新宿 1-24-1-909
電話 03-5368-1870　郵便振替 00140-7-544128

印刷　モリモト印刷株式会社

ISBN978-4-904800-21-8
※定価はカバーに表示してあります
JASRAC 出 1416326-401